セラス・アシュレイン
JN109424
三森灯河（みもりとうか）

「――私が、あなたに
恋愛的な感情を持っている
と言ったらどうする？」
高雄(たかお)　聖(ひじり)

十河綾香（そごう あやか）
綾香は気づいた。聖が視線で、何か訴えている。
ドアの外に誰かいる。気配が、ある。
〝会話を合わせてほしい〟
何か意図があって聖はそう言っているのだ。
綾香は、深く息を吸った。

「バフとかデバフは、上手くハマりさえすれば――」

「これほど強力なスキルも、他にねーのさ」

戦場浅葱（いくさばあさぎ）

ハズレ枠の【状態異常スキル】で最強になった俺がすべてを蹂躙するまで 6

篠崎 芳

CONTENTS

Illust : KWKM

プロローグ

東軍。

彼らの戦場は、無惨の一言に尽きた。

死体、死体、死体……。数えるのも馬鹿らしくなるほどの夥(おびただ)しい死体。

およそ9割以上が――大魔帝(たいまてい)軍側の死体である。

「あれ、が……S級勇者の力なの、か……」

だらん、と。

白狼(はくろう)騎士団員の一人が、剣を持つ腕を下げた。

視線は、その先に広がる光景に釘(くぎ)づけになっている。

あるオーガ兵は惨(むご)たらしく肉体を切り刻まれていた。

あるオーガ兵は肌が燃え焦げ、細い煙を立てていた。

またあるオーガ兵は、氷の破片が体表に痛々しく張りついていた。

これらは、戦いの中で覚醒した高雄聖(たかおひじり)の固有スキルによるものである。

【ウインド(ファイアウインド)】

【ウインド(ブリザードウインド)】

ベースとなる風能力に付与された二つの他属性効果。

複合属性とも呼べる固有スキル。さらに効果範囲までをも広げたこのスキルが、戦場で荒れ狂った。

使い手の高雄聖は「ふぅ」と、淡々とした様子で呼吸を整える。

姉の隣に立っているのは妹の高雄樹。

彼女は尊敬する姉の横顔を眺めた。疲労している——それがわかった。

さすがの聖も消耗したらしい。が、はたから見れば余裕そうに映っているはずだ。

聖の顔には疲労感が出ていない。昔からずっと一緒にいる妹の自分にしか、その微細な変化はわかるまい。そして自分は、

「さっすが、姉貴だぜ」

いつもの笑みを浮かべて、いつもの称賛を口にするしかできない。

いや——これ以上なんと言えばいいのか。

この戦場でも、ひたすら姉への尊敬が強まった樹であった。

△

当初、高雄姉妹の参加していた東軍はジリジリと押されて後退を続けていた。
東軍はそのまま南のノード平原まで後退した。
ここで、神聖連合側の援軍が到着。
東軍の戦場の南西方面に温存戦力として陣取っていたウルザ軍である。
魔戦騎士団率いるウルザ軍と合流したことで、東軍はやや押し返した。が、
ここで――前線に、大魔帝が姿を現した。
これによって東軍の戦況は一気に不利へと転じる。
紫と金に彩られた要塞生物めいた体軀。
そのフォルムは魔界の食虫花めいたおどろおどろしさを備えていた。
体表に点在するグミのごとくぶよぶよした部位が、青白く発光している。
身体の端々では、蟹の手足を連想させる器官が凶的に蠢いていた。
それはまるで――
角のようでもあり、腕のようでもあり、脚のようでもあり、翼のようでもあった。
あるいは、そのどれにも当てはまるように思えた。
不気味な巨軀の中心には人型めいた影が見えた。
が、それはなぜか〝影〟としてしか認識できない。
ひどく不鮮明であり、実像を視認できない。

影は巨体と融合しているように見えた。

あれが大魔帝の核――本体なのだろうか？

大魔帝は、黙したまま何一つ語らなかった。

ただ魔物を生み出す速度を上げ、自らの軍勢をその場で生み出し続けた。

魔物が生まれるのは、蛹めいた形をしたぶよぶよした部位からだった。

口のように〝ぱかぁ〟と開き――直後、激しく嘔吐するみたいに魔物の塊が吐き出される。

なんとなく、漁獲の際に網から甲板へ溢れ出る海産物を連想させた。

ぬめった粘液に覆われた生まれたばかりの魔物たちが、立ち上がる。

その魔物たちが死体から防具を剝ぎ取る。

同じように死体の武器を取り、魔物たちは戦列に加わる。

倒しても倒しても、魔物の数は一向に減らなかった。

高雄姉妹や白狼騎士団が奮戦するも、押し返すには至らない。

耐え続けてもいずれはジリ貧になる。

ただし――拮抗状態はその時点でまだ崩れていなかった。

これは高雄聖の功績が大きい。

彼女の固有スキルによる殺害数の桁は他を圧倒していた。

が、攻勢へ転じるにはどうしても〝あと一押し〟が足りない。

大魔帝側は元気いっぱいの新鮮な魔物を絶え間なく生み出し続ける。
片や、こちら側は時間経過で疲労がジリジリ蓄積していく。
こんな状態で大魔帝自身が最前線へ出てきたら、どうなってしまうのか。
神聖連合の大半の者が〝どうか、そうはならないでくれ〟と強く祈っていた。
〝前線に現れた〟といっても、その時の大魔帝は遥か遠くに陣取っていた。
サイズが大きすぎるためにどこにいても目視はできた。
その大魔帝と東軍の距離自体は、実はまだかなり開いている。
このため、現状の距離において大魔帝の邪王素の影響はないに等しかった。
おかげで勇者以外の者も戦闘を継続できている。
が、ひとたび大魔帝が前進してくれば——一斉に、瓦解する恐れがある。
その時まともに戦えるのは、邪王素の影響を受けない高雄姉妹だけとなる。
そんな時だったのだ。
女神ヴィシスと金色のS級勇者が、魔導馬に乗って現れたのは。

▽

酸鼻を究める魔の死体群。

戦闘中、聖は【ウインド】を壁のごとく横に広げ後方の味方を守っていた。

そして――

「ふぅぅぅぅ……」

天を仰ぐ者が、一人、最前線に立っている。

男の前方には大量の魔物の死骸。

その背後には、生き残った東軍。

彼を境界線として、その前と後ろで死と生が分かたれているようでもあった。

コキッ、と。

その男――桐原拓斗が首を傾け、鳴らす。

白狼騎士団長ソギュード・シグムスが女神の隣に馬をつけた。

彼の視線は桐原の背を見ている。

「で……どう思う、ヴィシス？」

騎乗する女神は、樹たちとは比較的近い位置にいた。

傷一つ負っていない。ちなみに、ソギュードの逆側には騎乗したニャンタンが付き添っている。魔導馬から乗り換えた白馬の手綱を軽く握り直し、女神は言った。

「とても素晴らしい戦果ではないでしょうか」

酷い臭気の立ち込める戦場を眺め、微笑みを湛える女神。

「大魔帝は退却。しかもこちらはS級勇者を一人も失っていません。ただ――」

ソギュードが双眸を細め、戦場を見据える。

「いささか引き際がよすぎる、か」

「S級二人の固有スキルの進化を察知して、素早く退却を判断したのだと思います」

「――何やら腑に落ちていない様子だな？」

この戦いは東軍の勝利と言える。が、女神の表情は固い。

会話を聞いていた樹は再び姉へ視線をやる。

（退却のタイミングに違和感がある、か……姉貴と同じこと言ってんじゃん……）

実は聖も女神と似た感想をこぼしていた。

大魔帝の退却後、高雄姉妹はこんな会話を交わしている。

『逃げやがった……なんつーか、ひょーし抜けだな』

『私たちS級勇者の固有スキルに脅威を覚えて引いた風には、見えなかったけれど』

『え？　そーなん？　てっきり、ビビって逃げたんかと……』

『そもそも戦っている途中で前進してくる予兆があったわ。けれど――途中で、踏みとどまった感じに見えた。そうね……まるで、何かイレギュラーが起こったかのような』

『え、マジ？　あたし、なんも感じなかったけど……』

『あくまで私の肌感覚での話よ。それ以前に――今回、大魔帝は本気でこの東軍を潰すつもりがあったのかしら。たとえば自らが姿を現すことで、女神や他のＳ級勇者を南軍から離脱させたかった、とか』

『すげーな姉貴。なんつーか、軍師みてぇ』

『私がそう感じたというだけ。論拠があるわけじゃないわ』

樹はそんな会話を思い出しつつ、背を向けたまま一人佇む桐原を見た。

「……さっき姉貴、大魔帝はＳ級の固有スキルにビビって逃げたわけじゃねーって言ったよな」

「言ったわね」

「けど、どーなんかな……姉貴の固有スキルもそうだし――アレ見る限り、やっぱＳ級の力って大魔帝にとっては脅威なんじゃねーの？」

皆に背を向けて一人離れて立つ桐原。

彼の先、その上空――

光を放つ何匹もの金色の龍が、空を飛び交っている。

魔物の死体の半数は、身体の半分を〝消滅〟させられていた。

それはまるで〝削り取られた〟ようにも見える。

エネルギー体、とでも呼べばいいのか。

バチバチ火花を散らしながら、制覇した空を飛び回る金色の龍たちの姿。

この金龍たちがうねり、暴れ回り、魔物たちを殺戮していった。

その光景はもはや一方的な虐殺と呼んで差し支えなかった。

喰い尽くされていったオーガ兵たちは、抗うすべもなく、無慈悲に金色の勇者の放った金波龍に惨殺されていった。

魔物を喰らい尽くした今も、金波龍たちは縦横無尽に空で蠢いている。

チッ、と。

桐原が舌を打った。

「大魔帝は逃がしちまったが――まあ、ようやく〝ここ〟へ来た」

振り返る桐原。その瞳は、肩越しに背後の味方を捉えている。

「――目が、覚めたか？」

問う桐原の声は、絶対の自信、そして確信を帯びている。

「王の戦を目に焼きつけなかった間抜けが、いるはずもなく……ここからようやく、オレが始まる。そう――」

スッ、と。

さながら、誇示するみたいに。

肩越しに味方へ視線を飛ばした姿勢のまま、桐原は、右のてのひらを後方の者たちに向けた。

「これが、キリハラだ」

1．隠滅から、帰還へ

夕刻。

勝利したとはいえ、各国の軍はいまだ現状を把握しきれていない様子だった。

各軍の指揮官が部下っぽい連中に絶え間なく指示を飛ばしている。

魔防(まぼう)の白城(はくじよう)も、まだ中に魔物が潜んでいる可能性があるとかで、各軍は壁外で陣を張っていた。このあと、生き残った各軍の指揮官は今後の方針について合議を行うそうだ。

――その合議の行われる、一時間ほど前のこと。

ネーア聖国の姫さまから呼び出された俺は、イヴとスレイを伴い、ネーア軍の陣幕に足を踏み入れていた。

イヴとスレイは一旦幕舎の外で待つように言われた。

俺はイヴに〝ひとまず相手の言う通りにする〟と伝え、一人で幕舎に足を踏み入れた。

セラスは正体を明かした。

それはそれで、メリットもある。

一つは、俺たちがこの戦場へ現れた理由づけが簡単になる。

〝かつて仕えたカトレア姫の力となるべくセラス・アシュレインが馳せ参じた〟

これなら蠅王(はえおう)ノ戦団がこの一戦に参加した理由に納得もされやすい。

もう一つのメリットは、やはり――

「………」

七面倒臭い手順を踏まずとも、こうして姫さまと接触できることだろう。

幕舎の中に視線を這わせる。大きなテントといった感じだ。

遊牧民なんかが使っていそうなアレである。奥には、椅子が設えてあった。

「ようこそ、おいでくださいました」

奥の椅子には、銀髪縦ロールの女が座っている。

「わたくし、カトレア・シュトラミウスと申します」

あれが、ネーアの姫さまか。

思慮深げな灰の瞳。軍装姿は上品だが、どっしり構えた佇まいは戦士のそれに見える。

脇には聖騎士が二名、控えていた。その斜め前に蠅騎士姿のセラスが立っている。

装いは蠅騎士のままだが、マスクは取ってあった。

セラスは落ち着いて見える。再会の喜びはもう存分に分かち合ったのだろう。

と、セラスがこっちに近寄ってきた。

セラスの目の赤さ加減からそれは察せられた。

戦闘が終わった後、言葉を交わすのはこれが初めてである。

声を潜め、セラスは耳打ちした。

「申し訳ございません。すでにご存知とは思いますが、私の正体が――」

「わかってる。気にするな」

セラスは俯きがちに片手を胸もとへ添え、きゅっと握りしめた。

「はい」

気を取り直すように、顔を上げるセラス。

「あなたに関する情報は〝黒竜騎士団から私を救った元アシントの者〟程度にしか伝えておりません。とにかく、ただ命の恩人とだけ」

「それでいい。あとは、任せろ」

視線で了解を示し、セラスは俺の傍らに控えた。

俺は姫さまの方へ向き直り、片膝を折る。そして、こうべを垂れた。

「お初にお目にかかります――蠅王ノ戦団の長、ベルゼギアと申します。参戦の際に宣しました通り、我が戦団はかつてアシントと名乗っておりました」

「ベルゼギア……伝承の蠅王と同じ名ですわね？」

「この名は、蠅王の伝承より拝借いたしました」

「ふふふ、ではセラスはさしずめ蠅王の忠臣たち――〝蠅王誓剣〟の一人、といったところかしら。蠅王に最も忠実な配下と言えば第一誓のアスタリアが有名ですが……そういえば、駆けつけたセラスが最初に名乗ったのがアスタリアでしたわね。ふふ、セラスも蠅王殿に重用されているようで何よりですわ」

　姫さまの立ち上がる気配。

「ともあれ、あなた方のおかげで命拾いしました。ネーア軍を率いる将としてまずは礼を述べさせていただきます。あなたたちが駆けつけねば、全滅もありえました」

「カトレア様の危機に間に合い、何よりにございます」

「呪術……原理は存じませんが、恐るべき力ですのね。さらにはあの石像の軍勢、多足の黒馬……そして、二人の蝿騎士の凄まじい戦闘力。ただ、伝聞で得たアシントの印象とはいささか齟齬がありますわね」

「内幕を明かしますと、アシントは二つの派閥に分かれていました。そして――ワタシたちは少数派の派閥でした。他の者は日の当たる表舞台へ出るのを夢見ていましたが、ワタシたちは舞台裏の存在であり続けたいと願っていました」

　結局、と俺は続ける。

「我々の派閥はアシントの名を捨て、今後は、世界の陰で暗躍する蝿王ノ戦団として生きようと決めたのです」

「もう一つの派閥はそれを許しましたの？　それほどの力を持つあなたを、そう簡単に手放すとも思えませんけれど」

「――ご明察です。彼らは頑なに我々の離脱を認めませんでした。その先は……ご想像にお任せしましょう」

世間では忽然と姿を消したと認識されているアシント。

魔群帯まで蝿王ノ戦団を追ってきたもう一つの派閥の者たちは、魔郡帯の中で全滅した。

あるいは返り討ちにあって蝿王ノ戦団に全滅させられた——

一部で囁かれる魔群帯入り説と絡め、そんな感じの想像でも広げてくれればいい。

「そうして彼らと決別したのち、カトレア様の率いるネーア軍が大魔帝軍との戦に参加するとの情報を得まして……セラスの意を汲み、何かお力になれればとこうして参った次第です。……当初は、傭兵として南軍に参加する予定でしたが」

なるほど、と得心する姫さま。……心から納得しているかは微妙だが。

一歩、姫さまが俺の方へ歩を進めた。

「ベルゼギア殿、どうかお立ちになってくださいませ。あなたは、わたくしの麾下でもないのですし」

言われた通り、俺は立ち上がる。

姫さまの身長は俺より頭一つ分くらい小さい。彼女が、視線を上げる。

「セラスの命を救っていただいた件についても、感謝しないといけませんわね」

俺は一礼した。

「あそこでバクオスの手に落ちるには、あまりに惜しい者でしたので」

「そしてベルゼギア殿に恩義を感じたセラスは、今あなたに仕えている……セラスの身の上話は、本人からお聞きに？」

「ネーアより脱出した際の話は、聞いております」

「――ベルゼギア殿」

話題を切り替える調子で、姫さまが言った。

「力になってくださるといっても……あなたは、これからずっとわたくしと共にいてくださるわけでもないのでしょう？」

「…………」

セラスの正体はバレている。

女神は聖騎士時代のセラスに目をつけていたという。

姫さまの傍に残ればいずれ干渉してくるのは間違いない。

セラス・アシュレイン生存の件。

これはネーア兵以外にも知れ渡ったと考えるべきだろう。隠しおおせるとは思えない。

こうなると、俺もここに長居はできそうにない。

現時点では女神との接点は可能な限り減らしておきたい。

今回の一戦で俺は〝呪術〟やらエリカ手製の武器を大々的に使用した。

これによって、正体や力を隠し陰ながら姫さまを支援する当初の作戦はパァとなった。

そして、あのクソ女神なら蠅王ノ戦団に興味を抱くはず……。

となれば――早めにここから姿を消すべきだろう。

頭の中で方針をまとめ、言う。

「ワタシは明日の朝までにはここを離れ、本来の目的を果たす旅に戻るつもりです。ワタシにはワタシの目的がありますゆえ……ただし、セラスがどうしてもあなたの傍で仕えたいと望むなら、その意思は尊重したいと考えています」

危険だが、セラスの意思が固い場合は仕方ない。

元々これは俺の復讐の旅。セラスにはいつ抜けてもいいと伝えてある。

ただ……彼女が姫さまのもとに残るとなると懸念は残る。当然、懸念はあのクソ女神の干渉だ。この姫さまなら上手くごまかしそうな気もするが……。

ちょっと面食らった顔をした後、セラスが慌て気味に口を開く。

「私は――」

「今のセラスはあなたの〝剣〟――本人から、そう聞きましたわ」

何か口にしかけたセラスの言葉を姫さまが遮った。俺は姫さまの目を見て尋ねる。

「カトレア様としては、やはりセラスに聖騎士団へ戻ってほしいと？」

「――いいえ」

姫様は微笑みを浮かべ、否定を口にした。

「このままわたくしのもとへ戻っても、あの女神にあまり褒められたものではない使われ方をされるだけでしょう。わたくしの大切なセラスが、わたくしの望まぬ形で使い潰されるのがオチですわ」

……この姫さまも女神に好意的ではないっぽい、か。

それにあの女神をよくわかってる——では、聞いてみるか。

「不躾な質問と覚悟の上でお尋ねしますが……カトレア様は、女神ヴィシスに対し反感寄りの感情をお持ちなのでしょうか？」

「ええ」

そう言って、姫様は目もとを緩めた。セラスに視線をやる。

セラスがハッとして、素早く自分の右耳に触れた。

右耳——ならば、嘘はついていない。

姫さまは女神に好意を持っていない。確定だ。

ちなみに左耳に触れたら〝嘘〟を示す合図である。つーかこの姫さま、

「セラスに〝真である〟と判定させるため、あえて簡潔に答えましたね？」

姫さまは〝ええ〟とだけ答えた。

最も真偽判定をしやすい答えが、ＹＥＳかＮＯだ。

そう、姫さまはセラスを使って、俺に真偽判定をさせた。

「その方が話が早いですもの。腹の探り合いは、短い方がよろしいでしょう？」

ぐだぐだ言葉を並べるより〝嘘発見器〟を使った方が手っ取り早い。そう考えたわけだ。

もちろんセラスの風精霊の力を知らなければ取れない手である。

セラスはちょっと気まずそうにしていた。

罪悪感が垣間見えるのは、姫さま相手に真偽判定の力を行使したからだろう。

「つまり、カトレア様はセラスと女神を引き合わせたくない？」

「でなくては、あの時なんのためにセラスを城から脱出させたのかわからなくなります。ですから……」

姫さまが歩み寄ってきて、俺の手を取った。

「今後もセラスをお任せして、よろしいかしら？」

「預け先がこのワタシで、よろしいのですか？」

「なんといってもあのセラスがこれほど惚れ込んだ殿方ですもの」

瞬間、控えていた聖騎士二人の顔色が急変した。聖騎士二人の〝え!?〟という心の驚きが、聞こえた気がした。セラスはというと、

「姫さまっ!?」

不意打ちを受けた反応を見せる。が、姫さまはセラスを見ていない。

そのまま俺を見上げ、にっこりと笑みを浮かべる。

「何か問題でも？」

「いいえ。ワタシも、セラスのことはとても大切に思っていますので」

「あなたにとってもセラスは特別な存在ですのね？」

「ええ」

「ちゃんと女として、見てあげているのかしら？」

「そのつもりです」

うふ、と姫さまが笑みを深くする。

「相思相愛で、何よりですわ」

「ト――」

「セラス」

名を呼ばれ、ハッとなるセラス。……今、絶対〝トーカ殿〟って言いかけただろ。

姫さまが、にょっと口もとを歪（ゆが）める。

「真偽の判定ができてしまうのも、時には考えものですわね」

姫さまは手を解（ほど）くと、ゆっくりと俺から離れた。

そして、ドキドキ顔のセラスへ視線をやる。

「セラスには、あなたがここへ来る前に色々申し渡してあります。彼女の口から、それをお聞きになってくださる？」

大魔帝軍との戦闘後、セラスは俺の情報を姫さまにほとんど与えていない。

が、俺がここへ来る前に姫さまがセラスにあれこれ伝えることはできた。

この姫さま、最初からこういう流れを想定していた節がある。

「ええ、お聞きましょう」

「ではセラス、わたくしの意思をベルゼギア殿に伝えていただける？」

「ぁ——はっ、承知いたしました」

恭しく言い、セラスが表情を引き締める。

「何か協力できることがあれば、姫さまは我が主に力を貸してくださるとのことです。このたびの戦の礼……そして、私を黒騎士団の手から救ってくださった礼として」

もっと言えば、姫さまの父親から救った形になる。

セラス殺害を依頼したのは聖王だった。しかし——この姫さまなら、その答えにも行き着いているのかもしれない。セラスから話を聞いていて、薄々気づいてはいたが——

この姫さま、かなりキレる。

味方なら心強い。が、逆に敵に回すと厄介な相手と言えるだろう。

「ただし今のわたくしはネーアをバクオスの手から取り戻し、再建するのが最優先……ですので、お礼と言ってもできることは限られますけれど」

でしたら、と俺は言う。

「我々の行く先を尋ねられたら、北へ向かったと話していただけますか？」

「北へ？」

「ええ。別れ際、ワタシがこれから北へ向かうと話していたと……そう伝えていただければ」

「お安い御用ですわ」

本当の次の目的地は西にある。まあ、一種のかく乱作戦だ。

姫さまは俺の言葉をそのまま女神に伝えるだけなので、偽証を罪に問われるなんて心配もあるまい。いざとなれば〝ベルゼギアに偽の情報を掴まされた〟で通る。

それから、俺はいくつかの頼みごとを姫さまに伝えた。のだが、

「そんな程度のことでよろしいんですの？」

姫さまは拍子抜けしていた。多分、どれも大した要求ではなかったからだろう。

改めて考えると、そんなに力を貸してほしいことはないのだ。

「我が蠅王(はえおう)ノ戦団はカトレア様の助けとなるべく参りました。褒美を期待して馳(は)せ参じたわけではありません」

助力を願うとすれば、今のところは俺たちの痕跡を消す手伝いくらいか。

食料や水は問題ない。資金も十分ある。

「ただ、姿を隠す必要があるので……これ以後、ワタシたちがカトレア様に力を貸すのは

難しくなります」

「問題ありませんわ。この戦場にいた側近級の言葉通りなら、大魔帝軍の中でアイングランツ以上の力を持った敵は大魔帝のみということになります。とすれば、南軍最大の危機はこの戦場だったと言っても過言ではない……それに――」

姫さまが確信的に微笑む。

「今のアヤカ・ソゴウを中心とした勇者たちがいれば、この南軍はそう簡単に崩せない――わたくしはそう思っています」

確かに十河(そごう)は遥(はる)かに強くなっていた。

大きさや形を自在に変化させるあの銀の武器もある。

側近級も倒している。経験値(EXP)も、かなり入ったはず……。

その十河がいれば大魔帝以外なら対抗できそうだ。

南軍も崩壊はしていない。立て直す余力は残っている――姫さまは、そう話した。

懸念材料の大魔帝も今は東軍方面にいるらしい。

「とすれば、当面この南軍が危機に瀕(ひん)する可能性は低くなりますわ」

言って、姫さまは指示を飛ばす。

「では、すぐにこちらが動けそうな頼まれごとについては早急に手をつけさせましょう。

ドロシー、マキアを呼んでちょうだい」

指示を受けた聖騎士の一人が幕舎から出て行った。

ほどなく、その聖騎士と一緒に背の低い聖騎士が入ってくる。

妙にヒラヒラした装いの女騎士だ。なんというか……ゴスロリ系なテイストを感じる。

黒の長髪。赤い瞳。背丈は大分低い。子ども、ってこともなさそうだが。

「彼女はマキア・ルノーフィア。現聖騎士団長を務めるルノーフィア侯爵家の者ですわ。元々は副長だったのですけれど、セラスがいなくなった後に繰り上がりで団長に」

「こう見えても私、セラス様より長生きですので」

ふふん、と胸を張る現団長。セラスが苦笑する。

「愛らしい外見なのでよく誤解されますが、マキアはとても優秀な聖騎士です。この大陸でも数少ない、詠唱呪文の使い手でもありますし――」

「セラス様」

マキアが片目をつむり、親指で幕舎の外を示した。

「ご命令通り、あの戦車の残骸の回収は終わっています」

俺はセラスを見る。と、彼女が軽く一礼した。

「我が主でしたらあの戦車を放置はしないと思い、先んじて聖騎士団に残骸の回収を頼んでおきました。回収作業にあたったのは聖騎士のみ――彼女たちの口の堅さについては、元聖騎士団長の私が保証いたします」

極力、蠅王ノ戦団の痕跡を消す。もちろん、魔戦車の残骸もそのつもりだった。

なので、姫さまへの頼みごとの中に魔戦車の残骸回収も入れたのだが……。

優秀な副官が、すでに動いていたらしい。

「セラス、あなたの迅速な判断と行動に感謝します」

たおやかにまつ毛を伏せ、セラスは再び一礼した。

「お褒めにあずかり光栄です」

「さて、セラス……あなたはこのまま蠅王ノ戦団の一員として私たちと行動を共にする

──それでよいのですね？」

「はい、迷いはありません。私も──それを望みます」

セラスの声に、迷いという曇りは一切ない。

「でしたら、あなたのもう一つの目的……それを果たしてくるといいでしょう」

セラスのもう一つの目的。

姫さま──カトレア・シュトラミウスと、きちんと別れを済ませること。

ちなみに、正体を明かさなかったパターンの場合は、姫さまと二人きりの時間を作って

やって、その時に姫さまにだけこっそり正体を明かさせるつもりだった。

セラスが、姫さまに向き直る。

「姫さま。合議が始まるまでの間……少々お時間を、いただけるでしょうか？」

姫さまは目もとを和らげると、やや遅れて口もとを綻ばせた。

「もちろんですわ、セラス」

今日初めて見る表情だった。自然な笑み、というか。

あれが本来の姫さまの〝表情〟なのかもしれない。

「時間が許すなら、本当は朝まで語らいたいところですけれど」

セラスの目尻に、涙が滲む。

「――姫さま」

俺は二人に背を向けた。

「私たちは外へ出ています――どうぞ、ごゆっくり」

言い残し、外へ出る。続くようにして、マキアを含めた聖騎士たちも出てきた。

今は二人きりに、という配慮だろう。

外は、すっかり暗くなっていた。陣の内外にはたくさんの篝火が焚かれている。

と、幕舎を出て少し歩いたところで、

「あなた、素性を明かせない理由でも？」

声をかけてきたのは、現聖騎士団長のマキアだった。

俺は顔を隠して声も変えている。まあ、そう考えるのは自然だろう。

「色々と、事情がありまして」

俺にはセラスやイヴのような変身能力はない。そして今、2-Cの連中に俺が三森灯河だとバレるのは避けたい。演技で欺こうにも、素顔を晒せば欺きようもなくなる。

「素性について一つ聞いていいかしら？」

「……必ず答えると確約はできませんが」

「あなた――人間？」

「なるほど。正体を隠しているのは、ワタシが亜人族だからだと？」

「違います。ほら、セラス様ってハイエルフでしょう？」

「？」

何が言いたいのか、いまいち要領を得ない。はぁ、と現聖騎士団長が息を吐いた。

「人間とハイエルフの間に子どもができにくいのは知ってる？　あなたが人間ならこれから大変ね、と思って」

……いらん世話すぎる。

「ま、悪い男ではなさそうだけど」

「ほぅ。この短時間でわかるものですか」

ふん、とそっぽを向くマキア。

「幕舎を出てから――歩幅、私に合わせてくれてるもの」

マキアはとても小柄なので、俺との歩幅にはけっこう差がある。となると必然、俺が歩く速度を落とすか、トッテケトッテケ小走りで彼女が俺に追いつくかになるわけだ。

可愛(かわい)らしく唇を尖(とが)らせ、マキアが俺を見上げる。

「私からも礼を言うわ。セラス様にまた会えるとは、思ってなかったから」

「随分セラスは慕われていたのですね」

「あの方は私たち聖騎士の憧れだったもの。強くて、綺麗(きれい)で上品で、優しくて……ただ、今のセラス様はちょっと変わった気がするけれど」

「そうなのですか？」

「前より感情を表に出すようになった感じがするわね。以前はもっと表情が薄くて、厳粛な雰囲気の方だったもの。だからこそ、一種の神々しさがあったんでしょうけど」

マキアが足を止め、視線を自分の靴先へ落とす。

「……セラス様のこと、頼んだわよ？」

「少なくとも彼女をないがしろにする気はありません。大切な存在ですから」

澄まし顔で、頬に垂れた髪をかき上げるマキア。

「だといいけれど」

他の聖騎士二人はいなくなったが、マキアはずっと俺についてきている。

監視役も兼ねているのだろう。と、

「戻ったか、我が主（あるじ）よ」

幕舎からやや離れた場所にいたイヴが近寄ってきた。スレイも一緒である。

魔戦車の残骸の件で、聖騎士から説明を受けていたとのことだ。

「アスタリアはどうした？」

「今はカトレア姫と、別れ前のひと時を過ごしています」

「ふむ……そうか。ところで我が主よ、なぜ幼子を連れているのだ？」

マキアが眉間にシワを刻み、こめかみをピクピクさせた。

「現ネーア聖騎士団長、マキア・ルノーフィアです……ッ」

「む、これは失礼した。うーむ……そなたは有能な幼子なのだな」

「失礼ね！　これでも私は、セラス様より年上です！」

「む、ぅ……これは重ね重ね失礼した。我の名はアスターヴァ。我が主ベルゼギアの第二（だいに）誓（せい）剣である」

視線で〝こう名乗ればよいのだったな？〟と確認してくるイヴに、頷（うなず）きで答える。

アスターヴァはイヴの偽名である。こちらも、蝿王の伝承から拝借した。

「あなたも〝我が主〟と同じく素性を明かせない理由があるの？　セラス様のこともあるし……まさか、魔群帯へ雲隠れしたイヴ・スピードなんてオチだったり？」

「む、ぅ!?」

まさかのドンピシャに面食らったのか、イヴが過剰なリアクションを取る。

……いや、そこは平然と流さないとだめだろ。

いかにも図星と言わんばかりの反応をイヴはしてしまった。そしてマキアの方は、〝えっ？ 当てずっぽうがまさかの大当たり……？〟みたいな反応をしている。

「アスターヴァ」

「な……なんだ、我が主よ？」

「マスクを取って、顔を見せてさしあげては？」

「何？」

次の瞬間、あっ、と思い至った反応を示すイヴ。

そう――今の彼女は人間状態。下手に訝しがられるならむしろ証明した方がいい。

豹人族ではないと――その〝素顔〟で。

イヴが、マスクを脱ぐ。

「……それで豹人族は、無理があるわね」

もさもさツインテールを左右に振るイヴを見て、マキアが息をついた。

彼女の表情から疑心は完全に消えている。俺は、マキアに言った。

「ワタシもあの高名なイヴ・スピードを仲間に迎えられるなら、是非ともそうしたいところなのですが」

実際はすぐ隣に、仲間状態でいるわけだが。

イヴはというと、糸目になって、気持ちよさげに頬を緩ませている。

「ふぅ。やはりこれは脱いだ方が心地よいな——ん？」

陣を行き来する兵たちが、足を止めている。

皆、イヴを見ていた。戸惑いがちにきょろきょろし始めるイヴ。

「な、なんだというのだっ？」

皆、イヴに見惚れているのだ。当初は蠅騎士がマスクを脱ぐのを興味本位で見ていたのだろう。が、中から素顔が飛び出すと、また違った意味で気を惹かれたらしい。

「我が主よ、そなたの反応とはひどく違うのだが……今の我は何か変なのか？」

「物珍しい部類、ではあるのでしょうね」

子どもみたいに首を傾げるイヴ。

「ん〜む、よくわからぬな」

「今はわからなくともよいかと」

「ふむ、わかった」

一応、納得したようだ。

「それで……我が主よ、我らはこれからどう——」

「マキア様っ」

一人の兵士が小走りに近づいてきた。

「何ごとです」

「それが――」

俺とイヴを、ちらと見やる兵士。

「アヤカ・ソゴウ殿が訪ねてこられまして、ベルゼギア殿にお会いしたいと」

十河か。……どうする？

本人のいないところで『ああ……また後でな』などと、言いはしたが。

会うべきか？

側近級を背後から斬り殺した後、

『後ほど、改めてお礼を言わせてください』

と十河は言っていた。

俺はその申し出に応えるだけ――不自然さはない。

逆にここで会うのを拒否する方が、不自然だろう。

今後2-Cの勇者は障害となるかもしれない。

そこを考慮すると、ここで他の勇者の情報を引き出しておくのはアリだ。

現状、勇者当人の持つ生の情報は貴重である。

しかも今は敵対ムードじゃない。むしろ、危機を救った恩人という立場……。

つまり——絶好の機会とも言える。

ただ……。

十河来訪を伝えた兵士に、俺は尋ねた。

「噂の最高等級の勇者殿たちが、勢揃いでワタシに会いに来てくださったのですか？」

「あ——いえ、S級勇者はアヤカ・ソゴウ殿だけのようでして。というより、他はB級以下の勇者しかいないと聞いていますが……」

なるほど。S級は十河のみか。

追い詰められたツヴァイクシードが口にした情報……

『最上級のS級はもうこの戦場にはおらぬはズ！　我が帝の見込みでは、ここは、このツヴァイクシードがS級を抑え込めれば難なく勝てるはずだっタ！』

〝自分が唯一のS級である十河綾香をここで抑え込めば勝てる〟

ツヴァイクシードはそう吠えていた。つまり、その情報は正確だった。

となると、あの高雄聖はいない。

十河だけなら演技で欺ける気はする。鹿島も——まあ、いても大丈夫だろう。

しかし……他はB級以下？

高雄樹は姉と基本セットだからいないのも頷ける。が、小山田や安もいないのか。

数秒ほど判断に使って、言う。

「わかりました。お会いしましょう。では、案内をお願いします。現聖騎士団長殿もそれでよろしいですか？」

「いいわよ。私も当然、ついていきますけど」

「ええ、もちろんかまいません」

俺は、イヴに対し指で引き寄せる動作をする。

「む、我も行くのか？　わかった」

魔軍帯でイヴと遭遇した高雄姉妹はここにいない。

イヴ・スピードだとバレる心配はないだろう。

俺はイヴに接近し、マスクの口を耳もとへ近づける。

「基本的には、喋るな」

俺の囁きに一瞬きょとんとしたイヴだったが、すぐ頷いた。

「承知」

俺なりの意図があると察してくれたようだ。

高雄姉妹はいないが——鹿島がいる可能性がある。

鹿島もイヴと魔群帯で接触している。

声は変えてあるが、万が一にも喋り方のちょっとしたニュアンスでバレるのは避けたい。

イヴも一応、今は正体を隠している身だしな……。

他に懸念があるとすれば、戦場浅葱だが——

「…………」

十河たちの姿が見えた時、その懸念はひとまず払しょくされた。

戦場浅葱の姿はない。鹿島の姿も見当たらなかった。他の面子は……

桐原とつるんでた連中と、各自それぞれつるんでた男女といったところか。

と、何人かのクラスメイトの面持ちにかすかな恐怖が走った。

蠅王のマスクと衣装が不気味に映るのだろう。伝承で蠅王をよく知る異世界の人間より

連中はこの姿に馴染みがない。それを考慮すれば、まあ当然の反応か。

「あ——」

俺に気づいた十河が、何か言おうとした。

が、呼びかけようとして詰まった感じだった。名を呼ぼうとしたのだろう。

俺は、立ったまま恭しく一礼した。

「ワタシはベルゼギアと申します。アシント改め、現在は蠅王ノ戦団の団長を務めております。この世界を救ってくださるという異界の勇者殿にお会いできて、大変光栄です」

「い、いえそんな！　むしろ今回は、私が救っていただいた形で……っ」

恐縮する十河。彼女は松葉杖のようなものを使っていた。

見た感じ外傷はなさそうだが……ねんざでもしたのだろうか？

「えっと、改めて自己紹介をさせてください。十河綾――じゃなくて、アヤカ・ソゴウです。今日は、危ないところを救ってくださってありがとうございました」

礼儀正しい、というか。

十河らしい、というか。

「礼など……それに、この戦いではあなたも相当活躍したのでは？　ええっと、あの銀の大きさの変わる武器――あれは魔導具でしょうか？　とても興味深い力です」

「あ、いえ……あれは勇者の固有スキルというもので――」

俺が興味津々な態度を示したためか。

十河は、わかっている自分の固有スキル情報を懇切丁寧に開陳した。

俺は関心深そうな頷きを何度もし、感嘆の声を漏らす。

「ふむ……凄(すさ)まじいものなのですね、固有スキルとは」

よし。これで現状の十河の固有スキルは把握できた。

「他の勇者殿も、上位勇者となればさぞ凄まじい固有スキルなのでしょうね。ふぅむ、実に興味深い……」

知的好奇心溢(あふ)れる学者肌を装い、唸(うな)る。

「ちなみに、アヤカ殿は……他の勇者殿の固有スキルもご存じなのでしょうか？」

そんな〝命の恩人〟を見たクラス委員は、

「あの、私が知る限りの範囲なら教えられますけど……」

目論見に、乗ってきた。

十河は自分を除いた上級勇者の固有スキルについて話した。

S級2人——桐原拓斗、高雄聖。

A級3人——小山田翔吾、安智弘、高雄樹。

ただ、高雄姉妹の固有スキル情報はかなり少なかった。

「………」

小山田と安のスキルの話をしている時、十河の表情が曇っていた。

すると十河は、その二人がここにいない理由を自分から話し出した。

「——そんな経緯で二人とは、はぐれてしまって……今は行方が知れないんです。各軍の捜索隊の方たちが、捜してくれてはいるんですけど……」

二人は行方知れずどころか生死すら不明なのか。俺は適当にならぬよう注意しつつ、

「二人が生きていることを、ワタシも祈ります」

そう真摯に言ってから、一つ頷く。

「しかし、なるほど——勇者の力とは、こちらの世界の術式や呪文とは法則の異なる力なのでしょうね。ワタシの用いる呪術とも違う……とても興味深い話でした。ありがとうございました、アヤカ殿」

「い、いえ！　再三になりますけど、こちらこそ危ないところを救われて……だから、その、ベルゼギアさんのおかげで――」

背後を振り返る十河。

「ここにいるみんなが、生き残れたんだと思います」

十河の後ろには２‐Ｃの連中が並んでいる。見る感じ女子の比率は少ない。

……桐原と高雄姉妹は東の戦場だったな。

となると、戦場浅葱、鹿島や他の女子の大半は西の戦場か？

南軍参加の勇者全員がこの場に揃っているなら、だが。にしても……

「ありがとうございました！　おかげで、命拾いしましたっ」「呪術って、すごいんですねっ」「あなたが来てくれなかったら、あたしたちきっと死んでましたっ」「あ、あの美人誰なんだろうな？　もしかして、あれがセラス・アシュレイン？」

どいつも、こいつも――顔つきが随分、綺麗なもんに変わってやがる。

廃棄される時に姿の見えなかった比較的気の弱いグループの話ではない。

南野萌絵なんかを筆頭に確かにそいつらも顔つきは変わっている。

が、気にかかったのはそれ以外の連中。

廃棄時、邪悪な笑みで俺を見下していた連中の方だ。

俺が廃棄される時……女神に煽られて勝ち誇っていたあの顔つきはどこへ行った？

「…………」

要するに、だ。

こいつらは川に浮かぶ草舟。とにかく――流されやすい。

自ら流れを作ることもなく、自ら流れに逆らうこともない。

感情と感覚の赴くままその場の流れに身を任せてしまう。

しかも、おそらくは無意識的に。流されることをまずいとも悪いとも思っていない。

クソ女神に煽られればその流れに乗り。

命の危機に瀕する戦場へ放り込まれ、それを乗り越えたなら――

こういう顔を、する。

ただただ、流されていく。なら、

問題ない。

流されやすい――それはつまり、より強い流れを作ってやればそっちの流れに乗るってことでもある。こちらで流れを作ってやれば、どうとでも動かせる連中……。

問題は、そうではない連中の方だ。

流れにのまれず自ら流れを作る者たち。

筆頭はあのクソ女神だろう。他は桐原拓斗や戦場浅葱が挙がるだろうか。

高雄聖も、動き方によっては自ら流れを作れる人間に思える。そして……

マスク越しに、十河綾香を見据える。

お人好しのクラス委員。

権謀術数を用いて流れを作るタイプには見えない。

愚直に信念を貫いた行動が、結果として流れを作るタイプだろう。

こういうタイプには、周りに流されにくい人間もついてくる傾向が強い。

そう考えると……十河と真逆の人間性に思えるが、桐原も案外そっちタイプかもしれない。あいつの場合、狙って流れを作ろうとしてるのか、微妙にわかりにくいが。

ともかく——クソ女神は当然として。

桐原拓斗。

戦場浅葱。

高雄聖。

この辺りを潰すなり無力化しておけば、あとは、どうとでも——

「ベルゼギアさん。私、決めたんです」

十河が杖を使い、俺の近くまで来た。その瞳には、一点の曇りも見られない。

「そう——誰よりも、強くなってやろうって」

「………」

「誰よりも強くなればみんなを守れる。今回の戦いで、それがよくわかりました」

固い決意を帯びて、十河は続ける。

「私、もう誰も死なせたくない。クラスのみんなが私に好意的じゃないのはわかってます。私にきつい言葉を浴びせる人もいます。でも、それでも――」

自らへ言い聞かせるみたいに、十河は言った。

「私、全力でクラスメイトのみんなを守ります」

「……立派な心がけです」

足もとに視線を落とす十河。

「だから――私、強くなる」

「……………」

「もっと、もっと、どこまでも」

十河が強く、こぶしを握り込む。

「言葉だけじゃ守れないものもある――力がなくては守れないものも、たくさんある……私、今回の戦いでそれを嫌というほど学んだ気がするんです」

唇を噛む十河。

「それに、あの時だって――三森君が廃棄された時だって、私に力があれば違ったはず。たとえば、そう……もし女神様より、私が強かったら……」

その言葉は俺へ向けたものというより、どこか独り言めいていた。

「力さえ、あれば」

「……先ほど、あなたに好意的ではない異界の勇者もいると言いましたね？」

そう問うと、十河は我に返ったようにハッと顔を上げた。俺は、続ける。

「たとえば……もし守ることを拒否されても、あなたはその者たちを守るのですか？」

「はい」

十河は躊躇（ちゅうちょ）なく答えた。彼女が陣営の外を見やる――どこか、遠くを。

「ベインウルフさんという人がいます。今、その人は所在が不明で捜索中です」

身体（からだ）を支える杖に視線をやる十河。

「この身体が言うことを聞けば、私も捜索に加わりたいんですけど……」

数拍ほど黙り込んでから、再び、ソゴウは視線を城の方へやった。

「その人……ベインさんは、自らの命の危険を冒してまで私たちを守ってくれたんです。まだ出会って日も浅いのに、あの人は自分を拒絶した子さえも守ろうとした。ずっと、気遣っていたんです。家族でも友人でもない、今日初めて会ったばかりの南壁の兵士の人たちさえも、リスクを冒して逃がそうとした。ううん、ベインさんだけじゃない。アギトさんだって、他の人たちだって……だから――力を持つ人が誰かを守るって、そういうことなんだろうな、って」

十河は、少しだけ微笑（ほほえ）んだ。

「桐原（きりはら）君や小山田（おやまだ）君、安（やす）君なんかは……私に守られるなんて、嫌かもしれない」

そうか、

「だけど、それでも——」

十河綾香（あやか）は、

「守りたいと思う人たちを、傷つけようとする誰かがいた時は——私、その〝誰か〟の前に、全力で立ちはだかるつもりです」

このクラス委員は。

「もう誰も、死なせない」

十河は後ろを振り向き、クラスメイトたちを見た。

「私——強くなります、誰よりも」

「…………」

と、クラスメイトのところへ一人の兵士が駆け寄ってきた。

彼がクラスメイトたちに何か伝えると、一人の女子が慌てて前へ出てきた。

「綾香ちゃん！」

呼びかけたのは、南野萌絵。

「ベインさん、見つかったって！」

「……え？」

南野の目が、潤んでいる。

「生きてるって！」

「ほんと、に……？」

勇者たちがワッと沸く。

ベイン――ベインウルフ。さっき、十河の話に出てきた男か。

「すみません、ベルゼギアさんっ……私――」

粗方、必要な情報は得た。

「どうやら朗報が舞い込んだと見えます。ええ、どうかすぐに行ってあげてください」

「はい、本当に今日は救ってくださってありがとうございましたっ。また、いずれっ」

「――ええ。もし、また会う機会があれば」

……………………。

十河綾香。

清廉なだけに、どこへ転ぶかわからない。

あるいは誰もが思い描く〝勇者〟像に、一番近い勇者なのかもしれない。

同時に――不確定要素の塊でもある。

ある意味、最も読めない。本人の説明によると、杖の必要な今の状態も極弦とかいう鬼槍流の技の負荷が原因とのことだ。

なら、いずれ回復する。
俺は、クラスメイトに手を借りながら離れていく十河の背中を眺めた。
もしか、すると。
今後、勇者の中で誰より厄介な障害となりうるのは——
「………………」
身を、翻す。
「行きましょう、アスターヴァ」
イヴがついてくる。歩きながら、俺は今後について考えを広げていく。
ここからは大魔帝がどれだけ〝もつか〟が鍵となるかもしれない。
勇者がこれから大魔帝討伐に費やす期間。
言い換えればこの期間は女神を守る手駒が減る期間だ。
前情報通り大魔帝が女神の天敵なら……。あのクソ女神のことだ。
自身は危険を冒さず、アライオンに残ることも十分ありうる。
大魔帝が東に姿を現したと聞いた。その情報は俺にも入ってきている。
ツヴァイクシードとかいうヤツが、死ぬ前に言っていた。
アイングランツは戦略級の存在だ、と。
あの側近級が大魔帝にとって意外と重要な駒だったとすれば……。

ここ南の戦況を知った大魔帝が退却することもありうる、か？

アイングランツの死を知った大魔帝が最北の地にでも退却してくれれば、御の字。

逆に、東へ行った桐原たちがそこで大魔帝を倒してしまうと厄介な話になる。

その戦いで桐原あたりが戦闘不能になってくれればそれはそれで朗報だが……。

もし、大魔帝が北の大地に引き籠ればＳ級勇者は最北地へ赴くしかない。

その間は女神を潰すのに障害となりうる２－Ｃの連中が一時的に不在になる。

少なくともＳ級は北へ向かうはず。

であれば、その厄介な邪魔が入らないうちに禁呪を使えるようにし——

叶（かな）うならＳ級が北の大魔帝とやり合っているうちに、クソ女神を潰す。

俺としてはそれまで大魔帝がもってくれれば僥倖（ぎょうこう）である。

大魔帝が殺されるのが先か。

俺が、禁呪を手に入れて女神をぶっ潰すのが先か。

ここからはひとまず、そういう勝負になってくるのかもしれない。

そう。

Ｓ級連中不在の間に復讐（ふくしゅう）を完遂すれば、十河綾香という懸念も消える。

そして、そのためにはある程度今後のＳ級勇者の動向を知る必要がある。

動向を定期的に知るには一応使えそうな手を考えてある。

が、今後もし十河綾香が俺の障害として立ちはだかった場合――

正体を明かしてみたら、それはどうなる？

何がなんでも全力でクラスメイトを守ると十河は宣言した。

しかしそのクラスメイトの敵として現れたのが――

同じ、クラスメイトなら？

十河綾香に突きつけられる矛盾。

目の前に立ちはだかる者も――守ると誓った、クラスメイトなら。

死んだと思っていた三森灯河だったなら。

その時、十河綾香はどうするのか？

正体を明かせばおそらく隙を作れる。

今この場で実行はさすがに厳しいが、傷つけず無力化するやり方はある。

俺の状態異常スキルなら、やれる。

十河はあの状況で俺の廃棄に反対した。その十河を、目的達成のために傷つける――それは、俺が心底嫌っていた〝あいつら〟と同レベルでしかない。

「どうしたの？」

不意に尋ねてきたのは、マキア。

「――まだ年端もいかぬ子どもに見えましたが、彼女の中身は立派な戦士でした。少々、感銘を受けまして」

「ふぅん、異界の勇者に感動してたの」

「ええ」

と、兵士の一人がマキアを呼びにきた。すると彼女は、

「あなたは適当な時に幕舎の方へ戻っておいて。私はちょっと、用事ができたから」

「ワタシの監視はよいのですか？」

「害のある相手でもなさそうだし、いいかと思いますけど？」

そう小さな肩を竦め、マキアはこの場からいなくなった。

この辺りはひと気がない。口調を戻し、俺はイヴに言う。

「もう、喋っていいぞ」

「うむ」

「黙って突っ立たせてただけで、悪かったな」

「我はかまわぬが……我がいてもいなくとも、大した影響はなさそうだったな」

「いや、おまえの存在も役に立ってたさ」

「？」

何人かの——特に、男子は後半イヴばかり見ていた。

短時間異性の意識を引きつけるなら美女が適役。

印象値が分散するから、多少は俺の印象値も薄れる。

軽くそう説明すると、うぅむ、とイヴは唸った。

「人間からああいう目を向けられると、妙な感覚だ」

「フン、魅力溢れる容姿にも使い道はあるってことだな」

◇【各地にて】◇

十河綾香たちのいる南軍とのちに合流予定だった残り半分の南軍。

その軍はマグナルの王都シナドで待機していた。

が、敵の南侵軍が急速に進軍速度を上げたとの報が飛び込んでくる。

その進軍速度は、あまりに速かった。

そして王都への到達も迫った時——白狼王率いるマグナル軍は、残り半分の到着を待たずしてこの南侵軍と衝突せざるをえなくなった。

王都より打って出るマグナル軍。

しかし、やがて敗色濃厚となり王都へと退却。

数刻後には門が破られ、敵軍が王都に雪崩れ込んだ。

この一戦は、こうして王都を戦場とする大激戦となった。

ほどなく、狂美帝率いる輝煌戦団及び、ミラ帝国軍が駆けつけ参戦。

幸い、衝突した敵の南侵軍には側近級がおらず、犠牲こそ多かったが、神聖連合側は勝利を収める。

だが、この戦いによりマグナルの王都シナドは壊滅的打撃を受けた。

さらに悪いことに白狼王がこの王都の戦いで所在知れずとなる。

現在、生死不明。

決死の捜索は、今も続けられている。


一方、西方。

敵の西侵軍はヨナト公国の殲滅聖勢を、北のマグナル領から南のヨナト領まで押し返していた。それまで快進撃を続けていた殲滅聖勢が、再び押し返されたのはなぜか？

敵側近級の参戦によって戦況が一気に不利へと転じたのである。

大魔帝軍は念願の聖眼破壊を果たすべくそのまま大進撃を敢行。

側近級ドライクーヴァ率いる西侵軍は、ついにヨナトの王都手前まで迫った。

対するヨナトは、聖女のみが起動を可能とする古代兵器〝聖騎兵〟をこの局面で投入。

戦場浅葱の率いる異界の勇者たちと共に、反撃へと打って出た。

大魔帝軍が行った今回の大侵攻は、各地で漏れなく激戦の様相を呈したが――

最も血みどろの大総力戦へと変貌したのが、この西軍の戦いであった。

◇【鹿島小鳩】◇

ヨナト公国、王都。

担架で運ばれている女――聖女キュリア・ギルステイン。

「――キュリ、ア」

彼女のもとへ駆け寄ったのはヨナトの女王。

担架のクリーム色の布には生々しい血の赤が滲(にじ)んでいる。

それが雫(しずく)となり、ぽたぽたと地面に落ちていた。

ヨナトの女王は青ざめ、悲痛な面持ちで聖女を見下ろした。

聖女の銀髪が担架からはみ出て、乱雑に散り垂れている。

美しい銀髪も今やその半分が血染めであった。

女王はキュリアの手を取り、両手で包み込んだ。

「あぁ、キュリア……あなたが、こんな――ッ」

先ほど聖女が倒れていた場所。そこには血だまりができている。

担架上の聖女はというと――見ればわかる。

瀕死(ひんし)だ。

頭部は幸い比較的綺麗(きれい)に残っている。が、身体(からだ)の方はひどい有様である。

実際、各部位が千切れていないのは奇跡と言える。

それを奇跡と思えるほど、今の聖女はひどい状態にあった。

そもそも息をしているのが不思議なくらいである。

「うちらの治癒スキルが、幸いしましたかね？」

やや離れた場所で悲嘆する女王を眺めていた戦場浅葱が、口を開いた。

浅葱は、グループの女子数人を親指で示す。

「あ、なんならついて行かせますヨ？　異界の勇者のスキルは、この世界の魔術やら何やらと比べるとなかなか優秀だそーですし。状態異常スキルを除いては、ですケド」

女王が血の気の失せた顔を上げる――ひどく、緩慢な動きで。

彼女の顔には複雑な表情が張りついていた。

しかし数秒もすると彼女はその複雑さを薄め、浅葱に言った。

「お願い、するわ」

「あいあい。んじゃー……戦いが終わった直後で悪いんだけど、そこの三人頼みまする」

浅葱の指示を受けた女子三名が、弾かれたように応える。

「わ、わかったっ」「えっと――じゃ、行こっ」「お、おう」

担架に駆け寄る女子三人。次いで、彼女たちは弱々しい声の女王とやり取りを始めた。

それからほどなくして、担架上の聖女は運ばれて行った。

遠ざかる聖女、そして付き添いの女王と浅葱グループの三人。

浅葱は頭の後ろに両手をやって、呑気な様子でそれを見ていた。

そんな、戦場浅葱の背後で――騎兵チックなファンタジー風のロボット（小鳩にはそう見える）が、半壊状態で倒れている。

正確には、寄り掛かるように半倒壊した建物に倒れ込んでいた。

このロボット風の巨人は〝聖騎兵〟と言うらしい。

周囲には壊れた城壁やら、建物の煉瓦やらが散乱している。

そして、もつれ合った姿勢で聖騎兵と折り重なっているのは――巨大な魔物。

確かドライクーヴァと名乗っていた。

人語を解するそれらは魔物ではなく〝魔族〟と呼称されるらしい。

ドライクーヴァの口内には、特大サイズのランスが突き刺さっていた。

ランスの先が後頭部を貫いている。

浅葱が背後を振り向き、ドライクーヴァの死体を仰ぎ見た。

「いやけどあれだね、どうにかとどめに間に合ってよかったにゃん」

口を猫みたいにして、まぶたを少し落とす浅葱。

「側近級とか名乗ってて本気強そーだったからねー……そりゃ、刺せるならとどめ刺したいっしょー。ボス級の経験値が高いのって、やっぱジョーシキ？」

そう。

実際にドライクーヴァと〝ほぼ相討ち〟の形にまで持ち込んだのは、聖女である。

が、ドライクーヴァがこと切れる寸前にとどめ役を得たのは戦場浅葱であった。

浅葱の隣に立つ鹿島小鳩。

今、小鳩は背後の聖騎兵や、舌を出して死んでいる側近級の死体の方を向いていない。

小鳩が心配そうに眺めているのは、聖女を乗せた担架の消えた方角。

「キュリアさん、大丈夫かな……」

驚き顔をする浅葱。

「い、いやいや——小鳩ちゃん大丈夫？　あれで、だいじょぶなわけないっしょ……」

「……ねぇ、浅葱さん」

「ほいよ？」

背後の冗談めいたサイズの死体を見やる。今はそれを見ても不思議なほどショックがない。むしろ、あまりにも現実感に欠けた光景だからだろうか。

「この死んでる側近級って名乗ってた魔族……浅葱さんの提案した作戦でしか、倒す手はなかったのかな……」

「ん〜？」

「ええっとね、その……聖女さんが相討ち覚悟でやる作戦以外に……倒す手はなかったのかな、って……」

浅葱はかすかに口の端を皮肉っぽく緩めると、聖女の消えた方角を見た。

「女王ちゃん、なんか言いたそうだったねぇ……大方〝あなたの無茶な作戦のせいで私の大事なキュリアがこんなひどいめに！〟とでも、言いたかったんだろうにゃー」

女王のあの表情の奥にあった本音。

あの顔を見た時、浅葱が今言ったような意思を小鳩も感じ取った。

「んー、けどさ……結果として聖眼は壊されずに済んだし、この国は壊滅的な被害を受けたけど、魔物に占領されるまではいかなかった。少数の犠牲で多くを救えたんだから、天秤的にはオッケーじゃないかなー……とか、浅葱さんは思うのですよ」

「そうかも、しれないけど……」

「あれ？　こういうのロジハラっぽい？　ふむふむ、ならばポッポちゃんには何か代案があったのかにゃ？」

「……ううん、なかったよ。何も」

「うははは、めんごめんご。嫌な言い方だよね、今の。でもだいじょーび。あたしもさ、文句言うとすぐ代案出せとか言い出す人って嫌いじゃし。ただねぇ、ポッポちゃん……」

浅葱の見つめる先。

そこには、傷ついた兵士たちの手当てを手伝う浅葱グループの女子たちがいた。

ヨナトの人たちと協力し、せっせと動き回っている。

あれも——浅葱の指示である。浅葱はみんなに、

『まー、あたしら勇者組は幸運にも全員ほぼ無傷で生き残っちゃったからさー……ここで変な不興買わんためにも、疲れててもせっせと献身的に働く姿を見せておこっか。だからみんなごめん、このとーり！　疲れてるだろーけど、もーひとがんばりお願いしていい？』

そう言って、手伝いを頼んだ。

「あたしさー、どうしよっかなーって考えてたんだよねぇ。ほら、異世界来ちゃったじゃん？　なんか色々あったじゃん？　で、この先の目的をあたしはどこへ置くのかって話でさ」

浅葱はにょっと微笑(ほほえ)んで視線を落とすと、足もとの残骸を軽く蹴飛ばした。

「目的その一は、この浅葱さんグループ全員が生存すること。その二は、浅葱さんグループが全員生存した状態で元の世界に戻ること。とりあえず、この二つを目的にして動くといいかにゃーって」

浅葱グループに限定されているのが、やや気にかかったが——

「じゃあ浅葱さんは、みんなで大魔帝(たいまてい)を倒そうって考えなんだね？」

小鳩は、期待を込めて尋ねた。

しかし、浅葱はすぐ回答しなかった。彼女は、感情の読み取りにくい目でしばらく小鳩

を見ていた。

「びみょい」

「え？」

「たとえば、の話なんだけど」

横髪を指でくるくる弄り、浅葱は続けた。

「元の世界にあたしらを戻せるのが女神ちゃんだけじゃなくて、大魔帝なんかもおんなじ力を持っているとしよう。んで、もしこのあと大魔帝ちゃん側が確実に優勢って状況になってきて、あたしらが大魔帝の陣営に誘われたとしようか——あ、これ仮の話じゃよ？たとえば、の話だからね？」

言い置き、続ける浅葱。

「もし女神ちゃん側につくより元の世界に帰れそうな確率の高そーな陣営があったら、そっちについてもあたしの目的って果たせると思うんよねー」

「え……でも、それって……」

「そりゃこのまま女神ちゃん側が勝ってみんなで戻れるに越したことはないさー。ただねー……勝ち馬に乗るって大事じゃん？　まーそのさー」

浅葱は屈み込むと、足もとに落ちていた小さな瓦礫を拾った。

彼女は小石ほどのその瓦礫を何度も上へ放り、手もとで弄び始める。

「小鳩が大好きな十河ちゃんなんかは、大魔帝側につくなんて絶対認めなさそうだよねー。でもさー」

浅葱が瓦礫を放り投げた。瓦礫は、半壊した建物の壁にぶつかった。

そして硬く乾いた音を立て、地面に転がった。

「厳しい世を生き残るには、勝ち馬を嗅ぎ分ける嗅覚がやっぱ必要っしょ。がうがう」

(なんだろう)

小鳩は浅葱に対し、以前よりさらに得体の知れない何かを感じた。

「にしてもさー……さっきの女王様の顔、ほんとすごかったよねぇ。大事な聖女ちゃんを犠牲にしたのは紛れもなくあたしだけど、形としては相討ち覚悟の策を出してこの国を救ったのもあたしなわけじゃん？　てか、人間てあんな複雑な表情できるんだねー……人間があんな顔できるなんて、小鳩ちゃん知ってた？　面白いよね」

「わたしには――よくわからない、かな」

「〝わからない〟って返しはすっげぇ便利ですなー。それ使うと、会話はそこで終わりがちになっちまうんじゃケドさ」

言って、浅葱はゆったり立ち上がる。

「さぁて、あたしもひとがんばりしてきますかねい。せっかく覚えた新スキル――特に【痛覚遮断】なんかは、怪我人で溢れたここじゃなかなか重宝されるっしょ」

浅葱はこの一連の戦いで固有スキルを新たな段階へと進めていた。

S級やA級に劣るとされるB級でありながら浅葱は固有スキル持ちである。

しかも、この戦いの中で進化まで遂げた。

浅葱はこう言っていた。

『あたし思うんだけどさ、アルファベットの勇者のランクづけって、隠れランクみたいのが中に紛れてそうな気がするんよね。もしかすっと、S級の中でも格差があるのかも。たとえば普通は〝SUPER〟なんだけど中に〝SPECIAL〟が紛れてる、とかね。あたしのB級も実は〝B〟で始まる何か特別な隠れランクだったり？　にゃーんて、ね』

いや——案外、そうなのかもしれない。

小鳩は妙な説得力を感じた。となると、

(C級やD級の中にも、隠れランクが存在する……？　そう、たとえば……)

D級の自分も隠れ等級だったなら。

(十河さんの役に、立てるかもしれない)

思わずそんな妄想を抱いてしまう。

「ほれ、ポッポちゃんも行くぜよ。戦いの時はあんま役に立たなかったんだから、こういう時に失点を取り返すのじゃ」

言われて、小鳩は小走りで浅葱に駆け寄った。ふぁ〜あ、と大あくびをする浅葱。

「ねっむ……てゆーか、あたしの進化した固有スキルってデバフ系寄りっぽいのぅ」

「でばふ系？」

ピンとこない単語だ。

浅葱曰く、最近だと主にゲームで使用される用語らしい。

「今まで使ってた【群体強化】はバフ系ね。バフ系ってのは、みんなをパワーアップさせる感じのやつ。んで、デバフ系ってのはその逆」

「パワーダウン？」

「そ、基本はね」

歩きながら浅葱が上体を前へ倒す。

再び、彼女は足もとに転がっていた小石を拾い上げた。

「んでね？　バフとかデバフって、存在価値ナッシングなレベルのゲームもあるんだけど、ゲームによっては勝敗を左右する超重要な要素だったりするんよね。まー、それ言っちゃうと状態異常もか。〝ぶっちゃけこのゲーム状態異常の概念存在する意味あります？〟ってゲームもあるんだけど、ゲームによっちゃ逆に強パラメータを無意味化するレベルの状態異常ゲーとかもあるわけでさ」

ゲームをしない小鳩にはやはり、全然ピンとこない話である。

ただ、と不意に思った。

状態異常系統のスキルといえば、

（三森君……）

小鳩は、俯く。浅葱が続ける。

「つまりさ、攻撃スキルだけが戦いのすべてじゃねーのよって話。邪王素振り撒いてる側近級とかゆーの倒せたのも、実際この浅葱さんのバフとデバフあってこそだった感じがするのよん。あ、つーか……邪王素もデバフっちゃーデバフの部類か」

浅葱が、ヒュッ、と手中の小石を投げる。

倒壊した建物の壁面に空いたいびつな穴。

投擲された小石は、そこに見事すっぽりハマった。

どこかそれは、テニスボールがフェンスの網目に挟まっている姿を連想させた。

「ま、そーゆーわけでね？　バフとかデバフは、上手くハマりさえすれば――」

うむ、と浅葱が頷く。

「これほど強力なスキルも、他にねーのさ」

◇【三森灯河】◇

幕舎へ戻ると、何やら賑(にぎ)やかになっていた。

押しかけているのはネーアの聖騎士たち。

セラスは、姫さまともう幕舎の外へ出ていた。

顔つきから察するに、それなりに満足いく形で別れ前の時間を過ごせたらしい。

俺が戻ったのにセラスはすぐ気づいた。俺は、手の仕草で〝そっちの相手をしてろ〟と伝えた。と、セラスはそのまま聖騎士たちの相手に戻った。

ふむ、とイヴが唸(うな)る。

「やはりセラスは、今も元配下に慕われているのだな」

「今もあれだけ慕われてるのは、あのカトレア姫の力も大きいのでしょうね」

一応口調は変えたまま、俺はそうイヴの言葉に続く。

行動だけで見るならセラスは国の占領寸前に逃亡した騎士団長である。

が、あの姫さまが巧みに印象を操作したのだろう。

自分なりに考えがあってセラスを逃がした、とでも言ったと思われる。

でなければ皆が皆、あんなに温かく元騎士団長を迎え入れるとは思えない。

そして、実際セラスはこの局面で味方——俺たちを引き連れて馳(は)せ参じている。

〝こういう時のためを思ってセラスに別行動をさせていた〟

後づけでそんな感じに説明してやれば、聖騎士たちも〝姫さまは後々のことも考慮してセラス様を逃がしたのだ〟と、内心納得する――否、せざるをえない。

意図はどうあれ、結果としてセラスの逃亡が〝ここ〟へ繋がったのだから。

繋がって、しまったのだから。

ただまあ、

「カトレア姫の行動はそもそも、すべてがセラスを想ってのものなのでしょう」

「あの姫にして今のセラス・アシュレインあり、か」

あごを弄りながら、イヴがこっちを横目で見る。

「何か？」

「〝これから〟のセラス・アシュレインは、そなたにかかっているがな」

フン、と鼻を鳴らす。

「そのようです」

ひとしきり別れを済ませた頃、身なりのいいネーアの騎士が幕舎へやって来た。

「カトレア様、ポラリー公がアライオンの将を連れて訪問されております。いかがいたしましょう？」

姫さまは首を傾げ、懐中時計を確認した。

「軍議までには、まだ少し時間があるはずですけれど」

「いえ、実はその……」

セラスを一瞥(いちべつ)する騎士。

「是非セラス様にお会いしたいと、そうおっしゃっておりまして」

睫毛(まつげ)を伏せ、小さく微笑(ほほえ)む姫さま。

「なるほど。そういえば、ポラリー公はセラスの〝記念品〟にご執心でしたわね。しかし……その申し出に対する答えは、わたくしでなく〝今〟の主(あるじ)に聞かねばですわ」

言って、俺を見る姫さま。

と、つられて聖騎士たちの視線も一斉にこっちへ注がれた。

……にしても、マスクは楽だ。マスクをしていると表情の微細な変化を読まれない。

表情コントロール分のリソースを、他へ割ける。

俺は、前へ出て言う。

「ポラリー公爵はアライオンの貴族でしたね？　ネーア聖国にとって、ここでセラスを彼に会わせる得はあるのでしょうか？」

一瞬、姫さまが虚をつかれた顔をした。が、すぐに微笑みを取り戻す。

「そうですわね……ポラリー公はアライオンでも高名な公爵家の次期当主です。〝我が国〟の心証をよくしておく分には、今後を考えても損はない――わたくしは、そう考えておりますが」

なるほど、と相槌を打つ。

「ではその話、カトレア姫の同行を条件として受け入れましょう。もちろん、セラス本人が承諾すればですが――」

セラスは、諸々を了解した顔で胸に手をあてた。

「何か、姫さまのお役に立てるのでしたら。我が主の許しも出ましたし」

早速、セラスは聖騎士たちを引き連れて幕舎を離れた。俺たちも、外へ出た。

と、馬に乗った姫さまが俺たちの近くで止まる。

「お心遣い、感謝いたしますわ」

「こたびの戦、ネーア聖国はその功績如何によって神聖連合への復帰が決まると聞きました。その決定権を持つのが、実質的な神聖連合の長として君臨する女神を擁するアライオン……となれば、アライオンの有力者の心証がどこかで役に立つかもしれません。それに――」

馬上の姫さまを見上げる。

「あなたが一緒なら、おかしなことも起きないでしょう」

「お任せくださいませ。セラスにも仕込んではありますが、わたくしはそれ以上に度の過ぎた男性の〝色ボケ〟のあしらい方を心得ておりますので。ベルゼギア殿の信頼には、しっかり応えますわ。それから……」

とある方角を眺める姫さま。

「例の件、準備が整ったようですわ。指示はもう出しておりますので――あとはベルゼギア殿のよきように」

俺は「取り計らい、感謝いたします」と軽く一礼する。

「あなた方のしてくださったことを考えれば足りないくらいですわ。五竜士(ごりゅうし)の件も含め、返し切れないほどの恩義です。まあ……」

優雅に口もとへ手をやる姫さま。

「シビト・ガートランドとわたくしの婚儀が予定通り取り行われていたなら、のちに〝人類最強〟の子をこの身に宿し、そして、最強と呼ぶに値する血が我が子に受け継がれていた場合、その子に反バクオスの旗手となってもらう――そんな手を考えてもいました」

さらっと言ったが、なかなか怖い姫さまである。しかし、

「そんなあなたが傍にいたから、セラスも清濁の〝清〟の部分を失わずいられたのでしょう」

「…………」

「ワタシはあなたのその鉄の精神力に感服します。前国王であられた父君……さらには国を失ってもなお強い意志を失わず、国を想い、常に最善手を打とうと努力している……ま

さに、人の上に立つ者のあるべき姿と言えるでしょう」

　各国の位置的にネーア聖国は今後重要な駒となるかもしれない。

　おだてでても、好意を上げておいて損はない。まあおだてるも何も、すべて事実だが。

　姫さまが、口を開く。

「守るに値する民と感じなければ、ここまで必死になどならず、とっくに国を捨てて逃げ出しております」

「ふむ。王族としての義務ではなく個人的な感情でしていること、と」

「セラスにしてもそうですわ。守る価値を感じぬなら父の手から彼女を守りはしませんでしたし、バクオスの魔の手から逃がそうとも思わなかったでしょう」

「――そんなあなたも、想われるに値する姫君なのでしょうね。セラスを見ていれば、わかります」

　ひと時の沈黙。

　ゆらゆら揺れる篝火（かがりび）に照らされた眉目秀麗な姫さまの容貌。

　彼女のその顔つきは普段から〝作って〟いるのだろう。

　漂うこの独特の空気が、気品ってヤツだろうか？

　姫さまは視線を俺へ戻すと、目もとをゆったりと緩めた。

「ベルゼギア殿は、不思議な方ですわね」

「このような面をつけていれば不思議がられもします」

「そうではなく――失礼ながら、あなたはセラスが好む気質の殿方とは思えませんの」

感服の気配を帯びて、姫さまは言った。

「その〝仮面〟を脱いだ時のあなたがどんな感じなのか、わたくしも少し興味があります。不思議なのは、今の〝仮面〟をつけている時のあなたもわたくしの目には偽りの姿とは映りませんの。なんと言ってよいか……〝本物が二人いる〟みたいな――そんな、奇妙な感覚ですわ」

セラスたちの向かった方角が、何やら盛り上がっていた。

が、俺とイヴはその盛り上がりを背に別の方角へと足を運んでいた。

手で幕を控えめに払いのける。そして陣幕の中へ足を踏み入れ、イヴが続く。

急ごしらえの目隠し用の陣幕。ただ、姫さまの幕舎みたいに天井はない。

見上げれば、澄み渡った夜空が見える。

「広さは――頼んだ通りにしてくれたか」

転移石(てんいせき)の効果範囲に合わせた広さ。そして……

陣幕の中には、聖騎士たちに収集を頼んでいた〝それら〟が並べてあった。

「さて。そろそろ帰還する時間だが、その前に……」

並んで立ち、俺とイヴは〝それら〟を見下ろす。

姫さまに頼んだのは陣幕の設置以外にもあった。

魔戦車（ませんしゃ）の残骸の収集である。

そう、今この陣幕内には魔戦車の残骸が並べられている。

「こいつを、処理しないとな」

俺は残骸に【フリーズ（凍結性付与）】を使用する。

と、大きめの残骸がみるみる凍りついていく。

陣幕の中には二本の大槌（おおづち）が置かれていた。これも、イヴを通してあらかじめネーア側に頼んでおいた。当然、凍結状態の残骸を粉砕するための道具である。

大槌を一本、手に取る。

「そんなに時間はない。急いで取り掛かるぞ」

「うむ」

こうして、俺たちは残骸の処理に取り掛かった。

【フリーズ】の対象数に制限があるため、一つずつ凍らせ、順々に砕いていく。

魔戦車の残骸をここへ残していくのは気が進まなかった。

消せる痕跡は、消していきたい。

伝聞のみの魔戦車。

残骸が存在する魔戦車。

この両者には、やはり大きな違いがあるだろう。

残骸が後々になっていらぬ〝痕跡〟となる可能性は十分ある。

「ところで、我は一つ疑問なのだが」

作業しながらイヴが言った。

「この残骸も転移石でまとめて転送すれば、わざわざこんなことをせずともよいのではないか？」

最もな疑問である。

なぜ残骸もまとめて転送してしまわないのか？

それは――転移石に一つ問題点があるからだ。

転送できる量に限りがあるかもしれない、というのである。エリカ曰く、

『範囲内の物質量が多すぎるとすべては転送できないかもしれない』

とのこと。範囲内の全転送が確定でない以上、リスクは減らすべきだろう。ただ、

『きみたち三人とピギ丸、スレイくらいは確実に転送できるはず』

と言っていた。

けれどそれ以上となると保証はできない、というわけである。

そんな事情があるため、転送する物質の量は極力減らしておきたい。
となると、魔戦車の残骸は減らすべき第一候補となるが……。
減らすといっても、痕跡となる残骸をそのまま放置していくのは避けたい。
そこで登場するのが——【フリーズ】。
アシントの死体と同じく砕いて〝消す〟。
この方法ならほぼ確実に痕跡として残らない。
他人任せにせず、自分の手で処理する安心感もある。
……にしても。
この作業をしてると、完全犯罪の達成でも目指している気分になる。
使い方によっちゃこの【フリーズ】の能力は危険極まりない。
能力を知られていない状態なら、いくらでも死体やら証拠物品を処理できる。
もしこの能力が連続殺人鬼の手にでも渡ったらと思うと、恐ろしい話だ。
——なんてことを考えながら、俺は作業に没頭していった。そして、
「こんなもんか」
「うむ。地面に散らばるこの粉が元はあの戦車とは、誰も思うまい」
「——っと、あれもだな」
陣幕の隅に置いてある〝それ〟。

イヴがアイングランツへ投擲（とうてき）したエリカ手製の槍（やり）である。
魔戦車だけではない。
こういった武器類も探してもらい、ここへ運び込んでもらっていた。
手に取って状態を確認してみる。
やはり、一度使っただけで使い物にならなくなったみたいだ。
複数回の使用を想定して作っていない——エリカの言葉通りである。
なのでこの槍もやはり同じ方法で〝処分〟する。
そうして不用品の処分を終えた俺とイヴは、大槌を陣幕の外へ置きに行った。
それから、天幕の中に戻ってくる。
今、地面には小麦粉みたいな粉が散らばっているのみ。
見ると陣幕の布がパタパタと揺れていた。風が出てきたらしい。
幕の下の隙間から、粉が風に乗って外へ散らばっていく。
ザッ、とかたまりを足で払う。
すると、大量の粉が幕下の隙間を通って夜闇の中へと一気に流れていった。
残ったわずかな粉も、いずれ風に乗って消え去るだろう。
「…………」
これで、魔戦車やらエリカ手製の武器やらの痕跡は消える。

「あとは――生きた痕跡が、消えるだけだな」

懐から転移石を取り出す。

時間が経てば経つほど面倒な事態を呼び込みかねない。

やるべきことを済ませたら、長居は無用。あとはセラスを待つのみ。

と、イヴが口を開いた。

「しかし、ネーアの者たちもよくあそこまで残骸を集めてくれたものだ」

確かに、こればかりはネーア側の協力なくしては厳しかった。

「……なんつーか、真面目だよな」

生真面目な元聖騎士団長の影響も強いのだろうか？

声の調子に安堵を滲ませ、イヴが言った。

「それにしてもこたびの戦い、誰も途中退場せずに済んでよかった。深手を負った者もいない。戦車は、壊れてしまったが……」

出立前にしたエリカとのやり取りを、思い出す。

『この魔戦車、返せる保証はないぞ』

『――笑止。北方魔群帯を抜けるなんて無茶をやるのよ？　無傷で返してほしいんだったら、エリカはそもそも貸さない』

手もとに戻ってこないのは承知している――言外に、そう言っていた。

『何か裏がありそうだと訝しくなるほど、気前がいいな』

エリカはこう答えた。

『魔戦車や魔導具がきみたちの身代わりになるなら、それでいい。この魔戦車が壊れるより、きみたちが壊れる方がエリカは寝覚めが悪いもの。特に、リズのことを考えたら』

そんな会話を思い出しながら、イヴを見る。

イヴは片膝をつくと、どこか労わるように、わずかに残った地面の粉を撫でた。

「エリカの協力なくしては、我らも皆こうして無事ではなかったかもしれぬ。禁忌の魔女があれほど善意に寄った者とは、我も予想外だったがな」

おまけに頭も切れる。

となれば、どこぞの女神からすれば目障りの極みだったはずだ。

しかもあの発明家っぷりである。悪くすれば女神よりも〝信仰〟を集めかねない。

味方へ引き込めないなら、邪魔者でしかなかっただろう。

……もし、エリカが女神側だったらと思うとゾッとする。厄介この上なかった。

と、イヴが何かに気づいた。

「む、この気配は……」

「おまたせいたしました」

幕をくぐってやって来たのは、セラス。

「意外と早かったな」

セラスは微笑み、眉を八の字にした。

「姫さまのおかげです。あの方が、上手く切り上げ時を作ってくださいました」

俺の信頼に応えたさすがの仕切りである。

「感触は？」

セラスの苦笑が、深みを増した。

「戸惑うほどの歓迎の空気と言いますか、なんと言いますか……」

イヴが口を挟む。

「そなたの美貌の話はこの大陸においてはもはや神話級だからな。直接その目で見るのを熱望していた者らからすれば、神話上の伝説にでもお目にかかった気分なのだろう」

目は笑みの形ながら、口をへの字に曲げるセラス。

「それはさすがに、大げさすぎるかと」

俺は聞く。

「アライオンのポラリー公爵とやらの反応はどうだった？」

「ポラリー公はたくさんの配下を連れて訪問されていました……直接お会いするのは初めてだったのですが、その……なかなか熱烈な方でございました」

言葉を選んではいるが、戸惑いが伝わってくる。

セラスは苦笑顔を維持しつつ、困ったように言った。

「『握手したこの手はもう二度と洗いませんぞ』と興奮気味に言われたのですが……私は、なんと返せばよかったのか。姫さまによれば〝首尾は上々〟とのことでしたが……ああ、そういえば姫さまの発案で――」

セラスがこの戦場で騎乗した軍馬が、ポラリー公へ贈られることになったそうだ。

『このご恩はしっかり心に留めておきますぞ、カトレア姫』

と、公爵は大層ご機嫌な様子だったという。

なんつーか……。きっちり〝姫さま〟の功績になっている辺りも、さすがと言える。

「商人とかに鞍替え(くらがえ)しても余裕で成功しそうだな、あの姫さま……で、おまえの方はもういいのか？」

「姫さまとの二人きりの時間も十分すぎるほど取らせていただきましたし……彼女たち――聖騎士たちとも、十分に言葉を交わせました。あとは、この先の互いの幸運を祈るのみ……心残りと呼べるほどの悔いは、ございません」

「そうか」

「あと、異界の勇者殿たちも何人か来られていたようでして……男性ばかりでしたが……その……」

途中から、歯切れが悪くなった。流れで言い出したものの、途中で話題選びに失敗したのに気づいた——そんな、感じだった。

俺に気を遣ってか、何やら言い出しづらい雰囲気を漂わせるセラス。

「遠慮せず言えよ」

「気のよさそうな方たち、でした」

一方で、自分の思考の道筋を他人任せにしがちな連中でもある。

ああいう連中は導くリーダーで容易に変わる。

女神に煽られれば一瞬で悪意の塊にも変化する。だが今回の戦で十河に率いられた影響か今は〝気のよさそうな方たち〟の方へ傾いた、と……。

要するに確固とした〝自分〟を持たない連中。

それは——ありがたい。

クラス全員がもし高雄聖みたいなヤツらだったら、さすがにこっちもしんどいからな……。大多数があんな連中だからこそ、対抗策を練るべき人数を絞れる。

「あ……申し訳ありません。彼らは、確かあなたを——」

「あいつらは周りの空気に流されただけだ。だから、悪くない——なんて善人思考まで俺は持っちゃいない。が、今は危険を冒してまで対処する必要のない連中だ」

下手にクラスメイトへ手を出すと、十河綾香という不確定要素とやり合う危険性が出てくる。少なくとも、今それは避けたい。

むしろ問題は――あの場にいなかった連中。

そいつらの問題があるからこそ。

俺はもう一度、魔女の棲み家へ戻る必要がある。

というわけで、

「帰ると、するか」

今後のプランの大枠を固めつつ、俺は、転移開始の文言を口にした。

2. 別れと、出立

視界を覆い尽くす光。
光が収まると――
目に映るのは、見覚えある風景。
魔女の棲み家。
その一角にある転移陣の上。
転移石(てんいせき)使用時に転送されるよう設定した場所だ。
蠅王(はえおう)のマスクを脱ぎ、手に持つ。
奇妙な懐かしさを覚えつつ、俺は言った。
「無事に戻ってきた、か」
全員の状態を確かめる。
……大丈夫だ。セラスもイヴもスレイも、転送されている。
ローブの中を確認。
「ピギ」
ピギ丸も、問題なし。
イヴが俺に続きマスクを脱ぐ。彼女が、耳を澄ました。

「足音が離れていく——大きさからして、ゴーレムか」

「ひとまず持ち物を確認するぞ」

エリカの忠告に従い物量は減らした。見た感じ大丈夫そうだが、

「念のため、未転送のものがあるか確認しておいてくれ」

俺たちが〝消えた〟場所に何か残っていた時の対策は一応した。

姫さまが処分なり隠すなりしてくれる手はずになっている。

が、確認すると未転送扱いになった物はなさそうだった。

そんな具合で装備などの身の回りの持ち物を確認していると、

「む？　この、足音は——」

「おねえちゃんっ」

ゴーレムを引き連れてやって来たのは、エプロン姿のリズだった。

「——リズ」

名を呼んだイヴの声は低く、静かだった。

が、喜びで溢(あふ)れているのがわかる。

おそらく俺たちの到着前に転移陣が光り出すとか、そんな予兆があったのだろう。

で、不寝番をしていたゴーレムがリズを呼びに行った——って感じか。

旅の中であのゴーレムが使えると便利そうなんだが……。

「よかった」

胸の前で小さなこぶしを握りしめるリズ。安堵を噛みしめるような、そんな調子だ。

「トーカ様もご無事で……セラス様も」

セラスが微笑みを返す。

「はい。皆、無事に戻れました」

「パキュ〜」

スレイがリズに歩み寄って頬を擦りつけた。リズは、スレイの頭に優しく両手を添える。

「スーちゃんも、お疲れさま。がんばったんだね」

「パキュ♪」

と、

「ピニュイ〜」

ローブから飛び出すピギ丸。ゴム鞠みたいに跳ねてリズの方へ近づいていく。

目の前で停止したピギ丸を、リズが屈んで撫でた。

「ピギ丸ちゃんも、お疲れさま」

「ピギ♪」

微笑ましげな顔でそれを眺めていたセラスが、控えめに俺の顔を覗き込む。

「トーカ殿……いかがされました？」

……この時点でエリカが姿を見せていない。

エリカなら、俺たちが帰還した報を受ければすぐ顔を出しそうなものだが。

「リズ」

その懸念を、俺は口にした。

「エリカは、大丈夫なのか？」


「お帰りなさい」

再会するなり、禁忌の魔女はそう言った。

エリカは自室のベッドで横になっていた。そそくさとリズがベッドに駆け寄る。

次にリズは、エリカの上半身を介助して起こしてやった。

エリカが「ありがと」と礼を言う。

……自力で、起き上がれないのか。

「その状態……使い魔を通して、魔防の白城の状況を俺たちに伝えた影響か？」

各地に放たれているエリカの使い魔。

エリカはその使い魔の目や耳を通し、魔群帯の外の情報を得ている。

が、見て聞くことはできても発話はできない。

否――発話は可能である。が、発話は膨大な負荷とセットとなる。

俺は、改めてエリカの様子を確認した。

……言葉を発すればこうなる、か。

少なくとも、まともに身体を起こせないほどの負担が及ぶわけだ。

そしてその負荷は数日に亘って残る――確か以前、そんな説明を受けた。

エリカが、弱々しく手を上げた。

「この負荷を受けるのは承知で使ったんだから、気にしないで。といっても……」

ジト目になるエリカ。

「あれくらいしてくれて当然とか言われたら、さすがのエリカも目くじら立てると思うけど」

「――エリカ・アナオロバエル殿」

片膝をついたのは、セラス。続き、深々と頭を垂れる。

「あなたの助力で、再びこの剣を姫さまのために振ることができました。このご恩は必ずや、なんらかの形でいずれお返しいたします」

「なるほど」

エリカが息をつく――まるで、ひと息つくみたいに。彼女の視線が俺へ飛ぶ。

「てことは、目的は達成できたのね？」

「ああ」

「ならよかったわ。気になってたから」

髪を手で首の後ろへのけるエリカ。

「エリカ、きみたちに魔防の白城の状況を伝えた直後に気絶しちゃったのよね」

覗いた褐色の首筋は、薄ら汗ばんでいる。

「気絶する前、リズに色々頼んでおいたの。気絶したら、その後のエリカの世話をしてほしいって」

帰還組の視線を一身に受けるリズ。照れくさそうに、リズは縮こまった。

「ゴーレムさんたちが苦手なところを、わたしが補う形で……だから、エリカ様のお世話はわたし一人で全部やれたわけじゃないです」

「いえ、リズの存在は大きかったわよ。ゴーレムは大ざっぱな単純作業には向いてるけど、繊細さを要求される作業には向いてないからね。細やかな気遣いもできないし。その点、リズは本当によく気のつく子だわ。ま、だからこそエリカも安心して気絶できたわけ。これで料理の腕までいいんだから、たまんないわね」

「元々お料理を提供するお店で働いていましたので……多少は」

恐縮しつつ、リズは照れくさそうに微笑む。俺は言った。

「戦いの場にいなくても、裏方としてリズもしっかり活躍してたわけだ」

「……トーカ様」

「おまえも立派に、蠅王ノ戦団の一員だな」

「は、はい」

お辞儀をするリズ。

「ありがとうございます、トーカ様っ」

ふーん、とエリカが含みのある表情を浮かべる。

「立派に〝王様〟してるじゃない、トーカも」

「まあな」

ほぅ、と息をつくエリカ。

「色々聞きたいところだけど――きみたちも疲れてるみたいだし、とりあえず少し休んでくるといいわ。エリカもまだまだ本調子じゃないし」

緊張の糸が切れるとドッと疲れが襲ってくるものだ。

自律神経の切り替わり的なのが関係してるんだったか。

興奮からリラックスへ――交感神経から副交感神経へ、的な。

まあ、確かに今は少し休むべきだろう。

ただ――その前に一つ、エリカに聞いておきたいことがある。

部屋から出ていく時、俺はドアの前で立ち止まった。

振り向き、肩越しに声をかける。

「エリカ」

俺とローブ内のピギ丸以外はもう廊下に出ていた。

再び横たわった姿勢のエリカが、こちらへ顔を向ける。

「何？」

「ヴィシスをぶっ潰すのに、それなりに厄介な障害ができた」

２－Ｃの勇者たち──特に、十河綾香。

「じゃ、そのせいで諦めるの？」

「の、つもりはねぇよ」

「でしょうね」

沈黙がおり……再び、俺は口を開く。

「エリカ・アナオロバエルに、この場で聞いておきたいことがある」

互いの視線と視線が、合う。

「どのくらい、あの女神を──ヴィシスを憎んでる？」

忌々しそうに、エリカは鼻を鳴らした。

「──クソほど」

声の調子からも、クソほど憎いのが伝わってくる……。

「当然でしょ……あの性悪女神のせいで妾は幾多の可能性を剝奪されたのよ？　結果、ここへ籠るのが予定の何倍も早まったわけだし……でも、外でやり残したことはたくさんあった」

「ヴィシスの存在は邪魔か」

「妾にとっては、ね」

「エリカ、あんたに――」

「何を頼みたいの？」

エリカが、俺の言葉を遮った。

まるで〝それ以上前置きは必要ない〟とでも言いたげに。

そして――女神に禁忌の名を与えられたダークエルフは、先回りして問うた。

「きみはこのエリカ・アナオロバエルに、何を手伝ってほしいわけ？」

「……詳細は後で話す。ひとまずあんたの意思を先に確認しておきたかった。とりあえず……俺たちもあんたも、今は少し休んだ方がよさそうだ」

エリカの部屋を出て自分の部屋へ行くと、セラスが着替え中だった。

「え、ぅ――ぁ、トーカど――」

「悪い。もう少ししてから、また来る」

背後から、

「お、お気になさらずっ」

と呼び止める声がした。

が、そんなわけにもいかないだろう。

少なくともさっき一瞬目にした着脱具合を見る限りは。

額に、こぶしをあてる。

……考えごとをしてたとはいえ、気づけよ俺も。

とまあ、そんなわけで自室を離れる。

このタイミングだとイヴも着替え中かもしれない。

つーか、後で豹人(ひょうじん)状態に戻してやらないとだな。

「…………」

しばらく外でも、ぶらついてくるか。

そう思って普段食事に使っている部屋の前まで来た時だった。

足を止め、部屋の中をそっと覗き込む。

——リズか。

小さな背をこっちへ向け、蹲(うずくま)っている。

具合が悪い――ってわけでもなさそうだが。

……どうも、泣いてるらしい。

動作からして、手で涙を拭っているのだろう。まるで、べそをかいているみたいに。

「よか、った……おねえちゃんっ……無事に、帰ってきてくれて……」

それは、安堵の涙のようだった。

「トーカ様も、セラス様も、ピギ丸ちゃんも、スーちゃんも……みんな、本当に、よかった……っ」

押し殺した泣き声。泣いているところを見つかりたくないのだろう。

見つけた誰かを、心配させないために。

違和感はあった。

多分、俺たちを出迎えた時は堪えていたのだ――泣き出してしまうのを。

本当は、胸が張り裂けそうなほど不安だったんだろう。

俺は廊下の壁に背をつけ、天井に視線をやった。

今出て行って声をかけてやるべき、なのかもしれない。

何か優しい言葉をかけてやるべき、なのかもしれない。

が、それだと……リズの気配りを台無しにしてしまう気もする。

見ると――リズは、立ち上がっていた。

嗚咽も止まっている。そして、

「よし」

気合いを入れるみたいに、リズは両手を握り込んだ。

強い子だ。本当に。

何より——優しい子だ。

俺は足音を殺し、そっとその場を離れた。そして、そのまま家の外へ出た。

階段を下っている途中で、足を止める。

「……そうだな」

今日中に、さっさと話しとくべきか。

俺たちは各々、身体を休めた。

そして——今は、卓を囲んでいる。

エリカも同席していた。俺は、

『まだ休んでた方がいいだろ』

と勧めた。だがエリカは、

『イーヤ、ヤだ』

と、頑として譲らなかった。子どもか。

さらに、

『エリカってきみにとって都合のいい女なんだから、きみもたまには都合のいい男になってくれてもいいでしょ？　いいわね？　人、間、くん？』

などとジト目で言って、俺の唇に人差し指を押しつけてきた。

俺としては、押し切られた形になる。

ただ、彼女はまだ歩けない。なので俺がここまで運んだ。

しかもエリカの要望でいわゆる〝お姫様だっこ〟で運んだ。

肩を貸すだけじゃだめなのか尋ねると、

『無理を押して誰かさんに協力したせいで、立つのもしんどい』

とのことだったので……まあ仕方あるまい。現状、そこをつつかれると断るのは難しい。

ちなみに運んでる途中、

『ゴーレムでもいいんじゃないか？』

一応確認すると、

『硬いからヤ』

と返ってきた。硬いのは、ヤらしい。

そんな、こんなで――

久しぶりに勢揃いで卓を囲んだ俺たちは一旦、夕食を済ませた。

今回の食事はけっこう長引いた。報告がてら色々話したためだ。

主な内容は北方魔群帯を抜けた後の話。つまり——エリカがぶっ倒れた後の話である。

「例の呪術師集団と蝿王ノ戦団を結びつけて、きみのスキルを呪術に偽装した——と。なかなか、考えたわね」

感心して言うエリカ。

ちなみに、魔戦車、ゴーレムの軍勢、転移石、エリカ手製の武器などなど……。

これらを使い果たした件に対しては、特に気にした風もなく軽く流された。

予想していた反応ではあったものの……やはり気前がいいというか、なんというか。

エリカ曰く、

「妾は人間よりかなり寿命が長いから。人間の持つ感覚と比べると、また時間をかけて作ればいいやと思いやすいのかも。それにまあ、今回こそ使いどころだったでしょ」

とのこと。イヴが腕組みする。

「そなたの協力なくしては、今回の成功はなかったであろう」

「代わりと言ってはなんだけど、使用時の様子を後で詳細に聞かせてもらうわよ？　そうね……残念なのはやっぱり、この目で使用時の様子を見られなかったことかしら」

「でしたら、私にお任せを。使用時の様子ならいくらでもお話しいたします」

「ありがと」

「エリカ殿から最も恩を受けたのは私なのですから、それくらい当然でございます」

　エリカが話を戻す。

「で、きみたちは転移石でネーア軍の陣地からここへ飛んできたってわけね。突然戦場に現れ、颯爽と消えた謎の呪術師集団か……良くも悪くも、その後の行方は話題になるでしょうね」

「カトレア姫の協力で、俺たちは北へ向かったと情報を流してもらった」

「悪くない手ね。ヴィシスがもしその情報を疑ったとしても、といって北にまったく人員を割かないわけにもいかないでしょうし」

「気休め程度だろうが、多少追手の数は分散させられるだろ」

「まあ東や西の戦況次第じゃ、きみたちの捜索に人員を割く余裕はないかもだけど。そこについては、現段階じゃまだ不明ね」

　そう、これもあって東軍や西軍の状況は気になっていた。いや——南軍もか。

　十河たちのいる方ではなく、マグナルの王都で待機していた残り半分の南軍。

　そこがどうなったのかも俺はまだ知らない。

　転移石を使った時、まだ他軍の情報は入ってきてなかった。

　勝利したのか、敗北したのか。

特に気になるのは東軍である。

東には大魔帝が姿を現し、ヴィシスが向かったという。

桐原もついてったらしいが……。東軍には、高雄姉妹もいると聞いた。

ここで大魔帝が倒されたとなると、俺としては逆に動きづらくなる。

「もし東に現れた大魔帝が倒されてたとしたら……次は、一気に蠅王ノ戦団の正体を暴きにくるかもな」

「使い魔が動かせるくらいまで回復したら、各地の情報はすぐ集めてあげる。東軍方面優先でね。けど……そうなると、回復するまでもうしばらくトーカたちにはここに滞在してもらうことになるかもだけど」

エリカが消耗している今、まったく情報収集はできていない。

ただ、エリカが万全なら使い魔による情報収集は今後凄まじいアドバンテージとなる。

この先も協力を得られそうなのは昼頃確認した。

しかし〝魔女の棲み家を離れた俺たち〟との情報伝達には一つ課題がある。

魔群帯を突き進む中、エリカは使い魔から言語を発して魔防の白城の状況を伝えてくれた。あれは、言語を使わないと伝えるのが難しい内容だった。

が、言語を発すると……。

さっきベッドからエリカを抱き上げた時の記憶を、引っぱり出す。

近くで目にしたエリカの顔。とても調子が良さそうとは言えなかった。

今ここにいるエリカは平然として見える。が、よく観察すれば血色があまりよくない。

いくらか無理をしているのだろう。

使い魔による言語の伝達を行うと、数日まともに使い魔を動かせない。

エリカもあれだけ消耗する。……言語機能を使うたび、あれじゃあな。

が、今後勇者たちの動向を知るにはやはり〝言語的〟な情報伝達がほしい。

それも――何度も。

伝書鳩(でんしょばと)みたいなやり方もできなくはない。が、時間がかかりすぎる。

特に俺から質問をする場合、往復分の日数が倍必要となってしまう。

「エリカ、そのことに関連して一つ話がある」

「？」

「セラス」

「はい」

セラスが、筒状になった羊皮紙を背後の袋から取り出した。

そして俺が卓にスペースを作ると、セラスはそこに羊皮紙を広げる。

エリカが顔を前方へ寄せた。

「それ、何？」

言語機能を用いた伝達は、エリカの消耗が激しすぎる。

が、言語的な情報伝達手段がないとまともに情報のやり取りができない。

そこで俺は、

「これはな――」

一種の〝ズル〟を、しようと思う。

「〝こっくりさん〟だ」

モドキだけどな、と言い足す。

まんまではない。アイディアを拝借した形だ。

たとえば、鳥居やら〝男〟と〝女〟の文字は記されていない。

黙って聞いていたイヴが羊皮紙に視線を走らせる。

「〝こっくりさん〟……？　我には、単なる文字の羅列を書いた紙にしか見えんのだが」

一方、得心するエリカ。

「なぁるほど」

理解の瞬発力はさすがだ。

紙面にはいわゆる〝あいうえお順〟に似た文字列を配置してある。

そこにプラス〝はい〟と〝いいえ〟が、この世界の言語で記されている。

この世界の文字は俺も読める。が、こういう文字表の配列ルールみたいなのは知らない。

そこで、夕食前にセラスに作成を手伝ってもらった。

「使い魔の動作はあんたが操れるんだったな？」

「ええ」

「だったら、手足なんかを使ってこの表の文字を示すことも？」

「可能よ」

「なら、ここに書いてある〝はい〟と〝いいえ〟を示すことも――」

「当然、できるわね」

この方法だと発話よりは伝達時間がかかる。

しかしエリカ側の負担は大幅に減らせる。

旅の途中――そう、たとえば休息中や就寝前の時など。

急ぎでない状況ならこの方法でゆっくり情報伝達ができる。

……本来なら、姫さまを助けに行く前に思いつくべきだった。

俺は、エリカに再確認をとる。

「使い魔を通して人間の会話を拾えるんだったな？」

「使い魔の売りはそこだからね。ゆえに〝使い魔〟はその有用性――危険性から、ほぼ駆逐されてしまったんだけど」

「つまり――」

トンッ、と羊皮紙を指先で叩く。

「あんたの使い魔に話しかければ、あんたは俺たちの言葉を理解できる」

「ええ」

「質問に〝はい〟か〝いいえ〟で答えられるだけでも、かなりの情報伝達が可能になる」

そうね、とエリカは頷く。

「〝はい〟か〝いいえ〟で短く済ませられるなら、それに越したこともないし」

なら、なるべく〝はい〟か〝いいえ〟で答えられる質問がよさそうか。

ピギ丸の色変化による〝肯定〟と〝否定〟のやり取りに近い感じだろう。

ただ、これらは使い魔で〝必要な情報が集められる〟という大前提があっての話。

つまり――成果の大半はエリカ側にかかってくる。

情報収集能力が、明暗を分ける。

とはいえエリカは魔群帯から一歩も出ずにあれだけの情報を集めていた。

情報収集能力の方は期待していいと思われる。

細いあごの下に、思慮深げに親指を添えるエリカ。

「確かに、この紙があれば……時間はかかるけど、消耗の激しい発話じゃなくても使い魔で情報伝達ができる。なるほど、これは思いつかなかったわ」

「思いつかなかったってよりは、考える必要がなかったんだろ。あんたはここに隠れ住んでるんだから、むしろ外の誰かとの情報のやり取りはリスクでしかない」

「……まあ、そうかもだけど」

「それに、使い魔の存在は大っぴらにしてたか？」

「いいえ」

てことは、用途は自分が情報収集をするだけだった。

つまり、互いに情報をやり取りする機会など今までなかったのだ。

「といっても、思いつくくらいはすべきだったと思うけどね」

言って、ちょっぴり悔しげに唇を尖らせるエリカ。

「いえ、まあこういうのっていざ知ってしまえば〝なぁんだ、そんなの大したひらめきでもないじゃない〟って感じたりするものだけど、その〝大したひらめきでもない〟ことを思いつくのって、言われるまで意外と盲点だったりするものなのよね……」

フン、と俺は鼻を鳴らす。

「実際、大したひらめきでもないけどな」

「トーカってば、謙虚」

「謙虚っつーか、事実だ」

思いつくきっかけになった〝こっくりさん〟だって別に俺の発明じゃない。

確かその〝こっくりさん〟も元ネタは西洋の文字盤だったと思う。なので、自分の手柄と思えるわけもなく――結局、すごいのは過去にそれを思いついた人間だ。

話を切り、俺は羊皮紙を丸めた。

「ともかく、今後はこれを使ってあんたに外での情報伝達を頼もうと考えてる。それで――一応最後に、もう一度聞く。力を、貸してくれるか？」

「そのつもりよ」

「助かる」

それで、と。

エリカが話を次へと進めた。

「蝿王殿はエリカに、どんな情報を探ってほしいわけ？」

俺は探ってほしい情報をエリカに伝えた。

得たいのは、主に勇者たちの動向。

得たい理由も伝えた。余裕があれば女神の動きも知りたいところだが、

「ヴィシスの情報は無理に集めなくていい。使い魔で誰かが何か探ってると勘付かれるのも、できれば避けたいんでな」

女神なら使い魔の存在を知ってるかもしれない。

気取られる危険は、勇者より段違いに高い相手と見るべきだろう。

「じゃあ異界の勇者の方を優先でいいのね？　で――特にソゴウって勇者の情報が最優先、

と」

「ああ」

「そのソゴウはきみと険悪な関係の勇者なの？」

「いや、むしろ友好的な相手だ。つーか、あのクラスじゃ一番友好的な相手かもな」

「ふぅん。つまりトーカは、その子が心配だから動向を知りたい」

俺の反応を探ったエリカが、言い添える。

「――ってだけでも、なさそうね」

俺は、息をついた。

「ちょっとばかり、複雑なんだ」

最大の友好者であり――最大の、不安材料。

あの固有スキルに加え、鬼槍流とかいう古武術まで使う。

つーか、改めて思う。

異世界に飛ばされた古武術使いのお嬢様女子高生。

前の世界にいた時点で、一人だけもう住む世界が違う感じである。

……主人公要素、揃いすぎだろ。

「他の勇者は、論外って感じ？」

「いや……」

違う意味で別世界感のあるヤツがいる。

「高雄姉妹ってのがいるんだが、こいつらは前の世界にいた頃から何を考えてるのかいまいちわからない。特に、姉の方は宇宙人みたいなヤツでな」

「――ヒジリか」

イヴが口を挟む。

「一度会ったきりだが、ヒジリは確かにただ者ではない」

ふむふむふむ、と勇者の人物評を咀嚼していくエリカ。

「そのヒジリって子も、三人いるS級のうちの一人なのね？　じゃあ、そのソゴウとタカオ姉を優先的に監視すればいい？」

「ああ。最優先は十河で、その次が高雄姉妹って感じだな。ただ……」

「残りのS級も、やっぱり気になる？」

「桐原ってのがいるんだが……少なくとも、あいつはそう簡単に友好的にとはいかねぇだろうな」

十河から各S級連中のスキルなどの情報は得られたものの、S級三人の今の強さ関係まではわからない。

誰が一番、強いのか。

桐原や高雄聖が東の戦場で急成長しているケースだってありうる。

異界の勇者はレベルアップによって急激な成長がありうる。

スキルも、大きく変化する可能性を秘めている。

俺だけではない。十河も固有スキルで〝化けた〟という。

ゆえに――読みづらい。対策の指針を、立てづらい。

だからこそ、できるだけ取得情報をリアルタイムに寄せたい。

「桐原の情報も、いけそうなら頼む」

「できる範囲でやってみるわ。A級勇者は？」

高雄樹以外の二人――小山田翔吾と安智弘。

「小山田と安っていうA級は魔防の白城での戦闘中に行方不明になって、今は生きてるかどうかも怪しいって話だ。けど、生死関連の情報が見つかればそっちもついでで頼めるとありがたい」

「ふむふむ。それ以下は大丈夫？」

「…………一人、いる」

イヴが口を開いた。

「カシマか？」

「いや――戦場浅葱、ってヤツなんだが」

「でもそのイクサバアサギって勇者、等級が最高等級より二つも落ちるのよね？」

「ああ、ランクで言えば確かに落ちる……ただ、頭の回るヤツなのは間違いない。それに、あいつは少し……」

「少し？」

「………………」

少し、

「トーカ？」

俺と、似てる気もする。

使い魔関連の細かい詰めが一段落した後、俺はイヴに声をかけた。

「イヴ、少しいいか？」

「む、我か？」

「ああ。話がある」

他の三人を見渡すイヴ。

「我一人でよいのか？」

「おまえ一人に、だ」

セラスはこれから湯浴（ゆあ）みに行くそうだ。

エリカはリズとゴーレムが部屋に連れて行った。

不審感など欠片(かけら)も抱いていない様子で、イヴが頷く。

「わかった」

イヴを伴い、外へ出る。

外は暗い。が、疑似の月明かりが視界を確保してくれている。

木の階段を下り切ったところで、イヴが言った。

「そういえば、出発はいつにするのだ？」

「出発は、明日にでもと考えてる。長居する理由もないしな」

「承知した」

やっぱりか。

「イヴ」

「うむ」

「おまえとの旅は――」

ここで、

「一旦、終わりだ」

ややあって。イヴが示したのは、面食らった反応。

……この反応も当然か。俺の復讐(ふくしゅう)の旅に、今後もついてくるつもりだったのだから。

「こ――」

　ぐい、と。イヴがパーソナルスペースに侵入してくる。

「こたびのネーアの姫を助ける作戦……我の働きに、何か問題があったか？」

「違ぇよ」

「では、なぜ……」

「おいおい」

　俺は柵に腰掛ける。

「元々どういう話だったか覚えてるか？　おまえが魔女の棲み家までの案内役をする代わりに、俺はここへ辿り着くための〝戦力〟を提供する。最初から、こういう契約だったはずだ」

「む、ぅ」

　そういえばそうだった、みたいな顔をするイヴ。人間状態だとさらに表情が読みやすい。

「わかったか？　ここに到着した時点で俺とおまえが結んだ契約は果たされてる。だから本来、おまえはもう俺に協力する理由はない。けどおまえは、セラスの方には何も恩返しができていないからと今回の作戦に参加した。だな？」

「う、うむ……」

「で、セラスはおまえの助力もあって無事目的を果たした。おまえは、俺にもセラスにもその力を貸してくれた。十分だ。これ以上、俺の復讐の旅に付き合う必要はない」

ちょっぴり口先を曲げ、立ったまま俺を見下ろすイヴ。

何か考えを捻り出そうとしている感じだった。ややあって、イヴは言った。

「しかし……エリカも今後そなたに協力するのであろう？」

「あいつは〝クソほど〟ヴィシスを憎んでるからな。そいつは本人に確認済みだ。ヴィシスのおかげでやりたいことができず、ここに引き籠るはめになったそうだ……つまり、俺の復讐の旅に乗る理由は十分ある」

けど、と俺は続ける。

「おまえはどうだ？」

「む……」

「両親とスピード族の仲間が殺された件は確かに許せねぇ話だ。が、それにはヴィシスが関わってたのか？」

数拍押し黙ってから、イヴが言う。

「わからぬ。あの子らが、何者だったのかすら……」

そう。イヴには、ヴィシスに復讐する明確な理由がない。

「だ、だがそれはセラスも同じではないのか？」

「あいつが逃亡者になる原因を辿るとヴィシスに行き着く。身勝手なクソ女神があいつを欲しがったのが元の原因なんだ。つまりあいつにも、ヴィシスを憎む理由はある」

「しかし、トーカっ……我はそなたたちの力に――」

「何より、リズのためにだ」

そのひと言で、イヴはこれまでと違った反応を見せた。

ハッとしたような、そんな感じ。咀嚼するみたいに、イヴは、俺の言葉を反芻する。

「リズの、ために……」

「ああ。おまえ言ってただろ。慎ましくでいいから、二人で幸せな生活を送りたいって」

イヴは黙っている。

「今回の作戦、いざとなれば転移石でおまえだけでもここへ戻せるから俺は同行を許可した。詳細な敵の戦力を事前に把握できない以上、必ずおまえを守り切れると断言できなかったからな」

それでも。

その場で敵をかなり危険な相手と判断した場合、イヴだけは帰還させられる。

イヴは、言葉を嚙みしめる表情になっていた。

「イヴ」

「……うむ」

「実の親から捨てられた後、俺は叔父さんや叔母さんと過ごせたから……あの人たちと過ごせた思い出があったから、幸せだったと言い切れる。断言、できる」

「けど、リズはまだおまえとそんな思い出をたくさん作れちゃいないだろ」

俺は、続ける。

あの子はまだ夢に見た〝おねえちゃんとの平穏な日々〟を、大して得てない。

「生まれた集落を滅ぼされて、放浪して……奴隷商人に追われた挙句、捕まって……あのクソみたいな店で働かされて……モンロイ脱出後は、俺たちとここまで危険な旅をして……そして命の危険がある戦場からようやく――大切な人が無事、戻って来たんだ」

「――、……ッ」

「おまえの気持ちは嬉しい。だが、リズの気持ちを考えるとな」

ここではっきり、俺が話しておかないと。

あの子はきっと――こんな風に言う。

『わたしは待ってるから、おねえちゃんはトーカ様たちの力になってあげて』

そんな風に、言うんじゃないだろうか？

それが――なんと、いうか。

ありうる流れと思えて、ならなかった。

いや、自然な流れに任せたらきっとそうなる。

イヴはきっと、それを受け入れる。

リズもきっと、それを受け入れる。

受け入れて、しまう。

だって——善人だから。

叔父さんたちと同じ。

だから、

「はっきり言うぞ、イヴ」

だから俺が、言わなくちゃいけない。

告げなくてはならない——しっかりと。

イヴの顔を見上げ、

「おまえとの旅は、ここまでだ」


迷いなくはっきりと、俺は、それを告げた。

イヴの肩から、力が抜けたのがわかった。そして、

「……そなたの言う通りかもしれぬ、な」

先ほどまでの食ってかかる感じも霧散している。

驚くほど、今はしおらしくなっていた。

「確かに我は、あの子の気持ちを考えられていなかったかもしれん……」

「リズは出来すぎた子だ。自分の望みを俺たちに悟られないよう、普段から色んな気持ちを上手に抑え込んでる――隠してる。鈍感なおまえが気づかないのも、仕方ねぇよ」

ふふ、と微笑を漏らすイヴ。次いで彼女は、掌底で自分のこめかみを一つ叩いた。

まるで〝しっかりしろ〟とでも、自らを叱るみたいに。

「そうだ。我は鈍いゆえ……気づかぬのだな。だが冷静にリズの側に立ってみれば、わかる気もする。ひたすら待つだけの日々……立場を逆にしてみれば、それはそれでなかなか辛いものだな」

「そういうわけだから、今日からはここでリズとのんびり過ごすといい」

「だとしてもだ、トーカよ」

「ん？」

「我の力が必要になったらいつでも頼ってほしい。まさか蝿王ノ戦団の一員であることを捨てろとまでは、言わぬのであろう？」

俺は少し目を丸くした。そして、息をつく。

「まあ――おまえが、そうしたいなら」

満足げに頷くイヴ。

「ならばよい。これで蝿王ノ戦団からも解雇では、なんとも寂しい話だからな」

言って、イヴが手を差し出してきた。摑みとるみたいに、俺はその手を握り返す。

「月並みな言葉だが、そなたの旅の無事を心から祈らせてもらう」

「ああ。おまえには本当に助けられた。今まで、ありがとな」

「何度も言うが……礼を言うのは我の方だ。そなたと出会っていなければ、我らは今頃どうなっていたかわからぬ」

そして、どちらからともなく手を離――

「待った」

――しかけた、ところで。

引き留めるみたいに、俺は離れかけたイヴの手を摑んだ。

「ど、どうしたのだトーカ？」

急な引き留めに虚をつかれた顔をするイヴ。

「ここに残るんだから、もう必要ねぇよな」

「うむっ――、……うむ？」

反射的に頷いてみたは、いいものの。

なんの話かいまいち飲み込めていない顔で、イヴは首を傾げる。

ここは金棲魔群帯の奥深くにある魔女の棲み家。

誰も辿り着けぬとされている場所だ。

ここで正体を偽る必要はない。

なら〝その姿〟も――必要ない。

「だから」

イヴの腕輪に触れる。

「元の姿に、戻してやる」


イヴと別れて部屋に戻った俺は、セラスにイヴの件を話した。

「そうですか……イヴとの旅も、ここまでなのですね」

今、俺たちはベッドの縁(へり)に並んで座っていた。

湯上がりのセラスの白い肌にはまだ火照りが残っている。

彼女は涼しげな薄着の上に、一枚薄手のカーディガンっぽいものを羽織っていた。

「実は私も、すっかりその約束を忘れていまして」

苦笑するセラス。

「なんだかイヴとはいつまでも旅が続くような……そんな感覚でした。ですが、言われてみれば元々イヴとはそういう約束でしたね……」

セラスは睫毛(まつげ)を伏せ、露(あら)わになった白い膝の上に両手を添えた。

「それに、リズにとってはその方がいいのでしょうし」

「イヴがここに残ればエリカを守ることもできる。ま、エリカなら色んな防衛策はすでに練ってるだろうが……イヴの存在が役に立つことがあるかもしれない」

何より、復讐の旅なんてろくなもんじゃない。

イヴやリズみたいな善人が、これ以上関わるものでもあるまい。

「で――」

視線を前へ向けたまま、尋ねる。

「おまえはどうする？」

「私、ですか？　ええっと、それはつまり……私もここへ残るか否か、ということをお聞きに？」

「ああ」

「わ――私はあなたの騎士です。もちろん、あなたの旅には最後までつきあう所存です」

「そうか」

言って、後ろにボフッと倒れ込む。上体を捻り、俺の方を振り向くセラス。

「トーカ殿……？」

「おまえの覚悟は、以前すでに聞いてる」

天井を見つめたまま、続ける。

「だから今この旅についてくることについて最終確認をした以上、もうどうこう言うつもりはない。ただ……」

セラスが胸元にこぶしをやり、小さく唾を飲み込む。

ややあって、俺は言った。

「絶対、って言葉はあまり好きじゃない……だから〝絶対〟に守り切るとまでは断言しない。が、俺は持てる力のすべてを用いてセラスを守る――それは、約束する」

セラスがこぶしを握り込む。

「トーカ、殿……」

「セラスのことはもう、最後まで俺が面倒見ようと考えてるよ」

「――――――」

「そっちがそれでいいなら、だけどな」

ハイエルフの姫騎士の口が〝も〟の形を作る。そして、

「もちろん――いいに、決まっていますっ。え――ええ、もちろんですっ……最後までトーカ殿に私の面倒を……面倒を、見ていただけるのなら……それ以上は……もう私は、何も望みません」

目を閉じ、俺は口もとを緩く綻ばせた。

「わかった」

再び、目を開く。

「おまえにはもうとことんまでつき合ってもらうぞ、セラス・アシュレイン」

セラスの目もとも──綻ぶ。空色の瞳が潤んで見えた。

ベッドについたその手が、布地をきつく握り込んでいる。

「──はい」

白磁の頬が、微かに上気している。湯上がりのせい──では、ないと思う。

「このセラス・アシュレイン……あなたの騎士として、とことんまでお供いたします。どこであっても。そう……」

セラスが距離を、詰めてくる。

「たとえそこが、地の果てであろうと」

作られた月の光が窓から差し込んでいる。光はセラスのその端麗な容貌を、どこか祝福でもするみたいに淡く──そして、優しく照らし出している。

その時ふと、セラスが上体を折った。端麗な彼女の顔が目の前に迫る。

その上質な絹めいた月色の髪が白い首筋を撫で、さらりと胸元へ落ちた。

「あの──あなたに、お話が」

打ち明け話の調子。……今に決めたか。

大方なんの話かは察しがつく。

当人がいずれ話すと言っていた、あの夜のこと。

あの夜、眠る俺の唇に――自分の唇を重ねたこと。

俺の方から〝知ってるから気にするな〟と先手を打ってもいい。

が、ここはセラスの決意を買うべきなのかもしれない。

なんというか――俺から〝知ってた〟と話すのは、無粋な気がしてならない。

目を逸らさず、唾を飲むセラス。

「――ここへ、辿り着く前……横穴の中で傷ついたトーカ殿に応急処置を施したことがあったかと思います」

「ああ」

「あなたは……傷つき、疲れ果てていました」

セラスの脚が布地の上を撫で、甘い囁きにも似た音を立てた。

俺は、言葉を待つ。

湧き上がる後ろめたさに耐えきれなくなったのか。視線を横へ逃がすセラス。

「あ、あの日……私はっ――」

一度、そこで言葉がつかえた。

罪の意識からくる息苦しさゆえか。セラスは自分の胸を強く摑んだ。

そして、自分の腹でも覗くみたいに深く頭を垂れた。彼女は、告解めいて言った。

「眠っているあなたに……唇を、重ねました。あなたの意思も、確認せず」

後ろめたさの強さで俺の目を直視できない。

反応を確かめるのが、怖い。それが、手に取るように伝わってきた。

しかし――それでもセラスは顔を上げ、俺の目を見た。

「申し訳ありません……一時の感情に流され、私は卑劣な行為をしました」

「いいさ」

俺は言った。

「そんなこと、気にしない」

悄然(しょうぜん)と、セラスは肩を落とした。

「いえ、違うのです。あれは、あなたを……トーカ殿を裏切ったに等しい行為なのです」

なるほど。

立場を逆にして考えてみると、セラスの持つ感覚は理解しやすいのかもしれない。

たとえば、俺が【スリープ】で眠らせたセラスに〝イタズラ〟をしてしまえば――それはもう、信頼に対する裏切り行為と言えるだろう。

セラスは俺を信用しているからこそ【スリープ】を受け入れる。

スキルの性質上、俺が解除しない限り何をされても起きない。

相手を完全に信用していないと、これを受け入れるのはある種の恐怖が伴うはず。

その相手が男となれば、なおさら。

こういう視点を作ると、セラスがあの時の行為をこれほど深刻に捉えているのもわかる。

つくづく生真面目で——どこか、繊細で。

ただ……罪悪感を持ちやすい繊細さってのは、裏を返せば善性の証明とも言える。

俺の唾棄するクズどもは、その罪悪感の持ち合わせすらないのだから。

だからこそ、取り払ってやりたい気がした。

その罪悪感を。

「罪悪感を覚える必要はない」

「ですが——」

「知ってたからな」

「……え？」

天井を見つめていた視線を、セラスへと移す。

「嘘じゃないのはわかるだろ？　そして……その意味も、わかるはずだ」

俺からの直截な回答は避ける。

YESかNOで答えてしまうと、嘘がバレてしまうから。

「あの時——起きて、いたのですか？」

「さあな」

意識的に答えをぼかす。セラスはこう思ったはず。

〝あの時トーカ殿は起きていた〟と。

が、実際は違う。

俺は事後に目を覚まし、その時点の状況から何があったかを推察しただけ。

けれど、セラスにとっては〝実はあの時起きていた〟の方がいい。

〝起きていたのに抵抗しなかった〟

これならセラスが罪悪感を抱く必要はない。

答えを探すみたいに視線を泳がせた後、セラスが目を見開いた。

そして半ば呆けた様子で、尋ねてくる。

「えっ、そ――では、あの…………なぜ、今まで……？」

「打ち明けてくるのを待ってた。それで、納得か？」

「あ、はい……な、なるほど……私の正直さを試しておられた、と……？」

「解釈は任せるよ。ま、答えならセラスの中で簡単に出るだろうけどな……」

セラスの内にある罪悪感が霧散していく。それがわかった。が、

「で、では――」

唾を飲み下すその音が、いやに大きく聞こえた。

「その……この期に及んで大変差し出がましい話では、あるのですがっ――」

熱を帯びた吐息まじりに、

「あの時起きていたということは、あなたは……」

セラスは言った。

「私を受け入れてくださったと、そう解釈しても……よろしいのですか？」

「そういうことだ」

その白い美貌に、力強い一筋の熱が走った。

セラスは芯の通った姿勢を柔く崩し、

「————————でした、ら」

どこか懇願めいて、尋ねた。

「今度は、正式にお願いしてもいいのでしょうか？」

……いちいち形式ばったハイエルフである。

「そいつはキスを、ってことか？」

聞かれた途端セラスは目を丸くし、毛が逆立つような反応を見せた。

しかし、すぐに自らを奮い立たせた様子で表情を引き締める。

「はい」

人生最大の回答を待つみたいに、セラスは硬直していた。

フッ、と思わず笑いが漏れる。

「と、トーカ殿っ？」

「取り繕ってる自分なら、演技を変えれば人から好かれる自信はあった。そういう人間を演じればいいからな。けど、素のままの自分が他人からこういう風に好意を向けられるなんて……正直、思ってなかった」

俺は、身体を起こす。

「そして——こういう時、俺は悩むと思ってた。自分にそんな資格があるんだろうか、とかな」

けど、そこは叔父さんが解決してくれた。以前、俺に叔父さんはこんな話をした。

『最初に告白された時、実はすごく悩んだんだよ。だって、学園で一番の美人と言われる子がだよ？　どうして自分なんかに、って……そりゃあ思うさ。自分じゃ釣り合わないんじゃないかとか、相手は何か自分を過大評価してるんじゃないか……とか。でも、なんていうのかな……相手がすごく勇気を出して告白してくれてるのが、すごく伝わってきたんだ。だから何より——僕も勇気で応えなきゃ、って思った。今となっては、その時に勇気を持って本当によかったと思う』

そうして叔父さんは、やがてその告白をしてきた女子生徒——叔母さんと、結婚する。

だから、

「セラスの気持ちに、俺は応えたいと思う」

「あなたを好きな私で、いいのですか？」

「俺だってセラスが好きなんだ。何か、問題あるか？」

揺れる感情に引きずられるように、その空色の瞳も、激しく揺さぶられて。

音と化すか化さぬかの声量で――いいえ、と。

セラスは、言った。

距離を詰めようとするセラス。だが、

「――ん、ぅ」

唇は――俺の方から、重ねた。

周囲の音が、消える。そうして、

「――――――――」

長いキスが終わって。

どちらからともなく、唇を離す。

細い糸を引いた自分の唇に、セラスは指の腹を添えた。何かを、確認するみたいに。

それから、ほぅ、と彼女は吐息を漏らした。火照った顔のまま、こちらを見つめ直す。

「――して、しまいましたね？」

俺は、ベッドの上で座り直した。

「寝れそうか？」

セラスはへたり込むように座り込み、無言のまま視線を下へ置いた。

暫しの沈黙が流れる。

そうして——硬直していたセラスが、首を横に振った。ゆるゆると。

〝眠れそうにない〟

そう、伝えている。

面を伏せたままなのは、恥ずかしさで顔を上げられないからだろう。

エルフだと耳の色の変化がわかりやすい。

要するに——セラスが望んでいるのは〝そういうこと〟なのだ。ただ、

「なあ、セラス……その前に一つ、話しておかなきゃならないことがある」

セラスが、顔を上げた。

「前に、エリカが言ってただろ……異性に対して、俺の反応が薄すぎるって」

セラスは口を挟まず、次の言葉を待っている。俺は続けた。

「俺を大事にしてくれた叔父夫婦じゃない方……実の親の方は、まあ、見てくれだけはよくてな。互いに容姿が好みでくっついたんだそうだ。そんなだからまあ……あいつらはよく、家でそういうことをしてた」

言葉は濁した。しかしセラスは察した反応をし、自分の胸を右腕で抱いた。

「——はい」

「その光景や声が、頭にこびりついて離れない」

「…………」

「俺にとって実の親は憎悪の対象でしかない。そいつらが嬉々としてやってることを、自分がすると考えると……おぞましいと感じるみたいでな。だから性的なものに触れる時、まず嫌悪感がくるようになった。だから俺は無意識的に、そういうものを意識外へ追いやろうとするらしい……エリカが言うように、それが健全と言えないのはわかる。ただ……」

「トーカ殿」

頬の赤みは残るものの、セラスは真摯な顔つきで言った。

「私が塗り替えては、だめでしょうか」

「……、――塗り、替える？」

「あなたにとっておぞましい対象でしかなかったもの――それを違う感覚を得られるものとして、私が上書きできるかもしれません。試してみる価値は、あるかと」

「…………上書き」

そんなこと、思いつきもしなかった。

「あなたのご両親が刻んだ感覚を、私が消してさしあげたいのです」

「………………」

「まずは……そこから、始めさせていただけませんか？　あなたさえ、よければ」

「おまえは、それでいいのか？」

問うと――セラスは少し、泣き笑いみたいな微笑みを浮かべた。

「あなたが好きだと言ってくださった――私だからこそ、できると思っています」

視線を伏せ、俺は少し考えた。そして言った。

「俺も……」

「はい」

「セラスとなら、違う感覚を持てるのかもしれない」

フン、と鼻を鳴らす。

「――ま、わかんねぇけどな」

「では、やってみなくてはわかりませんね？」

「……………かもな」

やれやれ、と思った。

本当に、

「本当に変わったヤツだな、セラス・アシュレイン」

翌日。

俺は朝一で、リズに告げた――旅の終わりを。

最初リズは寂しげな反応をしたが、受け入れてくれた。

黙ってここからそっと立ち去る案もあった。

しかし、リズの気持ちを考えると……それはよくない気がした。

思い浮かんだのは――少し前のセラスと姫さまの関係。

〝ちゃんとお別れを済ませていない〟

セラスは以前そのことでしこりを残していたが、納得いく別れを済ませた今は晴れ晴れとしている。だから、リズとも別れの時間をしっかり設けるべきだと思った。

ま、これが今生の別れとも限らないわけで。

再会の機会もなくはないだろう。

とまあ、そんなわけで。

今、リズは家の外でセラスと過ごしている。

イヴも一緒だ。服は昨日と同じだが、姿はもう元の豹人(ひょうじん)である。それから、

「ピギーッ」

「パキュ〜ン」

ピギ丸とスレイも、楽しそうにリズと戯れたりしている。

……あいつらリズにはほんと懐いてるからな。

と、

「出発を一日延期したのはどういう風の吹き回し？　てっきり、今日出発かと思ってたけど」

家の窓から外を眺めていた俺に、エリカが声をかけてきた。

「リズに、ちゃんと別れの時間を作ってやりたくてな」

俺の隣に来て中腰になると、エリカはそのまま窓縁に両肘をついた。

紫紺の瞳が、楽しそうに談笑するリズたちを捉える。

「トーカって、リズには特別甘い気がするわ」

「あの子は俺と境遇が似てるっつーか……昔の俺と似てる。特別扱いしてる自覚はあるさ」

「リズに優しくすることで、遠回しに過去の自分を救ってでもいるつもり？」

「ま、そうだな」

「あら、弁解しないのね」

「事実だからな。それがすべてじゃないにせよ、確かにそういう部分はあるさ」

「――素直なんだか、素直じゃないんだか」

エリカが、屈めていた上体を起こす。

「けど、他にもあるでしょ？」

「ん？」

「延期した理由」

目ざとい魔女である。

「……俺以外の連中の疲れが、まだ抜けてない」

壁に背をもたれさせ、肩越しにセラスたちを見やる。

「がんばってくれるのはいいんだが、どうも蠅王ノ戦団の連中は揃いも揃ってがんばりすぎるきらいがあってな。となると、まとめ役の俺が疲労の度合いを見計らって調整してやる必要も出てくる」

たとえ疲れていても。俺が〝やれ〟と言えば、多分やる。

やってくれる――セラスも、ピギ丸も、スレイも。

「特にスレイの疲労がな……せめてあと丸一日分は休ませてやりたい。今回の姫さまの件で一番がんばってくれたのは、スレイだしな」

一番、無理をさせた。

「スレイをここへ置いてくのもちょっと考えたんだ。つーか……正直言うと、今も少しだけ迷ってる」

コツッ、と壁に軽く後頭部をぶつける。

「ただし今後を考えると……スレイがいるのといないのとじゃ、雲泥の差になる」

「イヴと違って代えがきかないから？」

「ああ」

イヴの目と耳は頼りになる能力。

が、実は俺で代用できないほどでもない――当然、質は劣るが。

「セラスやピギ丸のように、スレイの能力も代替がきかない」

「ま、大丈夫でしょ――よっ、と」

軽快に臀部を窓縁に乗せ、エリカが窓の外を見下ろす。

「スレイはとてもリズに懐いてるけど、妾から見ればスレイの一番はやっぱりトーカとセラスよ。きみたちと引き離される方が、あの子にはよっぽど辛いと思う」

それに、とエリカは続ける。

「妾の見立てだと、きみが思うほどスレイは疲れていないわ。むしろ――北方魔群帯に行く前より強靱になってる感じすら、ある。他の魔物とは、根本的に何かが違うのよ」

「………………」

スレイはまだ生まれたばかりだ。生後半年も経っていない。

つまり――まだまだ成長過程、ということか。現状で、あれほどの能力を持ちながら。

「といっても、できる限りスレイに無茶はさせないつもりだ。これは俺の復讐の旅だからな……無茶をさせるにしても、まずは俺自身がしっかり無茶をしてからの話だ」

肩を竦めるエリカ。

「そんなきみだから、みんな無茶をしてでも助けたくなるんでしょうけどね。ともあれ、ここで休んでいく分にはいくらでも休んでっていいから」

「助かる。それに……セラスやピギ丸にしても、やっぱりもう少し休ませてやりたい」

急がば回れ、というか。疲労を取っておいた方が何事も効率は上がる。

何においても、休息とは欠かせない要素なのである。

「セラスにしても、ここのところ姫さまと会うまではずっと神経が張り詰めてたみたいでな」

肉体的疲労に限らない。精神にも休息は必要だ。

エリカの視線の先では、セラスが屈んでリズを優しく抱擁していた。

少し間があって、エリカが口を開いた。

「ねぇ、トーカ」

視線を俺へと戻すエリカ。

「昨日の夜、セラスと何かあった？」

「改めて互いの意思を確認し合った、ってとこだ」

「ふーん」

「…………」

「…………」

「ところで、エリカ」

「ん？」

「実は、前々からずっと聞いてみたかったんだが――いや、これはあくまで興味本位からくる疑問だ。もし踏み込み過ぎた質問だったら、気にせずスルーしてくれていい」

「何よ、改まって？　きみは特別だから、多少踏み入った質問も許したげるわよ？」

窓縁に座ったまま脚を組み、エリカが俺と視線を合わせる。

「で、蝿王殿はこのエリカ・アナオロバエルに何をお聞きになりたいの？」

「何か、理由があるのかと思ってな」

「理由？」

「出会ってからあんた――一度も、笑ってない」

指摘を受けたエリカが目をぱちくりさせる。次いで、彼女は視線を逸らした。

「そうねぇ」

再び、こっちへ視線を戻す。

「気になる？」

「性格なのか、それとも何か深い理由があるのか、少し気になってた」

気になってたのは俺だけじゃないかもしれない。

が、遠慮して誰も聞かなかったのだろう。

「こんなところにずっと一人でいると、笑いかける相手もいないからね。笑い方なんか、忘れちゃうの」

視線を伏せ、肉づきの程よい長い足をぷらぷらさせるエリカ。

「――ってのは、表向きの理由。本当はね……」

足の揺れが、止まる。

「ある時、決めたの。妾の可能性を奪ったあのクソ女神が笑ってこの世にのさばってるうちは、決して笑うもんですか……って。次に笑うのはヴィシスが再起不能なくらいこてんぱんにされた時にしよう、ってね」

「それで笑うに値することがあった時は〝笑止〟で代用してるのか？」

エリカが俺の太ももを、軽く爪先で軽くつつく。

「そゆこと」

思わず出そうになった〝笑み〟を〝止める〟。

笑止。

本来の意味合いとは若干違うのかもしれないが……。

多分それは、エリカにとっての覚悟みたいなものなのだろう。

「ヴィシスが大手を振ってこの世を歩いてる限りは笑えねぇ、か」

足を引っ込め、組み直すエリカ。

「どう？　深いと言えば深いし、単純と言えば単純な理由でしょ？」

てことは、だ。

「使い魔で定期的に情報収集してるのは、世の情報を集めるってより——」

「いつか起こると期待してる〝ヴィシス退場〟の情報を、聞き逃さないため」

なるほど。

「これまでもさんざん聞いてたが……あのクソ女神のこと、よほど腹に据えかねてんだな」

窓の外を眺めながら、エリカは暫し黙り込んだ。その紫紺の瞳は外のセラスたちを映してはいない。映しているのはおそらく視界に映らぬ場所にあるもの——

魔群帯の外に、広がる世界。

「妾は、ここを終の棲み家にするつもりだった。でもね、やっぱり……早すぎたかも。きみたちと出会って、話して、思った。やっぱりまだ外の世界を楽しみたい、って」

しかしあのクソがいる限り楽しめたもんじゃない、と。

トンッ、とエリカが窓縁から下りる。

「それも聖霊樹との契約期間が終わってからの話だけどね。だから人間であるトーカと外の世界を楽しむのは、無理そう」

長寿のセラスやリズとならいずれ楽しめるかもしれない。

が、俺は寿命切れ。

「俺と外の世界を楽しむのは、使い魔状態で我慢してくれ」

「そうするわ。残念だけど」

「……ま、俺が生きてるうちに拝ませてはもらうさ」

「何を？」

「あんたの笑顔」

それはつまり――ヴィシスを潰す、という宣言。

エリカが腕組みし、半眼で睨(にら)んできた。

「今の台詞(せりふ)――キザすぎ」

「フン、そう思われるくらいでいいんだよ」

「まあその、なんていうか……、……」

エリカが右の爪先に、もう片方の爪先を重ねた。そして視線を落とし、言った。

「……、――ありがと」

「…………」

「？　どうしたのよ、きみにしては珍しい顔して？」

「ん？　いやその、なんだ……」

そりゃあ、まあ……珍しいものを見たからな。

一瞬だったが、初めてだった。正直、ちょっと驚かされた。

へぇ。そうか。笑いこそ、しないが――

「照れたりは、するんだな」

笑みだけでなく、そっちもないもんだと思ってた。

腰に両手をやって前屈みになるエリカ。

「し、ま、す。というか、そう言われてみれば……」

かすかな照れの残滓を消し、エリカがジトッと俺を睨む。

「きみこそ、照れたところ一度も見たことないんだけど？」

「…………」

言われてみれば、そうかもしれない。

その後、エリカに改めて所有の魔導具なんかを見せてもらったりした。

役立ちそうな物があれば好きに持ち出していいという。

「ニホン酒のお礼」

とのこと。

日本酒はもちろん例の皮袋から転送されたものである。

昨晩使用したら転送されてきた。ちなみに、蔵元は山口県にあるみたいだ。

飲んだことはないが、高校生の俺も名前だけは知っている。

何かの時にネットでラベルを見て、漢字の読み方を調べたことがあった。

で、エリカはその酒が大層お気に召したらしく――

「トーカ、好き」

そう言って躊躇(ためら)いなくひっついてきた。

「ほんと酒好きだな、あんた」

とまあ、そんなわけで。

日本酒のお礼として、またも〝なんでも持ってけ〟状態となったわけである。

「そういや、転移石(てんいせき)はもうないんだよな？」

「あれは特に希少品だからねぇ。エリカが手に入れたのだって、ずっと昔の話よ」

「あれがあると、かなり戦略の幅が広がりそうなんだよな……」

退避だけじゃない。奇襲なんかにも使える。

「入手できそうな場所や方法とかに心当たりはないか？　以前、魔術師ギルドの秘宝庫に入るレベルとか言ってたが……」

「魔術師ギルドは保有してないと思うけどね」

そうなのか。

「なら、どこかの国の宝物庫とかは？」

「そうねぇ」

こめかみに指を添え、目を閉じるエリカ。

「たとえば、ヨナト公国は基本的に女王と聖女しか触れることを許されない〝聖遺物〟と称した貴重品をたくさん所持してると聞くわ」

基本、宝物庫にはその二人以外は近づくことすら許されていないとか。

「他だと、ミラ帝国の狂美帝(きょうびてい)が古代の貴重品を積極的に収集してるって話も以前から有名みたい。ミラの〝大宝物庫〟と呼ばれる巨大な地下宝物庫なら、未使用の転移石があるかもしれないわね」

古代の魔導具は効果不明の品も多いという。

そして効果の発動が一回限定というケースもありうる。

効果を確かめるために貴重なその一回を使い切っては、文字通り無駄遣い。

ゆえに未使用品が山積していく、と。

「となると、無闇には使えないな」

「だから、詳細の記された書物なんかが発見されるまでは放置状態の品も多いそうよ」

「なるほどな」

「自国の切り札として取っておきたい、ってのもあるだろうけどね」

「他の国は？」

「他だと、アライオンには特に多くの魔導具が集まっているはず」

まあ、そうだろうな。

「ヨナトやミラは昔から独自の姿勢で回避してるみたいだけど、それ以外の国は魔導具を〝贈り物〟としてアライオンへ譲渡してるみたいだから。つまり――」

「魔術師ギルドの所有物も貴重品はすべて女神のもん、ってわけだ」

要はクソ女神がカツアゲしてると。

が、ヨナトやミラはその〝献上〟を適度にかわしているという。

地理的にその二国はアライオンから離れている。それも関係あるのだろうか？

「個人で所有してる可能性は？」

さあ、と肩を竦めるエリカ。

「さすがに個人の収集家まではエリカもよく知らない。あえて言うなら、このエリカ・アナオロバエルかしら」

目の前の収集品の山を見る。

「個人でとなると……確かに、あんた以上はいないかもな」

それから俺は、最果ての国に関する話をエリカに少し聞いた。

やがてひと通り話が終わると、夕食までのほとんどを俺はリズと過ごした。

うち6割くらいはリズと二人きりの時間だった。

エリカと外へ出てセラスたちと合流した時、イヴにこう耳打ちされた。

『今までの感謝も含めて、リズはそなたと話したいことがたくさんあるようだ』

言われてみれば最近、リズと二人きりで話す機会がなかった。

リズは、色んなことを話した。

俺は相槌を打ちながら、なるべく聞き手に回った。そして時々、質問に答えた。

質問といっても大半は他愛ないものだった。言い換えれば、誰も傷つかない平和的な質問。穏やかな時間を過ごせたといえば、そうだったと思う。

なんというか。俺の方も、ちょっと気持ちが和らいだ気がした。

軽くなった、というか。おかげで、こっちもいい息抜きになったかもしれない。

そうして――気づくと、夕食の時間が近づいていた。

俺は立ち上がって「ありがとな、リズ」と礼を言った。

「い、いえ！　こちらこそっ……あ――ただ、わたしの方が話し過ぎてしまったかもしれません。でも……いっぱいわたしの話を聞いてくださって、ありがとうございました……トーカ様」

言ってから、リズは気恥ずかしそうに頰と目もとを綻ばせた。

「――わたし、今日はトーカ様といっぱい話せて嬉しかったです。本当に」

さっきと比べてその表情は少しすっきりした風に見えた。

違う――出会った頃とは、まるで。

この子がこういう顔をできるようになってよかった。心から、そう思う。

口もとが自然と緩むのを感じながら、

「ああ」

俺は、軽く頷いた。

「嬉しいのは、俺もだ」

夕食後は、眠気がくるまでみんなと食堂で過ごした。

眠気のきた者から就寝前の風呂へ足を運ぶなり、自分の部屋へ戻るなりしていく。

ちなみにエリカは酒に〝飲まれた〟のでけっこう早く退場した。

最終的に、席には俺とセラスが残った。

ピギ丸とスレイは、今夜はリズと同じ部屋で寝ることになっている。

ちょっと前、リズと一緒に部屋を出て行った。なので今、この部屋にはいない。

ゴーレムもエリカが引き連れていったので、ここにその姿はない。

卓上には、まだ食器などが残っている。

「……片づけでもするか」

「そうしましょうか」

どちらからともなく椅子から腰を浮かせ、片づけに取り掛かる。

食器の触れ合う控えめな音……。手は止めぬまま、セラスが口を開く。

「そういえば、私たちの使っている部屋ですが」

「ああ」

「ここに来た時と比べると、かなり片づきましたね」

「せっかく片づけたものの、明日にはもう出立だけどな。……ところで、今日はちゃんと休めたか？」

「はい、気力体力共に」

「そうか」

片づけの終わりが見えてきた頃、俺は言った。

「風呂、先に入っていいぞ。残りは、俺がやっておくから」

「――トーカ殿」

窘める調子だった。卓上の俺の手の上に、セラスが自分の手を添える。

「宴の後片づけを王に任せ自分だけ先に湯をいただく騎士が、どこにいるのですか」

「じゃあ、初めての例になればいい」

「前例がないのは、その時点で騎士として失格だからです。ですので、トーカ殿がお先に」

セラスの顔をジッと見つめる。

「言うようになったな」

「ふふ、あなたから学びました」

「でもやっぱり、遠慮するよ。俺は、セラスの後で――」

「でなければ」

一つ、咳払いするセラス。

「私と一緒に、入っていただきます」

セラスは頬を桜色に染めると、やんわり言い渡す調子で言った。

「それでしたら、後も先もありませんから」

後先を考えた発言とは、とても思えなかった。

視線を伏せたまま、俺は息をつく。

「じゃあ、それで」

「？」

「いや……昨夜のことを考えたら、一緒に風呂くらい今さらじゃないのか？」

「…………、──えっ!?　では、よいのですかっ!?」

「……まさか、本当に実現するとは思いませんでした」

俺は今、セラスと並んで湯に浸かっている。

といっても、二人とも完全な裸ではない。バスタオルのような布を纏っている。

温泉施設なんかだと、撮影用の特別な許可でもない限りバスタオル着用で湯に浸かるのはマナー違反である。が、ここは異世界。さらにエリカの許可ももらっている。というか、

『互いに素っ裸で入るのが嫌なら、それ用の布を用意しておいてあげるわ。気が向いたら使ってちょうだい。はぁ……これも、きみとセラスへのエリカからの厚意なのよ？』

以前、こんなことを言われていた。

なので、こういう時用のための布が用意されているのを俺は事前に知っていた。

まあ、だからこそセラスの提案に乗ったっていうのもある。

「つーか……昨日の夜のはよくて、布なしで風呂に入るのは恥ずかしいんだな」

「……不思議なものです」

セラスはそう言って、顔の下半分を湯に沈めてぶくぶくと泡を立てた。

照れ隠しなんだろうが……セラス・アシュレインも、そういうのやるのか。

ちょっと新鮮だった。

しかし、今日は湯の透明度が高いから、湯に浸かっていてもセラスの身体のラインがよくわかる。

不思議なもんで、あれだけ戦えるのにムキムキってわけでもないんだよな……。

ムニッ
「ひゃぅ!?　とと、トーカ殿!?」

「……あ、悪い」

上腕二頭筋の辺りを軽く触ってみただけだが、まずかったか。

「ここでは、さすがに……」

「いや、あれだけ戦えるわりには別にセラスって筋肉がカチカチでもないよなと思って……」

「あ――そ、そういうことでしたか。変な意味で取ってしまい、申し訳ありません……」

表情を真面目なものへと変えるセラス。

「そうですね……隆々とした筋肉をつけるだけが、必ずしも強さを引き出すわけではありません。柔軟さを維持したしなやかな肉づきこそ、真の意味で戦いに向いた鍛え方……そんな話を、聞いたことがあります」

「なんか聞いたことあるな、そういうの……」

俺の場合、主に格闘漫画とかでだが。

「トーカ殿も、筋骨隆々というわけではありませんよね？」

「俺の場合、ステータス補正値ってのがあるからな……ただこの数値、見た目にはほとんど影響してないみたいなんだよな」

「興味深いです。確かに膂力は増大しているのに筋肉はそれほどではない、と」

文献好きの知識欲が疼くらしい。

「触ってみるか？」

「お言葉に甘えて」

ムニムニ……

「──あの、トーカ殿」

「ん」

「お触りになりたければ、私のもどうぞ？　どこでも、好きなところをお触りください。先ほどは、その……急なことだったのと、ちょっとした私の勘違いのせいであああいう反応になっただけですので……」

……どこでも好きなところをお触りください、と言われてもな。

ムニ、ムニ、ムニ

「…………」

「…………」

なんだか、微妙な空気が流れる。なんと、いうか——

「色気があるんだか、ないんだか……よくわかんねぇ状況だな」

セラスがどこか反省の色まじりに、カァーッとなって俯(うつむ)く。

「……ですね」

「…………そろそろ上がるか」

「…………はい」

出立前の最後の夜は、こうして更けていった。

翌日の昼過ぎ。

俺たちは出立の準備を終えて地上へ出ていた。

今いるのは例の湖畔にある小屋の外。

見送りにはエリカ、イヴ、リズが顔を揃(そろ)えている。

「やっぱり、西の魔群帯を突っ切って行くのね？」

エリカが確認する。

「極力、ひと目を避けたいからな」

「地図を渡したから大丈夫だとは思うけど……」

ここからはイヴがいなくなる。イヴとエリカの距離で現在地を測るやり方はもう使えない。ホログラフィック的なあの地図もなくなる。

「多分このまま西を目指すのが最適解だと、俺は思う」

他ルートだとウルザ領内を通る必要が出てくる。

そして結局、そっちルートでも南の魔群帯を再び通過しなくてはならない。

距離も時間も余計にかかる。こうなると、やはり西の魔群帯を行くのが最短となる。

大魔帝(たいまてい)が死ぬまでが比較的俺の自由に動ける期間と考えると、時間短縮は積極的に図っていくべきだろう。エリカ手製の地図もあるのでそれほど迷う心配もあるまい。

そうね、とあごに手をやるエリカ。

「魔戦車(ませんしゃ)があったとはいえ、きみはあの北方魔群帯の半分を自力で走破したわけだし……西方魔群帯くらいなら普通に突破できるでしょ。ていうかきみ、側近級まで倒しちゃってるんだし」

北方魔群帯突破時よりステータス補正値は上がっている。

スレイもさらに成長している。それに、

「経験値（EXP）を稼いでおきたい、ってのもある」

一応、コツコツとでも積み重ねておきたい。

……まあ、他にも魔群帯を通りたい理由はあるが。

エリカが近寄ってきて、俺の正面に立つ。そして、俺のローブを軽く直した。

「とにかく無事を祈るわ――、……これでよし、と」

リズがスレイを撫（な）でるのをやめ、一歩離れる。

それから姿勢を正し、俺たちに向き直った。

「皆さまどうか――どうか、ご無事で」

セラスは目もとを緩め、感謝を返す。

「ありがとうございます。あなたたちも、どうか息災で」

「ピギッ」

ローブから顔（？）を出したピギ丸が、セラスに続いた。

やはり一日延期したのは正解だったようだ。

ピギ丸もスレイも昨日の朝と比べると明らかに疲労が抜けている。

腕を組み仁王立ちしているイヴが、口を開いた。

「再会できるものと信じて、我は待っているぞ」

「ま……すべてが終わったら顔くらいは出すさ」

うむ、と頷くイヴ。

「期待しているぞ、〝我が主〟よ」

「ああ、期待しててくれ」

さて、

「それじゃあ」

俺は、スレイの媒介水晶に触れた。

「そろそろ、出発の時間だ」


湖畔の小屋を離れた俺たちは、第二形態のスレイに乗って移動していた。

セラスは俺の後ろに騎乗している。腰に軽く手を回し、俺の背に上体を預けるようにしていた。出発前、どっちが前に乗るか話し合ったのだが――

『トーカ殿が、前がよろしいかと』

そう言われたので、俺が前になった。

今だと人数の関係で二人乗りが可能。二人乗りの移動速度なら、南の魔群帯を抜けた時より速く進めるはずだ。にしても、

「最果ての国、か」

俺は周囲の気配に注意しながら、目的地の名を呟いた。

後ろのセラスが上半身の位置を少しずらす。

「亜人種や魔物たちが身を隠す国が実在したとは、私も驚きです」

イヴも〝伝説上の国だと思っていた〟と言っていたっけ。

「俺がエリカからもらった〝鍵〟を使うか、神獣族とやらがいないと入国すらできないって話だしな。その神獣族とやらもこの大陸に二人いるそうだが……今現在は生きてるかどうかすら、わからねぇって話だし」

それに、だ。

仮に入国できても、生きて出られるかはまた別と考えておいた方がいい。

世から隠れ住む者たちの国。

国の実在を知ってしまった者を、素直に外へ帰してくれるだろうか？

だからおそらくなんらかの方法で向こうの信頼を得る必要も、出てくる。

「エリカの名前を出してどのくらい効果あるか、だな」

「エリカ殿は〝王が変わっていなければ、自分の名を出せば協力は得られるはず〟とおっしゃっていましたが……」

「――変わってなければ、な」

現状、今の最果て国に住む者たちのスタンスは不明だ。

女神に敵対的なのか。根源なる邪悪をどう思っているのか。

人間に対する認識は、どうなのか。

視線を、下げる。

ピギ丸やスレイの存在が意外と役に立ったりするだろうか？　こうして俺は魔物と友好な関係を築けている。これが、悪くないアピール材料となるかもしれない。

「いずれにせよ、どうあっても俺は禁字族の力を借りて禁呪を使える状態に持っていかなくちゃならない」

スレイの鞍に括りつけてある背負い袋を見る。

中には、三つの禁呪の呪文書が入っている。

女神が禁じた呪文。

まず、その性質を確かめなくてはならない。それ次第でのちの戦略も変わってくる。

ただ――考えようによっては、ゴールは近いのだ。

最果ての国で禁字族に会い、禁呪を使用可能にする。

習得した禁呪で――クソ女神を潰す。

大まかに考えれば、やることはそれだけである。

だから――あとはもう障害を排除しつつ、突き進むのみ。

ヴィシスは自分のてのひらの上で他の連中を踊らせているつもりだろう。

が、こっちからすればあの女神がどのくらい〝こっちの仕掛け〟の上で踊ってくれるか。

特に〝蠅王ノ戦団〟の存在は、上手くすればヴィシスの悩みの種と化す。

そういった意味においては、クソ女神との戦いはすでに始まっているとも言える。

◇【女神ヴィシス】◇

「呪術なる力を用いて、大魔帝の側近級をかろうじて撃破……魔防の白城における大規模戦闘においては戦況を覆すほどの多大なる貢献を果たす――また、古代の魔導具と思われる希少品をいくつか所持している可能性あり……さらには巨大な馬型の魔物を使役……かつての名はアシント……あの理外なる〝人類最強〟を死へと至らしめた謎の呪術師集団……しかも、ふふ……まさかまさか、なんと生きていましたか……セラス――アシュレイン」

ヴィシスは、

「なるほど」

報告書を、机の上へ放った。

「〝蠅王ノ戦団〟――実に、興味深い」

◇【十河綾香】◇

十河綾香は、アライオンに戻ってきていた。

綾香だけではない。

南軍に参加していた勇者は全員、一時アライオンへと帰参した。

魔防の白城で繰り広げられたあの大激戦。

すでにその一連の話はここアライオンにも届いている。

ちなみに綾香たちのいた南軍すべてが戻ってきてはいない。

戻ったのは勇者と一部の者のみである。

綾香たちと別れた南軍の大部分は、元の目的地であった王都シナドへと向かった。

(聞けば、激しい戦いになったのは私たちのいた場所だけじゃなかったみたいだけど……)

苦戦を強いられた軍も多かったそうだ。

中には〝勝利〟と呼んでよいのかわからぬ戦いもあったという。

自分たちのいた南軍だって同じだ。

死者のことを考えれば、素直に喜べる勝利とは言えまい。

(……でも、救いもあった)

生死不明だった者たちの安否。
この点について、綾香はほんの少しだけ救われた気がしていた。
まずは〝竜殺し〟ことベインウルフ。
彼は、生きていた。
が、戦線への復帰は当面難しいとのことだ。彼はそれほどの重傷を負ってしまった。
それでも意識は確かだったし、会話もできた。
ベインウルフの生存がわかり急いで駆けつけた時、
『悪ぃな……早々に、離脱しちまって』
涙ぐむ綾香に、彼はそう謝った。
けれどその時は生きていただけで十分と思えた。
たとえ戦いに復帰できずとも、また、こうして会話を交わせただけで。
人面種に押し切られて変身が解けた後、ベインウルフは戦える状態になかった。
まともに動けるかも怪しかったそうだ。包帯まみれのその姿から考えれば当然だろう。
しかし彼はどうにか魔物の死体の下へ潜り込んだ。
幸い魔物に見つかることもなく生き延びたという。
ベインウルフは自分の左腕がまるで上がらないのにやや驚いた後、
『ま、とりあえずは……ソゴウちゃんのこたぁ忘れずに済んだらしいね』

口もとを緩め、そう言った。

綾香を安心させようと、腕を上げて何かしようとしたらしい。

が、その時の彼にそれは不可能な動作だった。

そうだった、と綾香は思い出した。

彼の竜化は、記憶を奪う。

ベインウルフが微笑む。すると、パリッ、と固まりかけた唇のかさぶたが裂けた。

『悔しいが当面、おれはまともに戦えそうにない』

目を細め、彼は言った。

『あとは――ソゴウちゃんたちに、任せていいか？』

『はい』

綾香は、しかと頷いた。

『大魔帝は、私たち勇者が倒します。だからベインさんはゆっくり休んでください。それから――』

爪先を揃え、頭を下げる。

『私たちを救ってくれて……ありがとうございました。あなたのおかげで、今、私はここにいます――勇者として』

ベインウルフはアライオンを経由し、そのままウルザへ戻るという。

なのでアライオンまでは綾香たちと一緒に戻ってきた。

さて。

他の生死不明者と言えば、四恭聖のアギト・アングーンである。

彼はあの戦場において多くの者を救った。

遠距離からの攻撃術式で綾香たちを人面種から救ったのも彼なら――

その人面種を引きつけ、桐原グループの勇者たちを救ったのも彼だった。

アギト・アングーンは、生きた状態で発見された。

かろうじて、ではあったが。

彼はベインウルフ以上の重傷を負っていた。アギトを診た者は『生きているのが不思議なくらいです』と言っていた。

意識は今も戻っていない。

綾香もアギトの状態は確認した。

確かに、誰がどう見ても戦線に復帰できる状態ではなかった。

けれど――生きていてくれた。

やはりこれも、綾香にとっては救われたような気分だった。

いささか身勝手な安堵とは、思いつつも。

そして――生死すら判明していなかった、南軍の勇者二人。

錯乱しながら粉塵の中へ消えた、小山田翔吾。

指を数本失い安グループの懇願を振り切って逃げた、安智弘。

二人とも、生存していた。

小山田翔吾が発見されたのはなんと魔防の白城の中だった。

彼は城の地下牢の奥にいた。背を向け、小さく蹲って震えていたという。

捜索していた兵が声をかけると、彼は激しい悲鳴を上げた。

悲鳴が収まった後はガタガタ肩を震わせ、再び蹲ったという。

ただ、幸運なことに目立った外傷はなかった。しかし、

(小山田君……)

再会した小山田翔吾は、豹変していた。

まるで別人だった。あまりの変化に、綾香も話しかけることができなかったほどだ。

その小山田も綾香たちと共にアライオンへ戻ってきている。

が、戻ってきた後すぐ自分たちと離されたので今この場にはいない。

さて、安智弘の方だが――彼は、魔防の白城からやや離れた平原にて発見された。

小山田と比べて発見は遅かった。

そのため彼は綾香たちと共にアライオンへ戻ってはいない。

というか、この情報はつい先ほど得たものである。

兵士が同行しアライオンへ向かっているそうだ。

情報だけが軍魔鳩によって先にこちらへ届いた形になる。

安は、乗っていた馬を焼いて食べていたらしい。空腹に耐えられなかったのだろう。

発見した兵士が声をかけた時、彼はこう言ったという。

『遅い……遅すぎる……ッ！　我こそは南軍にて決死の覚悟で生き残った上級勇者――最後の希望とも呼べるA級勇者ぞ！　グズらず早々に打診せよ……ッ！　女神にだ！　この安智弘の指を早急に治癒せよ、と……ッ！　軍魔鳩とやらを使って、我が言葉を一字一句違えずに送れ！』

切断された指の他に外傷はなかったそうだ。

（安君……）

聞いた言葉から察するに、発見時の安は綾香が死んだと思っていたみたいだ。

（それでも二人とも生きていてくれた……そう、あの状況だったら死んでいてもおかしくはなかった。生きていただけでも今は幸運だったと考えるべきだわ。あとは、鹿島さんたちだけど……）

西軍の浅葱グループ。

綾香が特に身を案じる鹿島小鳩もそのグループにいる。

彼女たちの生死に関する情報はまだ入ってきていない。

西軍の主戦場となったヨナトの王都が壊滅的被害を受けたのは知っているのだが……

（鹿島さん、浅葱さん、みんな……どうか、無事でいて）

と、

「あらあらまあ、まあまあまあ、皆さんお揃いで」

現れたのは、

「予想以上の目覚ましい戦果をあげたそうですね！　素晴らしいです！　話を聞いて、私、感動しました！　ええ、とても！」

女神、ヴィシス。

今、綾香たちは城内の広場にいる。ここは出立前にも何度も訪れた広場だった。

郷愁にも似た思いで女神の立つ辺りに視線をやる。

以前はあそこに、もっとたくさんの人がいた。

四恭聖に竜殺し。

剣虎団（けんこだん）も、今はいない（西軍へ編入された彼らはどうなったのだろう？）。

（ニャンタンさんも、いない）

そういえば帰還後、一度も姿を見ていない。と、

「特に、ソゴウさん！」

女神が満面の笑みで、両手を打ち鳴らした。綾香に近づき、両手を取る。

「やはりＳ級勇者の称号は飾りではありませんでしたね!?　人面種に留まらず、まさか側近級の第二誓を真っ二つに断殺してしまうとは！　正直に言いますね？　私、最初から信じていました。厳しい態度を取ったのも、実はソゴウさんに早く覚醒してほしかったからなのです。Ｓ級の名に恥じぬ固有スキル習得、おめでとうございます！」

ぐいぐい来る女神。

と、そこで――女神が、停止した。

そう。まるで、動画の再生中に一時停止でもされたみたいに。

笑顔全開のまま。

「？」

「何をいいけしゃあしゃあと、と思ったんじゃありませんか？」

無感動な調子で、女神が言った。女神が、てのひらを上下交互に翻し始める。

クルッ、クルッ、クルッ、クルッ……

ピタッ、と――動きが止まる。

「ふふふ、これではいくらなんでもてのひら返しが過ぎますからね。これまでソゴウさんにあんなひどい態度を取っていたのに、その過去の態度を微塵も反省せず、ソゴウさんが覚醒した途端に態度を急変させたのでは……女神としての、程度が知れます」

腰の後ろへ両手を回し、前屈み気味で微笑む女神。

「大丈夫です。私、心から反省しています」

女神は上体を起こすと、姿勢を整えてから、深々と頭を下げた。

「申し訳ありませんでした。秘められた素質を見抜けなかったのは私の目が曇っていたからでしょう……まあ、元を辿(たど)ればあなたが召喚直後に錯乱して私の心を傷つけたのが、私にひどい態度を取らせた原因ですから、そもそもの発端はソゴウさんなのですが……それでも、私は女神ですから。自分が悪くなくとも、自らの非を認め、謝れる度量が必要とされてしまうのです。ですので本当にすみませんでした、ソゴウさん」

面を上げ、微笑みを深くする女神。

「これからは過去のことは水に流し、仲良く手を取って大魔帝を倒しましょうね？　すみません……先ほどはちょっとトゲのある言い方を含みましたが、許してくださいね？　そうですね、謝罪があれば普通は水に流すものですよね——まともな神経の持ち主なら、ですが。はぁ……」

安堵めいた息をつき、女神が左胸に手をやる。

「ソゴウさんがまともな神経をお持ちの方でとても助かりました。なるほど、クラス委員長とはそういうものなのですね。なんせ大魔帝を倒す理由も〝仲間のため〟ですものね——本当に、ご立派です。私のためではなく、クラスメイトの皆さんのためなんですから……本当に、本当に、尊敬できます」

こんなに軽い〝尊敬〟を受けたのも初めてであった。

が、女神の性格が難アリなのは今に始まったことではない。

「女神さま、でしたら……」

「はいはい、今ここから力を合わせましょう」

「過去の態度を水に流す代わりに、一つ、私の願いを聞いていただけませんか」

「え、もうそんな感じなんですか？　なんて――強欲」

気にせず、綾香(あやか)は続ける。

「治療をお願いしたいんです」

女神の両目が、温かみのないアーチを描く。

「え？　誰のでしょう？」

「ベインウルフさん、アギトさん……小山田君や安君……佐倉(さくら)さんの手首が魔骨(まこつ)遺跡で切断された時、女神さまはその手首を元通りに治してくれました。同じように、治療をお願いできませんか？」

「あーなるほど――なるほど。ソゴウさんはやはり仲間想(おも)いですね！　変わりませんね。力に溺れて、もっと傲慢になっているかと――あ、いえ、見方によってはそれも傲慢な願いなのですが……」

女神が苦笑し、口もとへ手をやる。

「あらあら、私としたことが口が滑ってまた雰囲気の悪くなるようなことを……ふふふ、気にしないでくださいね？　大丈夫ですか？」

煽（あお）りは流す。

「できますか？」

女神は一瞬硬直した後、

「んーできなくもないですよ？　ただ、オヤマダさんに関しては心の問題ですので、簡単に治癒ともいかないでしょう。あとですね、私の【女神の息吹（ヒール）】には副作用がありまして」

「副作用、ですか？」

「私の治癒は、重傷であっても大抵のものは治癒できます。ただ——治療を終えた後、いつ目覚めるとも知れぬ長い眠りを必要とする場合があるのです」

くぁ～あ、と。女神は口に手をやり、あくびまじりに続ける。

「必ず眠りにつくわけでもないのですが、私自身にも……眠る者と眠らない者、また、短い眠りで済む者とそうでない者の分かれ目が、いまだにわからないのです。まあ、重傷な者ほど長い眠りにつく確率が高いのは確かのようですが」

神と名のつく力も万能ではない、ということか。

中には傷が治っても数十年と眠り続ける者もいるそうだ。

眠ったまま寿命を迎える者すらいるという。

目覚めるか否かは運任せに近い。ある意味、賭けとも言える。となると、

（ベインさんやアギトさんは、長い眠りにつく可能性が高い……？）

なら、ベインウルフなどは女神の治癒に頼らぬ方がよいのだろうか？

「理想論に逃げず現実を言いますと、いつ目覚めるとも知れない者の面倒を見続けるのも人力やら資源の無駄ですし……なので、あまり【女神の息吹（ヒール）】は使いたくないのです。以前も話しましたが、何より私自身もそれなりに消耗しますので……私自身も、消耗するのです」

厄介事を忌避するみたいに、息をつく女神。

「特に勇者に関しては、根源なる邪悪がまだ健在な状態で長い眠りにつかれても……そんな最も必要とされる時期に重傷を負った勇者に、果たして救う価値があるのか……とてもとても、悩むのです。本当に、悩みます」

微塵も悩む気配なく、女神は眉尻を下げた。

「ただまあ、下級勇者ならまだいいのです。ですがS級に長い眠りにつかれてしまうと、これはもう召喚した意味がないとしか……そうなんです。ですので、S級のソゴウさんが重傷を負っても治療は難しいと理解していただけますか？　ええっと、それで……ソゴウさんはどうなれば満足なんでしょう？」

アギトは今も生きているのが不思議な状態と聞いた。

つまり予断を許さぬ状態。なら、

「アギトさんは、治癒をお願いしたいと思います」

「わかりました。貸し一つ、ですね」

「ただ……ベインウルフさんや安君は意思の確認ができます。ですので、副作用のことを伝えた上で、もし各人が望むなら、治癒をお願いできれば……」

女神が目を細めた。金色の瞳には、松葉杖に支えられた綾香が映っている。

「わかりました、そうしましょう。あ、ソゴウさん」

「はい」

「今の話でご理解いただけたと思いますが、がんばって早く治してくださいね？　強くなられたのは心から喜ばしいですが、その身体ではまだまともに戦えないでしょうからね」

綾香は女神の視線をしっかり受け止め、

「はい」

真正面から、毅然と答えた。

「なるほど、そうですか。それでは、ソゴウさん――」

女神が姿勢を正し、にっこり微笑む。

「性格の不一致はどうにもならないかもしれませんが、がんばりましょう。そしてそろそろ、お互い大人になりましょう」

　女神が身を翻す。

「私はこの後少々用事がありますので、一旦失礼します。後ほど配下の者を通じて指示を出しますので、少しここでお待ちを」

　去り際に一度振り返ってお辞儀をし、女神は立ち去った。

　女神が城内へ消えてすぐ、一人の男が広場に入ってくる。

「あ……」

「――十河（そごう）か」

「桐原（きりはら）君」

　勇者装に身を包んだ桐原拓斗（たくと）。彼はこちらへ近づいてきた。

　そして、綾香の前で足を止めた。

「よかった……桐原君、無事だったのね」

「こういうことか？」

「え？」

「十河が――おまえが、このオレを心配していた？」

「え？　ええ……東には、大魔帝（たいまてい）が現れたって話だったから。それで――」

「おまえはこのオレが、まさか大魔帝に負けるとでも……？　想像力の不足か？」

何か、気に障ったらしい。

すると、東軍にいた他の上級勇者二人も広場に姿を見せた。

高雄姉妹。見たところ、負傷した感じはない。

(聖さんも樹さんも無事みたい……よかった)

「あ――それよりね、桐原君……」

綾香は話題を変えた。

「もう、知っているかもしれないけど……その、小山田君が――」

「自然と耳に入ってきたぜ、十河……」

「ええ……小山田君は、今――」

「大魔帝の側近級を、殺したらしいな?」

言葉を遮り、桐原が尋ねた。

(え?)

動揺する綾香。

(小山田君の話じゃ、ない……?)

「聞けば、第二誓とかいう大物だったとか……今のステータスをひけらかしたいなら、オレに止める義務はない……」

「今のイインチョと自分のステータス差が気になるって、素直に言やいいのに」

独り言っぽく割り入ったのは、高雄樹。呆れ顔で、前髪を後ろへ撫でつける桐原。

「わかってねーな、樹。明白でしかねーだろ……十河が仕留めたのは側近級の第二誓で、片やオレの方は、あの大魔帝が尻尾を巻いて逃亡……差が歴然すぎて、もはや明白以上の何ものでもねーぞ」

そんな中、綾香の動揺は続いていた。桐原は小山田翔吾が心配ではないのか？

背後の桐原グループを見る。

最初、彼らも桐原が近づいてきた時に駆け寄ろうとした。が、今は躊躇している感じだった。樹が、綾香に話を振る。

「けど、イインチョもついに固有スキル覚えたんだろ？」

「え？　ええ、まあ……」

「くくく、桐原もこれでイインチョにもうでかい面できねーな？」

「？　オレが？　でかい顔を……？」

桐原は首の後ろを撫でさする手を止め、樹へ不快げな視線を飛ばす。

「記憶がなさすぎてな。都合よくねつ造してんじゃねーぞ、樹……」

睨み返す樹。

「うるせーよ……てめーこそ、大魔帝の退却が自分だけの手柄みたいに語ってんじゃねーぞ。あれはな、姉貴あってのー―」

「いいのよ、樹」

聖が、樹を止めた。

「けど、姉貴……ッ」

「桐原君の成長した固有スキルが敵の東侵軍の波を押しとどめたのは、事実だもの」

「オレへのごますりのフェーズに入ったか、聖。しかし、まあ……」

鼻を鳴らす桐原。

「おまえの中にはわずかながら王の視点が見えないこともない。腰巾着気質の樹も、これは聖を見習わざるをえねーか……いいぜ、見習え。同意しろ」

樹が唸って、姉の腕に組みつく。

「う～」

そのまま樹は、額を姉の腕に押しつけた。

「ほんとこいつ、話通じなくてしんどい」

「仕方ないわよ、異世界だもの」

答えになっていないような答えを言って、聖は綾香へ向き直った。

「それより十河さん、身体の方は大丈夫なの？」

聖のその気遣う言葉がなんだか嬉しくて、思わず頬が緩む。

「リカバリーはきくと思うんだけど……本調子に戻るまではもう少しかかりそう、かな」

聖が次に口を開くまで、かすかな間があった。

「第二誓という側近級にやられたわけではないの？」

ツヴァイクシードにやられた傷が原因ではない。

むしろ、血の刃で切られた箇所はあまり気にならない。

極弦使用による負荷の方が、何倍も効いていた。

が、身体が〝壊れ〟てはいない――それは、わかる。

あくまで回復に時間がかかっているだけだ。ただ、

（勇者の補正値込みで、これほどの負荷だなんて……）

綾香が生成した〝弦〟は一本。

遥か昔にはその弦を何本も束ねられる達人などもいたという。

当時は〝極め人〟と呼ばれていたらしい。

（二本だけでも、想像がつかないのに）

自分も鍛え続ければその領域に届くのだろうか？

今よりも遥かに――強者と呼べる、その領域に。

「実は――」

「それについては、答えなくていいわ」

「？」

一瞬、聖が桐原へ視線をやった。

（もしかして……）

桐原には負荷の原因を明かさない方がいい。そう考えたのかもしれない。

「てかさ」

後頭部に両手をやり、樹が言う。

「イインチョって、側近級とかゅーのぶっ殺したんだろ？　どんくらいレベル上がったん？」

「今、私のレベルは……」

そういえば今、レベルはいくつだったか。

何もかもが目まぐるしくて、側近級を倒した後の確認を怠っていた。

「ステータス、オープン」

基本、ステータス表示は本人か女神しか確認できない。

なのでこういう場合、口頭で伝える必要がある。

綾香は、表示されているレベルを口にする。

「ええっと……ＬＶ４９９、って表示されて――」

――ヒュッ――

「――――」

ガキィインッ！

「……え？」

綾香の身体は——自然と、動いていた。が、ミスをした。

身体が〝動ける〟ものとして反応してしまった。

本来、そんな風に動ける状態にはないのに。その状態で無理に動かそうとしたので、

「——ッ」

全身に、痛みが走る。

「…………………桐原君、今、あなた」

かすかに咎(とが)める響きの乗ったその声は、聖のもの。

見れば——桐原の刃が、綾香の目の前で止まっている。

否。防がれている、と言うべきか。

綾香の傍(そば)には聖が立っていた。抜き放った長剣を、横に突き出した姿勢で。

心臓が、早鐘を打っている。

何が起こったのか？　それは——

突然、桐原が綾香に斬りかかったのである。

そこへ聖が反応し、飛び出した。

聖は己の剣身を割り込ませ、桐原の斬撃を防いだのだ。

綾香の全身から、ドッと汗が噴き出た。汗が、冷たく感じられる。

聖の問いかける冷たい刃のような視線が、桐原へと向けられた。

「今のはどういうつもりかしら、桐原君」

聖の声に厳しい響きがまじっている。

つまり彼女も、感じ取ったということか。そう、

（桐原君の、今の斬撃――）

明確な殺意が、乗っていた。

淡々と引いた刃を、桐原が鞘(さや)に納める。

「……当然、と言わざるをえねーな」

何が〝当然〟なのか。綾香には到底、理解が及ばない。

桐原は息をつき、平然と続ける。

「オレたちはそのうち大魔帝との決戦を迎える。今程度の攻撃を解決できねーようじゃ、戦力に数えるのは難しい。ま、気にする必要はねーぜ……所詮、今のは試験でしかない」

こちらも刃を引き、聖が言う。

「どう見ても今の十河さんは本調子には程遠い状態よ。今の彼女の実力を知りたいなら、せめて回復してからが筋ではないかしら」

「十河が解決できなければ、聖——おまえが状況を見極め、止めるしかなかった。そして読み通り、おまえはオレの刃を防いだ」

トン、トン
自分のこめかみを、指先で叩く桐原。

「末恐ろしいほど、すべてが想定内でしかない」

「——あなた、十河さんを殺す気だったわよね」

尋問めいて聖が問う。受け流すみたいに、桐原が舌を打つ。

「殺す気がないのがバレバレの攻撃……そこに、本当の価値が生まれると思うか？　死ぬ気でやれって言葉、あるだろ。死にもの狂いじゃねーとな……」

悪びれる、とも違う。

反省の弁など欠片もなく——彼はまるで、すべてが当然であるかのように話す。

「防げなくて死ねば十河もそれまでの人間……オレはそう諦めざるをえない。どのみち、これからの戦いにはついてこれねーからな……てめーもだ、聖」

「私には、十河さんのレベルに何か思うところがあったがゆえの行動にも見えたけれど」

桐原は、鬱陶しそうに両手で髪を後ろへ撫でつけた。

「それはおまえがそう〝見えた〟だけでしかない。憶測による罵倒ほど無様もねーぜ、聖(ひじり)……」

「だから桐原、てめー姉貴にふざけた――」

憤然として樹(いつき)が何か言おうとした時、

「桐原さ！」

割り入った大声。

「何……さっきの!?　ありえないじゃん！」

桐原グループの、室田絵里衣(むろたえりい)。

「何を言い始めた、室田……」

「何を言い始めたも何も、桐原マジで何考えてんの!?　イインチョはさ、あたしらの命救ってくれたんだよ!?　桐原がいなくなった後、マジでヤバかったんだから！　なんも聞いてないの!?」

桐原は眉を顰(ひそ)め、黙って室田を見ている。

「あのさ桐原……なんか言うことない？」

「生き残れて幸運だったな。だがこれからは、さらにきつくなるぜ……」

「違う！」

「…………」

「見てわかんない!?　でなきゃ、わざとやってる!?」

バッ！

室田が、勢いよく桐原グループを手で示す。

「幾美、いないじゃん!?」

首を傾げる桐原。数秒後、

「そうか、脱落か」

くしゃり、と。室田の顔が歪んだ。

「んだよ――その、反応っ……ふ、ぐっ……あんた、やっぱおかしいよ！　桐原、こっち来てからマジでおかしいって……ッ！」

室田の目から涙がこぼれ始めた。堰き止められていたものが、決壊したみたいに。

「幾美っ――死んだんだよ!?　身体とかも、もうまともに残ってなくてっ……どれが幾美のかも、わかんなくてっ……佐倉みたいに、治癒とかできないんだよ!?　ねぇ!?　あの幾美がだよ!?　もういないんだよ!?」

綾香は〝あの戦い〟の後を思い出す。

しばらくはベインウルフの生存を皆で喜び合っていた。

やがて――戦いの昂ぶりも、鎮まって。

魔防の白城にいた綾香たちを襲ったのは、欠落感。

広岡秋吉と佐久間晴彦。あの二人が死んだ時と、同じだった。

クラスメイトの死。

それはひどく現実味のない一方で。胸にぽっかりと穴が空いたような、そんな感覚をもたらした。だからあの後、カトレア姫に少し手伝ってもらって、みんなで弔いをした。

何人も――泣いていた。元の世界では、苅谷幾美とさほど仲の良くなかった生徒も。

けれど桐原は――諭す顔で、言う。

「親の知り合いに有名動画サイトのチャンネル登録者数20万超えの若手エコノミストがいるんだが――その人が、言ってたな。脱落者を損切りできる覚悟を持った国ほど成長していく……ってな。脱落者につまらねーコストを割く国ほど、全体としてはジリ貧になってくらしい……」

「何、それ……何言ってるか、全っ然わかんない……つーか、そのエコなんとかの話っ……幾美が死んだのと、なんの関係があんだよ……ッ!?」

「？　いちいち人が死ぬたびにピーピー喚く時間を有効活用して、自分を磨けって話以外に……何かあるのか？」

「――――――ッ」

室田が、桐原との距離を詰める。

桐原の前まで来ると、彼女は大きく手を振りかぶった。次の瞬間、

ガッ！

「……ッ」

室田の鼻頭に、深い皺が寄った。

「冗談じゃねーぞ、室田……」

どうやら室田は平手打ちを試みたらしい。

が、途中で桐原に手首を摑まれてしまったのだ。

「――毒されたか、十河に」

桐原が手首に力を込めた。

「い、たっ――ぃ――」

痛みに顔を歪める室田。

その時だった。樹が、腰のレイピアの柄に手を――

「やめなさい」

制止をかけたのは

「それ以上は、私が許さない」

十河綾香。

「……知らねーのか、正当防衛を」

「先に手を出したのは室田さんかもしれない。でも、少しでいいから……室田さんの気持ちも考えてあげてほしいの」

「いちいち人の気持ちに寄り添ってたら、勝てねーぞ」

「こういう時だからこそ、誰かを思いやる気持ちは大事にすべきだと思う」

「……気合いや根性ですべて解決できると思ってる馬鹿と、おまえも何も変わんねーか。前の世界を思い出せ。実際勝ってるのは、人の気持ちなんて考えてねーようなやつらばっかだったただろ……つまり、勝ちたいなら力を示すしかない。じゃなきゃ、勝てない。モラルとか倫理とか、さえずってねーでな……」

「………………」

個人的に気は、進まない。

が、気持ちだけでは。

言葉だけでは。

伝わらないことも、ある。

知ったではないか——この世界に来て。

「————」

極弦(きょくげん)を、使う準備に入る。今、この身体をまともに動かすにはこれしかない。

今後を考えれば、愚行とわかっていても――

それでも。

彼に対しては一度〝力〟を直接示すべきなのかもしれない。

が、あくまで無力化するのみ。負傷はさせない。

たとえば、そう。敵将の捕縛目的で使われたという鬼槍流の技なら――

「……ふん」

桐原が、室田の手首から手を離した。

「やる気になってるみてーだが……聖の邪魔が入るのは目に見えてる。オレとしては、時間の無駄と断定せざるをえない」

くずおれて地面に膝をついた室田の横を、桐原が通り過ぎる。

「それとな、さっきおまえに斬りかかった件――いい加減、気づけ」

腕を前へ突き出す桐原。

「本気中の本気なら、オレは【金色龍鳴波】を使っている……ッ」

桐原の周囲に数匹、小さな金色の龍が現れる。話しつつ発動させたらしい。

金波龍が、守護するみたいに桐原の周りをグルグル飛び始めた。

「今の室田たちは十河にほだされてるみてーだからな……当面、十河に面倒を見てもらえ」

まだ涙を浮かべたままの室田が、離れていく桐原を振り返る。

「桐原……」

金波龍を纏う桐原が、足を止める。

「世界を革新してきた偉人は、最初の頃は理解されない。むしろ疎んじられる方が多い。頂点に立つ人間には、いつも見当違いの批判が飛び交う。それこそが、王の孤独……思考停止した庶民の愚かさってのは、いつの時代も救いようがねぇらしい。だから、偉人は結果を示すまでそいつらのさえずりをスルーせざるをえない。が、最後はおまえらにもわかる——真の王が〝誰〟だったのか。歴史を真剣に知れ。真の偉人ってのはその時不遇でも、ちゃんと後世で嫌でも評価されちまう……歴史が、放っておかねぇ……」

綾香に視線を飛ばす桐原。

「つまるところ——甘さを残したやつには、辿り着けない〝極致〟がある」

コキッ、と首を傾ける桐原。

「結局、このオレは理不尽や不遇を跳ねのけて突き進む力の正しさを証明し続けるしかない。歴史の例に漏れず、な」

「何も言わなくていいわよ、樹」

樹が何か言いかけた。が、聖に止められた。桐原が呆れの息を吐く。

「おまえらは沸点の低さをどうにかしろ。特にてめーだ、樹……」

「んべー」

舌を出す樹。お茶目な仕草にも思えるが、目は笑っていない。

何も言わなくていいと言われたから、舌を出して反撃したのだろう。

「そういえば十河、話しそびれてたが……生きてたらしーな」

ようやく、小山田翔吾の話になった。

「セラス・アシュレインの見た目だが——肖像画通りだったのか？」

（え？）

「今、蝿王ノ戦団とかいう元呪術師集団にいるんだったな。ちっ——身の置きどころを、完全に間違えてやがる」

何を。彼は。何を言って、いるのか——

「そこの蝿の王とやらが第一誓ってのを潰して話題になってるらしいが……浮き彫りになってきてるぜ……側近級の、名折れ感が……ッ」

ギュウウッ、と、桐原がこぶしをきつく握り込む。

「そ——そんなことはないと思う。側近級は、強敵だったわ」

「ありえるはずがない。勇者以外のやつに負けてる時点で、雑魚以外の結論が認められるとは到底思えない。呪術とかいう、この世界の法則に縛られた力頼りじゃ真っ先に天井は見えてるぜ……〝王〟を名乗ってるみてーだが、器じゃねーだろ。となると、ちっ……その井の中の蛙にも、セラスにも、嫌でも見せつけざるをえねーらしい」

刀の柄底に、てのひらを置く桐原。

「キリハラとの、格の違いを」

広場で綾香たちが待機していると、女神の使いが指示を伝えに来た。

勇者たちは宿舎へ戻って一時待機だそうだ。

使いは待機中の規則や注意事項をいくつか伝えた。

それから、後ほど蠅王ノ戦団に関して聴取があるという。

ちなみにこの時、桐原はその場にいなかった。彼は、あのまま広場から立ち去ってしまった。遠ざかる桐原に、

『おい、女神がここで指示を待てって言ってただろ』

樹が声をかけると、

『うちは親の知り合いを呼んで月一でバーベキューをやってたんだが……この前、オンラインサロンビジネスで大成功してる人が来ててな。こう言ってたぜ。〝ビジネスシーンにおける成功者の中には、指示待ち人間なんて一人もいないんです〟ってな……何を言いたいか、当然わかるな？』

そう言い残し、立ち去った。

さて——夜分である。

綾香は、自室にて待機していた。

そこへ綾香を訪ねてきた人物がいた。

今、その来訪者は綾香の隣——椅子に座っている。

二人の前にはテーブル。互いの椅子の距離は近い。肩が触れ合うほどの距離である。

来訪者は、メモ用紙にペンを走らせていた。

「あなたたちのところ、大変だったわね」

来訪者は、高雄聖。

綾香は彼女と互いの情報を共有していた。メモ帳とペンは制服の中に入っていたものらしい。スマートフォンはネットも繋がらないし、充電もできない。

が、アナログなものは普通に機能を果たせる。

ペンの場合は、インクが尽きるまでだが……。

それにしても、と綾香は思った。

前の世界のメモ帳とペン。今はなんだか、この世界だと逆に浮いて見える。

「だけどさっき話したベルゼギアさんのおかげで、最悪の結末だけは避けられたと思う」

最悪の結末——魔防の白城に集った南軍の全滅。

あそこにいたクラスメイトの、全滅。

「………………」

「聖さん？」

「そのベルゼギアという人物……十河さんはどういう立ち位置だと思う？　強力な側近級を倒したなら、大魔帝側ではなさそうだけれど」

「セラスさんがいたから、カトレアさんの味方だと私は思っているけど……」

「戦いの後、姿を消したのよね？」

「ええ、そう聞いたわ。なんでも、北へ向かったとか」

ふむ、とペンの尻を唇の下に添える聖。

なんというか。大した仕草ではないのに、不思議と惚れ惚れしてしまう。

控えめに伏せられた長い睫毛。薄いながら健康的な唇が、瑞々しく映った。

「そのままネーアの姫君とは合流しなかったのね……つまり、セラス・アシュレインにはネーア聖国にそのまま戻れない――あるいは、戻らない理由があった……」

聖はそこで一度、言葉を切った。

「そのベルゼギアという人物は、どんな感じだった？」

綾香は可能な限り自分との会話や印象を伝えた。

ペン先が走る。さっとした走り書きなのに、綺麗な字である。

「敵か味方か——味方にできるか否か、判断しづらいところね」

「信頼できそうな人だとは、思ったけど」

「危機的状況で救いの手を差し伸べられたら、大抵の人間は相手を信頼してしまうものよ。吊り橋効果やストックホルム症候群なんてものもあるくらいだし——人の感情や印象なんて、たった一つの劇的な出来事で容易に変わってしまう。たとえば……テレビやインターネットでもてはやされていた人物が、たった一つのスキャンダルでイメージが最低まで落ちた事例……見たことない？」

「……あるかも」

　世間の好感度がずば抜けて高かったタレントがいた。

　それが、一夜にしてバッシングの的になったのを見たことがある。

「物事を一元的にしか見られなくなると、詐欺に引っかかりやすくなるから気をつけなさい」

　小さく息をつく聖。

「……ごめんなさい、話が逸れたわね。それで、そのベルゼギアという人物だけれど、ネーア聖国の味方であっても神聖連合の味方とは限らないわね」

「ええっと、つまり——」

「私たちの味方になるとも限らない、ということ」

膝の上で手を重ね、綾香は視線を落とした。

「あの人と敵対するのは、できれば避けたいかな……」

「敵になるとも限らないけれどね。むしろ今は味方側の人間――桐原君の方が、敵対的と言えなくもない」

「ねえ、聖さん」

綾香は両手を握り込み、暫し口をつぐんだ。聖は、次の言葉を静かに待ってくれている。

「聖さんは……桐原君の考え方が、正しいと思う？」

「疑問形で尋ねるということは、一理あると思えてしまった？」

「え？　その……わからなくて。私はまだ甘いのかな、って……その甘さのせいで、茹谷さんを死なせてしまったのかもしれない、って」

もっと早く〝覚醒〟していたら――もっと被害は、少なかったのではないか。

極弦も。固有スキルも。もっと早く、使えていたら。

今の結果は、自分のどこかに甘さがあったからではないか？

聖は自罰的な綾香の吐露に、

「正しくもあるし、間違ってもいるわね」

そう言って、手もとで一度ペンを回した。

「人は立ち位置によって共感する考え方の変わる生き物よ。通常、人間はどこまでも主観的なの。だから桐原君の知人の考え方を正しいと感じる立ち位置の人だっている。一方、間違っていると感じる立ち位置の人もいる。ただし……桐原君の場合、自分が絶対に〝脱落者〟の側にならないという前提で話しているから――どこかでそちら側へ回ることがあったら、辛いかもしれないわね」

聖は一度そこで口をつぐんだ。それから、彼女はペンの尻で唇の下を二回つついた。

「多分、望まれていた答えになっていないわね」

「ううん、いいの……考えてくれてありがとう、聖さん」

「十河さん。あなたは、あなたの信じる正しさを貫けばいいと思うわ」

「私の、正しさ……」

「私の見たところ、今は多くのクラスメイトがあなたについてきている――あなたを頼りにしている。今は、それが答えと思っていいんじゃないかしら？」

聖は続けた。

「この世に完璧なんて存在しない。けれど、最善を尽くすことならできる」

「聖さん……」

「人という限りある生き物である以上、私はそれで十分だと思うけれど」

綾香は、小さく笑みをこぼした。

「――ありがとう、聖さん」

「どういたしまして」

淡々と、聖は言った。

綾香はそれから、さらに聖と互いの情報を共有し合った。

「あの感じだと、二瓶君たちや室田さんたちはあなたのグループに入ると見ていいのかしら？」

広場で女神の使いから指示を受けて解散となった直後のことである。

綾香は自ら、正式に二瓶や室田たちに申し出た。

これからは自分のグループと行動を共にしないか、と。

安は生きていた。が、二瓶たちはもう安と行動を共にする気はないと話した。

「その二つのグループは、リーダーから見捨てられた形だものね」

室田たちも、綾香と一緒にやっていきたい——そう言ってくれた。

「安君はどうするの？」

「……誘ってみようと思う。A級勇者の味方が一人でも増えてくれれば助かるから。何より、その……やっぱりこれじゃあ、安君だけのけ者みたいだもの」

ふぅ、と聖が息をつく。

「尊敬するわ、あなたのこと」

「え？」

「それと、これは余計なおせっかいかもしれないけれど――」

聖の提案は二つ。

グループ内での班分けと、サブリーダーの設置。

周防カヤ子を班長とする、周防班。

二瓶幸孝を班長とする、二瓶班。

室田絵里衣を班長とする、室田班。

さほど親しくなかった者同士が混合で動くのはまだ難しい。聖はそう意見を述べた。

「あなたが意思決定できない状況になった時、あなたの他に意思決定を下すサブリーダーがいた方がいいわ。私は、周防さんを推薦するけれど」

「……私も、周防さんなら任せられると思う」

周防カヤ子。元より能力の高い子である。

後で知ったが、実は浅葱からも誘いをかけられていたらしい。

（この前の戦いでも、的確な指示でみんなをまとめてくれてたし……周防さんが私のグループに来てくれて本当によかった。でも……どうして私のところに来てくれたのかしら？）

そういえば彼女は女神の廃棄候補にも入っていなかった。

前の世界にいた頃を思い出す。

周防カヤ子は特に仲の良い生徒のいる感じの子ではなかった。

もちろん、だからこそ綾香は普段から定期的に声をかけていたのだが――

(とにかく、周防さんには感謝しないと)

二人はさらにあれこれ話し合った。

驚いたのは聖の知識の豊富さである。

特に、こちらの世界について異様な知識量を持っていた。

「城内に大書庫があるのは知ってる?」

「ええ」

「閉架書庫は?」

「……いえ」

閉架書庫。

前の世界の図書館では自分で取りに行けない書庫がそう呼ばれていた。

閉架書庫にある本は司書の人に頼んで持ってきてもらう。

が、こちらの世界では許可があれば立ち入れるらしい。

「女神に許可をもらって、よくそこで調べものをしているの」

「そうだったんだ……」

(あ)

スンッ

(またた……)

薄ら、甘い香り。聖から漂ってくる。この距離だから、よくわかる。

横目でこちらを見る聖。

「においが気になる?」

「あ、ごめんなさい——その、香水でもつけてるの?」

「私たちはこっちの世界では〝異物〟だけれど、こっちの世界の香水をつけていると現地人の警戒心が少し緩むのよ。要は〝私はこっちの世界の文化を受け入れようとしています〟という、無言のアピール」

そんなことまで考えて、香水を使っているのか。

(すごい……)

何より、

「聖さんって……本当に、綺麗」

メモ帳への書き込みはやめず、聖が平板に指摘する。

「声に出てるわよ」

「あっ」

ハッとして、口を手で押さえる。心の声が漏れていた。

「ご、ごめんなさい」

「あなたの場合、たとえ正直であっても他人の容姿への無闇な感想は控えた方がいいわね。そんな気はないのでしょうけど、あなたが言うと受け取る人によっては嫌みになるから。十河（そごう）さん、自分が紛れもない美人だという自覚くらいあるのでしょう？」

「えっ、私なんて――」

「〝そんなことない〟？」

「あ……」

「その返しも嫌みに取られかねないから、やめた方がいいわね」

しおらしく肩を縮める綾香。

「……気をつけます」

言ってから、綾香はクスッとなった。聖は視線をメモ帳に固定したまま、

「どうかした？」

「いえ……樹（いつき）さんがあなたを大好きな理由、ちょっとわかった気がして」

ちなみに樹は自室で睡眠中だという。

元気そうに見えたが実のところかなり疲労していたらしい。

「聖さんは同い年なのに年上っぽいっていうか、その……なんでも相談できるお姉さんって感じ」

綾香は姉がいないから、少し姉に憧れがある。

「双子だから、産声を上げたのが後か先かの違いでしかないのだけれどね……ただ、育っていく中で〝姉〟として扱われ続ければ、それらしくなっていくものよ」

「――ねえ、聖さん」

綾香は真面目な面持ちになって、

「さっきのグループの話……私よりも、あなたがみんなのリーダーになるのが一番いいと思う」

「無理ね」

素早い拒否に、綾香は少し戸惑う。

「あなたは大丈夫でも、私たち姉妹に苦手意識を持っている生徒はたくさんいるわ」

「そんなことは……ないと、思うけど。……だとしても、聖さんたちをもっとみんなに知ってもらえれば――」

「好き嫌いにかかわらず集団には〝和〟というものが存在する。壊す意図がなくとも、外の人間が入るだけで集団のバランスが壊れる事例はいくらでもあるの。この性質を、甘く見ないこと。私たちがこの時点で加わると、確実にあなたのグループのバランスは壊れる」

それに、とつけ加える聖。

「ある程度距離があった方が上手くいく関係もある。もちろん、元の世界へ戻るにあたっての協力はするつもりだけれど」

「……わかったわ。私も、無理にとは言わない」

「勇気を振り絞って誘ってくれたのに、悪かったわね」

「ううん。力を貸してくれるとわかっただけで、十分嬉しい。いいの……これ以上誰も死なせず元の世界へ戻ることさえできれば、私は……」

ふと、聖がジッと自分を見つめているのに気づく。

何か、推し量られているような……

「十河さん。これは〝もしも〟の話、なのだけれど――」

(どうしたのかしら?)

言いかけた聖の視線が、部屋のドアの方へと向けられた。

聖が何かメモ帳に記入する。そして、メモがスッと差し出される。

こう書かれていた。

〝私に合わせて〟

聖が、言葉を続ける。

「――私が、あなたに恋愛的な感情を持っていると言ったらどうする?」

「え!?」

そこで、綾香は気づいた。聖が視線で、何か訴えている。

（あ、そっか）

ドアの外に誰かいる。気配が、ある。

〝会話を合わせてほしい〟

何か意図があって聖はそう言っているのだ。綾香は、深く息を吸った。

「そ――そんなこと急に言われてもっ……私、その――困りますっ……」

綾香が、そう返した時だった。

聖が、微笑した。

（わ、ぁ）

思わず、見とれてしまった。

綾香が自分の意図をちゃんと汲んでくれた。多分、それを喜んでの微笑なのだろう。

「すぐ返事を求めるつもりはないわ。気持ちだけでも、知っておいてもらいたかっただけ。ただ、これからは距離を詰めようとする行動が多くなるかもしれないけれど――少しくらいなら、いいかしら？」

「え、ええっと……わからないわ。急なことで、その……気持ちの整理がまだ、全然つかなくて」

「迷惑？」

「め、迷惑とかじゃなくてっ……えっと……」

さっきの微笑のせいか、なんなのか。

演技だと、わかっているのに——奇妙な甘い鼓動が、鳴り止まない。

(あ、でも……その方が、逆にリアルな反応になっていいのかも……)

変なところで冷静な自分が、なんだかおかしい。

椅子から腰を浮かせる聖。

「——ちょっと待ってて。大事な話だもの……廊下に誰かいないか、見てくるわ」

と、気配が遠ざかっていくのがわかった。聖は一度、ドアの前まで行った。

再び戻ってきて、椅子に座る。

「お疲れさま、十河さん」

「……一応、説明してもらっていい?」

「勘違いさせるため」

「勘違い?」

「今後、私が十河さんに接触する機会が少し増えるかもしれない。その行動の意図を、あまり勘ぐられたくないの」

「あ、だから——」

「〝高雄聖は十河綾香に気がある〟という噂の一つでも広まれば、今後私があなたに接触する機会が増えても、それは気があるからだと思ってもらえる」

（聖さんは――）

おそらく何か、企んでいる。

女神を欺き、何かするつもりなのだ。

「……でも、ちょっと驚いたかも」

「急な無茶ぶりで、悪かったわね」

「それも、あるけど」

クスッ、と笑みをこぼす綾香。

「聖さんって、ちゃんと笑うのね？」

「作り笑いが苦手なだけで、笑わないわけではないのよ？」

「そうなんだ」

「私の笑みは言わば天然物かしら。養殖の笑みは便利だし、世の中の需要もたくさんあるわ。けれど、私は苦手というだけ」

「ふふ、聖さんの考え方って面白い」

聖が緩く頬杖をついた。

「あなたも色々と、天然物よね」

「むぅ……もしかして聖さん、馬鹿にしてない？」

「まさか」

（……それにしても）

綾香はドアを見た。

「ドアの前にいた人、誰だったのかしら」

「去り際の足音や気配の消し方から、女神の手の者でほぼ間違いないと思うわ。実は自分の部屋を出てからここへ来る途中まで、ずっと尾行されていたのだけれど……適当なところで撒いてきたの。おそらくはその尾行者が、この部屋に私がいるのにさっきようやく気づいたのでしょうね」

そして先ほど聞き耳を立てていた、と。

「聖さん、なんだかスパイ映画の主人公みたい」

「S級のステータス補正も大きいのじゃないかしら。たとえば、十河さんも気配には気づいたのでしょ？」

言われて、みれば。

（桐原君の殺気を感じ取れたのも、ステータスの何かの値が関連してる……？）

「あ……ところで聖さん、何か言いかけてたのよね？　ドアの前にさっきの人が来なかったら、何を言おうとしていたの？」

そう、聖は何か言う途中で話題を切り替えた。

と——聖が急に、距離を詰めてきた。

まるで、内緒話でもするみたいに。

緊張のせいか、綾香は唾を飲む。

「現時点では〝もしも〟の話として、聞いてほしいのだけれど」

「え、ええ……」

混じり気のない聖の瞳——それが、綾香の瞳を捉える。

「女神に頼らずとも元の世界へ戻れる方法があるかもしれない——そう言ったら、どうする？」

3. Dark

エリカの家を発ってから数日。

その間、たくさんの魔物が襲ってきた。

出発地点付近は魔群帯深部でもある。そのためちょっと厄介な魔物もいた。

一匹だが人面種にも遭遇した。が、すべて叩き潰した。

わかったのは、北方魔群帯の魔物との違いである。

南や西と比べると北方だけ並外れていたのがよくわかる。

北方魔群帯の深部は魔戦車の感知阻害能力でスキップできた。

その深部を越えた場所の魔物が、南や西の深部と同程度の強さだったのだ。

北方魔群帯の深部をまともに通過していたらと思うと、ゾッとする。

「今日は、こんなとこか」

俺は汗にまみれたスレイの速度を緩めた。頭上を見れば日も暮れかけている。

やがて、夜の帳がおりる。

「今日もお疲れさまでした、スレイ殿」

セラスが下馬し、俺も続く。

「おまえがいると、やっぱ速いな」

「ブルルッ♪」

撫でてやると、スレイが嬉しそうに頭をすり寄せてくる。

金棲魔群帯の正式名称は〝大遺跡帯〟。

ここにはかつての文明の名残りと思しき建造物が点在している。

中には原形をしっかり留めた建物もある。

俺たちはそんな建物の一つに入った。

寝る準備が整うと、俺は『禁術大全』を開いた。建物内だが、明かりは最小限。

俺がページを捲らず難しい顔をしているのを見てか、セラスが話しかけてきた。

「どうされました？」

「ピギ丸の最後の強化剤について、考えてた」

「ピギ丸殿の最後の強化剤、ですか」

「残念だが、こいつを作るのは厳しいかもしれない」

「……確かに」

ここまでの旅でセラスも『禁術大全』を大分読み込んでいる。

該当するページ内容を覚えているのだろう。

最後に残ったスライム強化実験の問題点はシンプルに一つ。

素材の入手が難しい。

ページの余白にメモ書きで素材の入手先が羅列されている。が、入手場所のすべての表記に横線が引かれていた。最下段に記されていたのは、

〝現在入手不可。実験は成功。但し、これ以降の再現は困難と思われる〟

素材を持つ魔物の名は〝紫甲虫〟。

外見と素材部位はご丁寧に絵に起こしてある。

確認したが、エリカのコレクションの中にもなかった。

他の入手場所の心当たりもエリカに尋ねてみたが、

『残念だけど知らない。とゆーか、紫甲虫ならエリカもほしい。手に入るなら、ね』

そう返ってきた。いわゆる、

「レアモンスター、ってことか」

なればこそ、

「魔物の種類がごった煮のこの魔群帯ならもしや、と……最初に足を踏み入れてから、一応目は光らせてたんだが」

「私も気は配っていましたが、見かけませんでした」

「――こうなると、すでに絶滅しちまってるって線もありうる」

ピギ丸の最後の強化は、一旦ないものとして考えた方がいいかもしれない。ひとまずは、

「そろそろ、出発だ」

「はい」

現在地を把握できるイヴのあの地図はもうない。が、代わりにエリカの地図が役に立っていた。特徴的な建造物や地形が描き込まれている。

それらを目印に進めばそう迷いはしないだろう。

俺たちは休息を終え、魔群帯をさらに西へと進んだ。


「――目的地まで半分、ってとこか」

目の前に鎮座する建物と地図を見比べる。

目的地との中間点。魔群帯の中心に位置するエリカの家からは大分離れた。

この辺りはもう〝深部〟と考えなくていいだろう。

ちなみに、最果ての国の位置は地図上には記されていない。

出立前にエリカが指で示した場所を俺が記憶しているのみ。

何かの間違いで地図が誰かの手に渡るのを危惧してのことである。

「本日はあの建物を使いますか？」

例の魔素によって開閉する扉が見えた。ここ魔群帯においては安全を確保しやすい数少ない場所と言える。もちろん、内部が安全なのが前提だが。

大量の金眼が逃げ込んだ地下遺跡の入り口らしき場合は当然、スルーする。

「スレイも夜襲に気を取られない環境でのんびり休ませてやりたいしな。そうするか」

と、

「ピニュ？」

ピギ丸が、何かに気づいた。スレイも顔をそちらへ向ける。

何か、近づいてくる。

「……リス？」

なんの変哲もないリスに見える。多少だが、魔群帯にも見慣れた動物が生息している。

その時だった。突然リスが――腹を見せ、ひっくり返った。

俺はピンとくる。

「――エリカか」

事前に打ち合わせで決めておいたいくつかの合図。向こうからそれをすることで、使い魔だと示す。あれは、その合図のうちの一つ。

俺は〝文字紙〟を荷物から取り出し、地面に広げた。

リスが起き上がり、駆け寄ってくる。

「エリカの使い魔か？」

「キュキュ」

ちっこい鼻先でリスが〝はい〟を示す。

両膝を曲げて見下ろしていたセラスが、ホッとした顔をした。

「エリカ殿、使い魔を動かせるほどに回復したのですね……よかったです」

「キュッ」

俺は背後の建造物を見た。

「以降の話は、中に入ってからにするか」

俺たちは扉を開け、中へ踏み入った。

中は倉庫みたいな造り。実際、棚の配置からして倉庫的に使用されていたのだろう。

が、棚やら何やらは空っぽだった。生物——敵性の魔物の気配はない。独特の粉っぽさはあるものの、一夜の宿には問題なさそうだ。隠し扉や階段のたぐいもなさそうだ。

ひとまず安全が確保できたので荷物をおろす。

それから床に敷布を広げ、ようやく一段落できた。が、すぐにやることがある。

敷布の上に、俺は改めて文字紙を広げる。

「キュッ！」

いよいよ出番だとひと鳴きしたリスが、文字紙の上を駆け回ろうと——

「あ、少々お待ちを」

「キュッ？」

正座したセラスが柔らかな手並みでリスを捕まえる。

次いでリスをそっと膝に乗せると、清潔な布で足を拭き始めた。

「差し出がましい真似をして申し訳ありません。ただ、今後もその文字紙を使うと考えると、あまり汚れるのもよろしくないかと思いまして。ん……すみません、短い間ですのでじっとしていてくださいね……」

拭き終わって足が綺麗になったリスが、文字紙の上を駆け巡る。

「キュッキュ」

一つ一つ文字を示し、文章を作り上げていく。

時間はかかるが、就寝までの時間はたっぷりある。

やがて――スレイの眠りが深さを増した頃、ひと通りの報告が終わった。

「戦場浅葱のグループ以外は現在アライオンに戻ってる、か……近々、大魔帝討伐に討って出そうな気配は？」

リスが鼻をヒクヒクさせ〝いいえ〟を示す。

「あちらの勇者たちはまだ動かぬようですね。エリカ殿の見立てでは、ソゴウ殿がまだ本調子でないのが原因ではないかとのことですが」

「今の十河は人面種や側近級すら殺れるからな。ヴィシスにとっちゃ嫌でも外せない戦力だろう。ヴィシスは天敵の大魔帝を確実に仕留めたい。となれば、最大戦力のS級三人は

万全な状態で決戦へ送り込みたいはず。今すぐ討伐の動きがないのは、そういう理由な気がする」

つまり今のヴィシスには十河綾香抜きで勝てる確証がない。

でなければもっと早くに、残る二人で討伐作戦を進めているはず。

となると——こっちもまだそこまで急ぐ必要はない、か。

俺は質問を重ねた。リスが〝はい〟と〝いいえ〟の上を、忙しなく行き来する。

「戦場浅葱のグループは、今はヨナトにいるのか」

大規模な侵攻が収まってからそれなりの日数が経っている。が、まだヨナトに留まっているという。共に編入された剣虎団は、もうアライオンへ向けて発ったそうだが。

戦いで出た負傷者数が多くてまだ動けない、とかか？

ちなみに、今回の情報はすべてアライオン王城の近辺で得たものだという。

なので情報が古くなっている可能性はある。たとえば今現在は、もう戦場浅葱のグループはヨナトを離れてるってのもありうるわけだ。

……ま、どうあれ勇者の目的は大魔帝の討伐。

戦場浅葱たちもいずれ、十河と合流すると考えていい。

「にしても、西軍にいた剣虎団は全員無事か。よかった」

セラスが、ちょっと意外そうな反応を示した。

他と違い、俺が明らかな個人的感想を述べたのが少し意外だったのだろう。

「剣虎団の方々とは、ミルズ遺跡の中で会ったとお聞きしていましたが」

「ミルズ遺跡の中にいた傭兵連中の中で、俺のことを唯一心配してくれた傭兵たちだったからな。そういう人たちが無事だったなら、素直に嬉しいさ。女神の側といえばそうなのかもしれないが、仮に敵対関係になっても殺す気にはなれない。受けた善意には報いたいからな。甘いと言われても、そこは譲れない」

俺の手に、セラスが自分の手をそっと重ねた。

「トーカ殿のそういうところ……私は、好ましく思っております」

「キュ！」

リスが腕組みっぽい仕草をしてふんぞり返った。不満がオーラになって放たれている。

「のろけ話は後でしろ、だとさ」

「キュ、キュッ」

うんうん、と頷くリス。セラスが頬を赤らめ、両頬に手を添える。

「の、のろけ……」

つーか、

「発話を使ってないにしても、けっこう長くなってる。疲労の方は大丈夫か？」

と、リスがマッスルポーズをした。元気だ、と主張してるらしい。

マッスルポーズを取るリス……からくりを知らないと、ちょっと不気味かもしれない。

ひと通り情報を得た後、俺は聞いた。

「余力があれば聞きたいんだが、イヴとリズは元気でやってるか？」

リスは〝はい〟を示す。口の端が緩む。

「よかった」

エリカは引き続き情報を集めてくれるそうだ。

リスを外に出すというので、扉を開けてやる。と、リスはそのまま走り去った。

「魔群帯にも使い魔を点在させてるんだな」

「聖霊の助けで初めて維持できる数と規模だと、そう言っていました」

「なるほどな」

発話ほどでないにせよ、使い魔の操作にも負荷は伴う。

休息と収集時間を考慮すると、次の報告はもう少し先になるだろう。

休息を終えた俺たちは準備を整え、遺跡を発った。

二人でスレイに騎乗し、日暮れ近づく森の中を進む。セラスが言った。

「大攻勢を受けたのは、魔防の白城だけではなかったのですね」

「上位と思しき側近級や大魔帝の出現場所からして、本命は魔防の白城か東軍だったのかもしれない。けど、どの方面もおとりって感じの攻勢規模じゃないんだよな……」

前哨戦にしては大規模すぎる。過去の事例と比べてもそれは明らかだという。

いけるなら、すべての方面軍を潰す算段だったのではないか。勇者、もろとも。

「特殊な成長要素を持った異界の勇者を潰すなら早い方がいい、と考えたんだろう」

ならば今回の根源なる邪悪は賢い。短期決戦こそ勇者攻略の秘訣とも言える。

バトル漫画あたりで喩えるなら、ラスボスや大幹部クラスが序盤でまとめて襲ってきたみたいなもんか。

「大魔帝は、過去の歴史を調べて学んでるのかもしれねぇな……」

「異界の勇者に対しては長期戦を採らず短期決戦の方が有効だとすると、また間を置かずに再侵攻をしてくるでしょうか？」

「……どうかな。俺の都合としちゃ、最北の地にギリギリまで引き籠っててくれるのが一番いいんだが」

「今回の戦は神聖連合側にもかなりの被害が出ています。次に同規模の侵攻があった場合、防ぎきれるのでしょうか？」

「そこは俺にも、わからねぇな」

マグナルの主な残存戦力は東の白狼騎士団くらいらしい。

さらに悪いことに戦いの最中、白狼王が行方不明になったとか。

それから今回、ヨナトは聖女や殲滅聖勢といった主戦力を失ったに等しい。

アライオンへ派遣していた四恭聖（しきょうせい）も潰され、戦力としてはもう数えられない。

軍全体で見ても、いまや王都防衛すら怪しいレベルだとか。

バクオスも新たに選ばれた三竜士のうち二人を早速失っている。ただでさえ主力を欠いていた黒竜騎士団もこれでほぼ壊滅状態。立て直しには時間がかかるだろう。

またバクオスは、軍全体で見ても先の戦いでかなりの戦死者を出したそうだ。

ネーア聖国も、バクオスほどでないにせよ軍の何割かを失っている。

「比較的まだ戦力を残してるのは――」

ウルザ、ミラ、アライオン。

魔戦王（ませんおう）、狂美帝（きょうびてい）、腐れ女神の国。

三国の主立った戦力は、
魔戦騎士団＆竜殺し（ドラゴンスレイヤー）、輝煌戦団（きこうせんだん）、異界の勇者＆アライオン十三騎兵隊。

ただ、ウルザの竜殺しは先の戦いで負った深手のため戦線復帰はほぼ絶望的と聞いた。

「大まかには、こんなとこか」

そんな感じに、俺は言葉に出して現状を把握してみた。

ふむ、とセラスが口もとにこぶしを添える。

「アライオン以外の二つは、各方面軍には直接配属されず、予備戦力として温存されていた国ですね」

「俺たちが今いる位置に近い国は、ちょうどその戦力を残してるウルザとミラか……今後、余計な障害にならなきゃいいが」

そんなフラグみたいなことを口にしていると、

「………スレイ、ちょっと止まってくれるか？」

言って下馬し、俺は片膝をついて屈み込んだ。視線は、地面を捉える。

「トーカ殿？」

セラスも下馬した。前屈みになり、背後から俺の視線の先を覗き込んでくる。

「これは……人の足跡、でしょうか？」

「おそらくな。二足歩行の魔物が靴を履くってなら、魔物のもんかもしれねぇが……ともかく――」

続く足跡の先を、見据える。

「足跡の主は、複数いる」

俺の視線の先を追うセラス。

「……トーカ殿」

「ああ。おまえも、気づいたか」

かすかにだが――漂ってくる。

「血のニオイだ」

地面に刻まれた足跡を軽く指先で撫でて、土の具合を確かめる。

「この感じだと、ここを通ったのは大分前だな」

移動し続けているなら、この近くにはもういない。俺は立ち上がった。

「先へ進む」

「はい」

ひとまず警戒は怠らず進む。そうして鬱蒼とした藪を抜けると、

「これは……」

息を呑むセラス。

何匹もの金眼の魔物が、そこにいた。

数は二十に満たない程度――すべて、死体。

辺りには血が飛び散っている。木の幹や草にも血が付着していた。

散乱する肉片。これを殺害現場とするなら〝凄惨な現場〟と言える。

最も近い死体の前で膝をつき、検める。次いで俺は顔を上げ、他の死体へ視線をやる。

「驚いたな」

ここは深部ではない。

しかし、仮にもこの大陸で恐れられる金棲魔群帯の魔物たち。それが、

「何匹か逃げようとしたらしい」

逃亡を図った形跡があった。

金棲魔群帯の魔物が、怯えて逃げようとしたのである。

この殺戮をもたらしたヤツらは、少なくとも魔群帯の金眼をものともしていない。

死体と現場の状況を見ればわかる。総じて、なすすべなく殺されている。

しかも——見逃されていない。逃走を試みた魔物は一匹や二匹じゃない。

背後から無防備に斬りつけられているヤツもいる……。

逃げようとした魔物を見逃さず、わざわざ追いかけて殺したのだ。

「剣で斬られたと思われる魔物が多いな……セラスから見て、腕前はどうだ？」

「相当な手練れかと」

迷いなくセラスは断じた。

「おまえより？」

「——手合せしてみないことには、なんとも。ですが、並みの実力者でないのは確かです。

何より……」

「まるで本気を出していない、か？」

「はい」

「…………」

何者だ？　この連中は一体、こんなところで何をしている？

俺たちは、さらに足跡を追った。

足跡の続く方角。今のところは、俺たちの目指す方向と同じである。

ここら一帯の景色がごとく転がっている魔物の死体。

鳥に死肉をついばまれている死体もあった。

「足跡の感じからして、少なくとも八人はいるか」

使い魔とやり取りした遺跡を出てから、そういえば金眼に遭遇していない。

あの辺りの金眼は、これをやった連中に恐れをなして身を隠しているのか？

「私たちと敵対する側の者たちだと、厄介かもしれませんね」

「ここから近い勢力となると、ミラとウルザだが……」

魔戦騎士団か、輝煌戦団か。いや――近いと言えば、最果ての国も近い。

ただ……。もう一つ、

「気になると言えば、まったく情報が――」

カサッ
繁(しげ)みを抜けた先で、俺は、言葉を切った。

セラスが目を瞠(みは)る。次いで彼女は、唾を飲んだ。

「これ、は――」

少し前に金眼の死体たちを目にした時とは、また違った反応。

想像を超えた驚き。それが、伝わってくる。
……ま、仕方ねぇか。
死体。
誰がどう見ても死体は〝それ〟だ。俺は〝それ〟を見上げる。
セラスがやや乾いた声で――〝それ〟の呼称を、口にした。
「人、面種」
今なら公には十河綾香の名が加わるのだろうか。
が、かつては倒すために女神か〝人類最強〟に頼らざるをえないとされた凶悪種。
……にしても。
死体とその周辺の状況を改めて確認する。
痕跡から察するに、人面種と戦った相手は武器を使う人型。
これは人面種同士の争いではない。
しかし、ズタズタにされたこの惨たらしい人面種。
生前の強さがどの程度だったかは、知らねぇが……
「一度、逃げ出そうとしてやがる」
人面種が逃走を試みるほどの、強者なのか。
名の通った強者と言えば、

女神。
勇者。
アライオンの第六騎兵隊。
白狼騎士団長の〝黒狼〟。
狂美帝。

それから、
名は聞くものの、ほとんど情報のあがっていないヤツがいる。
最初に俺が強者の一人としてその名を聞いたのは、イヴからだったか。
が、そいつについては誰も実像に迫るほどの情報を持っていなかった。
イヴも、セラスも、エリカも、誰も持っていなかった。
名は確か、そう――

「〝勇の剣〟とか、言ったか」

◇【???】◇

「見つけた——ついに見つけたぜ、ルイン！」

茂みから現れたのはトアド。駆けっこでは昔から負け知らずだ。

彼は、勇の剣において最も優れた斥候役であった。

「やはり、幻術で隠されていたか？」

「ああ。で、その幻術地帯を抜けた先に道が続いてて……」

トアドは説明を口にしながら、懐から羊皮紙を取り出す。

そして、彼は差し出された羊皮紙に描かれた絵を指で示した。

「ここに描かれてる水晶が確かにあった。色も形も、合致してる」

「よくやってくれた」

ルイン・シールは、トアドの肩に手を置いた。

「これで、この世界は本当の意味で救われる」

ユーグングが大斧（おおおの）を肩に担ぎ、笑う。

「こっちが首尾よくいけば、女神様も安心して大魔帝（たいまてい）の方に専念できる。大手柄じゃねぇか、トアド」

「いや、そいつは違うぜ」

トアドは首を振った。

「これはみんなの手柄……今まで一緒に力を合わせてやってきた、俺たち全員の手柄さ」

誇らしげに、鼻の下を指で擦るルイン。

「君の言う通りだ、トアド。みんなで力を合わせてきたからこその、この結果だ」

「けど、見つけたのはあんたの手柄に変わりないでしょ!?」

トアドの背後から無邪気に飛びついたのは、ミアナ。

「よ、よせってミアナっ」

「なぁんだトアドぉ？　てめぇ、まーたミアナに飛びつかれて照れてんのか？　そーゆーとこは、何年経っても成長しねぇなぁ！」

ユーグングが言うと、周囲がドッと沸いた。ぶー垂れるトアド。

「ちぇ。またおまえのせいで恥かいちまったじゃねぇかよ、ミアナ」

「いつものことじゃない。何年似たようなやり取りしてると思ってんのよ、あんたは」

「違ぇねぇ」

ユーグングのひと言に、再び和やかな笑いが起こった。と、

「……トアドが目的地を見つけたとなれば、ストライフの方を呼び戻さねばな」

腕組みし木に寄り掛かっていたサツキが、一人平然として言った。

彼は皆から少し離れている。アレーヌが、心配そうに南西へ視線をやる。

「ストライフ……大丈夫かしら？」

「おまえさんはおまえさんで、いつまで経ってもその心配性が直んねぇなぁアレーヌ。そんなんじゃ、くっついた後もルインに気苦労かけちまうぜぇ？」

ユーグングが言うと、アレーヌは赤面して身を縮めた。

彼女は、消え入りそうな声で咎めの言葉を囁く。

「も……もぅユーグングったら……すぐ、そうやって……」

「そ、そうだっ……そういう冗談はよせっていつも言ってるだろ、ユーグング！」

ルインも続いて頬を紅潮させ、慌てふためく。

「む～」

ミアナが不機嫌そうに頬を膨らませた。

またた、とルインは疑問に思った。自分とアレーヌがこういう茶化され方をすると、ミアナはよく機嫌を損ねるのだ。昔から。

そう――昔から、変わらない。

ルイン。

サツキ。

トアド。

ユーググ。

ミアナ。

ストライフ。

アレーヌ。

カロ。

バードウィッチャー。

ナンナトット。


彼らは幼なじみで、物心ついた頃からずっと共にいる。

ルイン以外は貧民街の出身で、唯一、ルインだけが貴族の子息だった。

が、彼は身分に関係なく昔から他の九人とつるんでいた。

ある時、ルインは黙って家を出た。

最高の仲間たちと、世界を見て回るために。

自分たちの力だけで、世界を生き抜くために。

カロが、昔を懐かしむ顔をした。

「オイラたち十人が揃えば、できねぇことなんかなぁんもありゃしねぇ……昔から、オイラたちは無敵さ」

バードウィッチャーが、ケケッ、と頭の後ろで腕を組む。

「無敵たぁ言うが、おれっちたちあの〝人類最強〟よりも強ぇっちゃか？」

ナンナトットが、ニィ、と笑む。

「ワシらじゃ無理じゃろうな。もし〝人類最強〟に勝てる見込みが、あるとすれば——」

七人の視線が、二人の男へ分散する。まるで、投票みたいに。

三人の視線がサツキを捉え——四人の視線が、ルインを捉えた。

ルインからサツキへ視線を移し、ユーグングが言う。

「おまえら二人のうちの、どっちかだろうぜ」

〝勇の剣〟

この名は彼ら十人を総称したものだ。

しかしうち九人にとって、その名はルイン・シールのものであった。

「異界の勇者の血を受け継ぎし〝勇の剣〟ルイン・シール——あの〝人類最強〟を倒せるとしたら、まずいけそうなのはてめぇで間違いねぇ。そしてもう一人、可能性があるとするのなら……」

全員の目が、サツキへと注がれる。

「〝残刃〟のサツキをおいて、他にいねぇ」

ふん、とサツキが興味なさげに鼻を鳴らす。

「どうかな……おまえたちはどうもあの〝人類最強〟を甘く見すぎではないか？　まあ、あの怪物におれの技がどこまで通用するか……一度、試してみたくはある。もちろん、勝てるとは思っておらんがな」

ナンナトットが冷や汗を垂らし、ポリポリ頭を掻く。

「ほぼ一人で人面種を殺しちまうよーな男がよく言うぜ……怪物ってなら――」

普段は飄々としているナンナトットが、鋭い視線でサツキを射抜いた。

「おれっちはルインより、あんたを推すがね？」

ルインが同意した。

「そうさ。サツキは、いつか僕が追いつきたいと思ってる目標なんだからな」

今度は、皮肉まじりに鼻を鳴らすサツキ。

「よく言う。俺から見ればルイン、真の怪物は己よ」

「――そ、そんなことはない！　僕なんてサツキに比べれば、まだまだっ……」

「行き過ぎた謙遜は嫌みになると常々言っているはずだぞ、ルイン」

「……悪い」

まあ、と前置き背を向けるサツキ。

「ルイン・シールに一つ欠点があるとすれば――己は、あまりに優しすぎる。いつか……その優しさが、己を滅ぼすかもしれんぞ」

真っ直ぐな瞳で、ルインはサツキの背中を見つめる。

「――ああ、肝に銘じておく。へへっ……心配してくれありがとな、サツキ」

「……ふん」

葉の擦れる音がした。

「遅いぞ、ニャキ」

姿を現したのは、淡い桃色の髪の少女だった。

特徴の一つはその大きな手であろう。爪の大きさや形が人間のものとは違っている。

覗く手足の体毛も髪と同じ薄桃色。

耳は猫科のそれと酷似している。尻尾はボフッと広がった形状。

背はかなり低い部類に入る。耳の頂点がルインの胸もとに来るくらいだ。

顔に関しては人間と比べて遜色がない。

愛嬌のあるクリッとした瞳もやはり薄らとした桃色。

ニャキと呼ばれた少女は、浅い呼吸を繰り返していた。

髪に小枝や葉が引っかかっている。ふらふらしていて足もとが怪しい。

それもそのはず。ニャキは、身の丈に合わぬ巨大な背負い袋を担いでいる。

勇の剣たちと比べると明らかに荷物量が多い。

「お、遅れて申し訳ないですニャ……」

ぺこっと頭を下げたところで、ニャキがぐらついた。

「ふニャッ!?」

ガシャアン!

背負い袋の脇にかけていた調理器具。それらがいくつか、地面にぶちまけられた。

ニャキは青ざめると、急いで背負い袋を地面に下ろす。

慌てて調理器具を拾おうとした。が、

「ニャ――」

ルインが、唇をわななかせた。

「ニャキぃぃいいいい――――――――ッ!」

「ふギャ!?」

ルインの前蹴りで吹き飛ばされたニャキが、木の幹に背から叩きつけられる。

「ふ、ニャァァ〜……」

力なく地面にずり落ち、へたり込むニャキ。

「さ、立ちな」

カロがぐいと腕を摑み、ニャキを引きずっていく。

それからカロは、力任せにニャキを放り投げた。

「ふギャ!?」

ルインの前へ放り出されたニャキ。見下ろすルインのこぶしは、震えている。

ニャキを見つめる皆の視線は――冷たい。

そこに込められた感情は、怒りであり、侮蔑であり、憎悪であった。

「その調理器具は、いつも料理番をしてくれてるアレーヌが大事に使っているものだ……なのに――なのになんで、そんなことができる……ッ!?」

アレーヌが手で顔を覆い、ワッと泣き出した。

「どうして……どうしていつもニャキは、わたしにひどいことするのっ!?」

ニャキは焦った顔で膝をつき、頭を下げた。

「も、申し訳ございませんニャ！　ルインさん、アレーヌさん、皆さん、ニャキは申し訳ないことをしてしまいましたニャ！　心から、反省してますニャ！」

「いつも上っ面の言葉だけじゃねぇか、おめぇさんはよぉ……ッ？」

冷たい顔でそう言葉を浴びせるユーグング。トアドが、ニャキの手を踏みつけた。

「ふギャぁっ!?」

が、悲鳴を上げるもニャキは抵抗しない。

「反省してねーだろ、てめぇ。いつもいつも、土下座すればそれで謝ったと思ってる。けど、てめぇには肝心の心がねぇ……」

「も、申し訳ないのですニャ！　ニャキは皆さんのおっしゃる通り頭が悪いので、誠意ある謝り方が上手にできないのですニャ！　とにかく——申し訳ないですニャ！」

「相変わらず、うっざ。なんでここまで馴染む努力一つできないかなー……」

ミアナがあさっての方角を向き、髪を弄り始める。カロがニャキの頭を踏んだ。

「頭が、高ーい。額をしっかり地面につけな？　それで謝ってるって、正気かい？」

「も——申し訳ございませんニャ！」

ニャキが額を、力強く地面に押しつける。

「この通りですニャ！　許してほしいですニャ！」

露骨に呆れのため息をつく、バードウィッチャー。

「ほんっと芯がねぇっちゃなー、この人モドキは……言われてやるんじゃなくて、自分から気づいてやらないといかんっちゃ。つくづく、胸糞悪いやっちゃなー」

「自分で考える頭を持っとらんのか、おぬしは」

ナンナトットが小石を投げ、ニャキのこめかみに当てる。

「ゴャッ!?」

「ワシが悪いみたいな鳴き声を出されてものぅ。いいとばっちりじゃ」

「立つんだ、ニャキ」

「で、でしたら足をどけていただけますと……ニャキは大変、助かり……ますニャ……」

「そこは、根性見せろって」

トアドが踏みつけている足に、さらなる力を込めた。

「足りっねぇんだよ根性がよぉ!? 舐めてんのかてめぇ!?」

「早く立てや！」

ユーグングの怒号が続く。アレーヌは、まだめそめそ泣いていた。

「もう、嫌……早くニャキとの旅、終わってぇぇ……このままじゃわたし、耐えられないかも……」

「しっかりするんだ、アレーヌ」

「ルイン、でも……」

ルインが、キッ、と視線でニャキを射抜く。

「立つんだ、ニャキ。トアドもカロも、足をどけろ」

ルインに言われると、二人は素直に足をどける。ニャキはトアドとカロに両手を摑まれて引っ張り上げられた。そうして、ニャキは立ち上がった。

「ニャキ、君に挽回の機会をやろう。僕たち勇の剣と今後も一緒にいたいなら……何が必要だと思う？　君はまだ一度も正解を当てていない。そろそろ僕も、我慢の限界だぞ」

「ええっと、ええっと」

「早く」

「せ、誠意……ですニャ？」

「ニャキぃいい――――ッ！」

「ふぎゃぁっ!?」

凄まじい風圧を纏った殴打を食らったニャキが、吹き飛ぶ。先ほどより激しく太い木の幹に思いっきり叩きつけられ、ニャキは後頭部を強く打ちつけた。

「はぁっ……はぁっ……っ！」

肩で荒く息をするルイン。ミアナが自然と距離を詰め、そっと寄り添った。

「大丈夫、ルイン？」

「……痛い」

「え？」

鷲摑むように、自らの左胸を押さえるルイン。

「わかるかニャキ……ッ!?　君よりも、君を殴らざるをえない僕の心の方が……君の何十倍も痛い！　痛いんだっ！」

「ルイン！」

ミアナが、涙するルインを抱きしめた。

「わかってる……あんたがニャキのためにしてるってのは、みんな、わかってるから」

「ミアナ……でも、僕は……」

「ちょっとニャキ!?　あんた、ちゃんと反省して――あれ？」

ニャキが、動かない。

「おいニャキてめぇ！　早く起きろ！」

「お、おい――生きてる、よな……？」

ユーグングが冷や汗を流す。駆け寄ったトアドが、安堵の息をついた。

「大丈夫だ……気絶してるだけだ」

「やれやれ、紛らわしいやつだぜ……ここで死なれたら、ヴィシス様に顔向けできねぇからな」

涙を拭ったルインがミアナの抱擁から離れ、前へ出た。

「とりあえずヴィシス様のところへ軍魔鳩を飛ばして、発見の朗報を伝えよう」

ルインの指示でナンナトットが準備を行い、鳥籠から軍魔鳩を解き放つ。

しばらく皆、飛び去ってゆく軍魔鳩たちを眺めていた。

やがて軍魔鳩の姿が見えなくなると、ひと仕事終えたような空気が漂う。

「あともう一息だな」

ルインの言葉に、ユーグングが応える。

「ああ、長かったぜ。だがこれで、ついに――」

「待て、ユーグング」

しっ、とルインが自分の唇にひと差し指をあてた。

「……何か、来る」

南西——ストライフが探索へ行った方角。

「ストライフ？　ストライフ、戻って来たのね！」

泣き腫らした目のアレーヌの表情がパッと明るくなった。

だが、近づいてくる人影が接近してくるにつれ、ルインは様子のおかしさに気づく。

「スト、ライフ……？」

深い木々の作る暗がりから姿を現したのは、紛れもなくストライフだった。

ストライフが、震える声で言った。

「ぁ、みん、な——に、逃げ……」

「……え？　な、何？　う、嘘——」

アレーヌの瞳が激しく揺らぐ。次いで彼女は、両手で自分の口を塞いだ。

ストライフの首を——一本の矢が、貫いていたのだ。

「ぼく、さ……アレー、ヌのこと……ずっと、前……か、ら——」

最後まで言い切れず、ドサッ、とストライフが前のめりに倒れ伏す。

こと切れたのが、わかった。

「ちょっ……なんで？　え？　なんなのよ、これ——ねぇ？　これ、なんなのよぉぉおおおっ!?」

ミアナが取り乱す。ユーグングが涙を堪え、視線を前へ固定したまま声をかける。

「気持ちはわかるが今は落ち着くんだ、ミアナ……ッ！」

「嘘嘘嘘ぉおお！　こんなの嘘！　いや……いやぁああ！」

「ミアナ！」

悲痛な響きで大声を発したのは、ルイン。

「――ル、イン」

誰よりも辛いのはきっとルインだ。それが伝わるほどの、切ない声だった。

ボロボロと涙を流すミアナの膝からフラッと力が抜けた。横転しかけたミアナを、無念を顔に灯したトアドが支える。悲しみによる声の震えを抑えつけ、カロが尋ねた。

「どうだ？」

問いかけるカロの視線の先には、真っ先にストライフへ駆け寄ったルインの姿。

ルインは抜き放った剣を構えつつ、その視線は足もとのストライフへ注がれていた。

肩や背中に無数の切り傷。見れば腕にも防御創と思しき傷が認められる。

傷の様子から、ルインは見抜いた。

「この傷、魔物にやられたものじゃない」

相手は、人。

ミアナが感情をさらに高ぶらせた。

「魔群帯に人？　だ、誰がこんな……こんなっ――、……ッ！」

その時だった。真っ先に〝それ〟に気づいたのは、ルイン・シール。

「――ルイン」

気落ちを隠し切れぬ様子で同意を求めたのは、サツキ。ルインは、己のてのひらの汗ばみに気づいた。じっとりした嫌な汗が、剣の柄を覆っていく……。

ああ、とルインは首肯した。

そして暗がりへ向け、声をかけた。

「何者だ？」

驚くほど小さな葉擦れの音が、立て続けにいくつも鳴った。

次いで、姿を現す人影。

剣と盾――騎士装。


「おまえたち、勇の剣だな？」

最初に姿を露わにした男に続き、同じ騎士装の者たちが続々と姿を見せる。

ルインの呼吸は、速さを増していく。

「なぜ、だ……なぜ君たちが……僕らを……勇の剣と、知りながら……こんな――」

絞り出すように嘆くルイン。その肩は、小刻みに震えている。

拍動――呼吸はさらに、激しく渦巻いていく。

「その盾の、紋章っ……」

おかしい。彼らはアライオンの同胞のはず。

同胞のはずの男が、静かに剣を構えた。

「神獣、もらい受ける」

なぜ、

「なぜウルザの、ま、魔戦騎士団がっ――」

ルインが疑問を言い切るより早く、ウルザの魔戦騎士たちが動いた。

魔戦騎士たちを援護すべく続けざまに放たれる矢。

そうして――命奪が、開始された。

ドチャッ！

ルインの両膝が折れ、血の海に沈み込む。

「はぁっ……はぁっ！」

ルインは大きく天を仰いだ。こめかみを流れ伝う、鮮血……。

落涙めいてあごから地面へ落ちる血が、土に染み込んでいく。

「はぁっ、はぁっ……はぁっ！　どう、して……っ」

ルインの首が、ガクンッ、と激しく前へ折れる。

「はぁ、はぁっ……なぜ、だ……なぜ――」

ゆっくり、顔を上げるルイン。

「なぜそんなにも、命を、粗末にする……ッ!?」

ルインの瞳に映るもの――散乱する、魔戦騎士たちの死体。

「ぐぁっ」

ユーグングが、まだ息のあった魔戦騎士に大斧でとどめを刺した。

勇の剣の死者は、ストライフを除けば一人も出ていない。

いや、彼らは傷一つまともに負っていなかった。

一方、数で圧倒的な優位にあったはずの魔戦騎士団は一人を残しすべて息絶えている。

死者の有様はひどいものだった。散らばった死体をひと目見れば誰でもわかる。

勇の剣たちの憎悪が存分に伝わってくる状態と言えるだろう。

血の池を渡り生存者の魔戦騎士を連れてきたのは、バードウィッチャー。

「ルイン。おまえの指示通り、一人生かしておいたっちゃ」

生存者は最初に姿を見せ『神獣、もらい受ける』と言い放った男である。

男の目は死んでいない。絶望的な状況でも敵を前に怯えなど見せぬ——そんな意思が伝わってくる。ルインは無言で、魔戦騎士の首に手を伸ばしかけた。が、

「ルイン」

サツキに諫められ、ハッとして手を引く。無意識に男の首を絞めようとしていた。

「……すまない。止めてくれてありがとう、サツキ」

一つ深呼吸してからルインは腰を下ろし、立てた片膝にゆったりと肘を置いた。

「〝神獣を貰い受ける〟と言っていたな？　どういうことだ？　すべて話してくれ」

「…………」

「頼む、教えてほしい」

「何をされようと、話すことなど何もない。ひと思いに殺せ」

息をつくルイン。

「そうか——トアド、アレを頼む」

ルインに言われて、トアドが腰の革帯から一本の平たい棒状のものを抜き出した。

差し出されたそれをルインは無言で受け取る。魔戦騎士が、不可解に眉をひそめた。

「……鑢？」

「特製の鑢さ。僕の腕力と合わされば大抵のものは削り減らせる。人の骨だって」

ここにきて、魔戦騎士の頬を一筋の冷や汗が伝った。

「何を、するつもりだ」

「指」

「？」

そこでルインは口をつぐんだ。代わりに、カロが説明の続きを引き受けた。

「その鑢で、指先の爪から根元までを削るんさ」

「──ッ！」

すべてを理解し青ざめる魔戦騎士。さらに、ユーグングが言を引き継ぐ。

「痛いぜぇ？　途中で気を失うほどにな……が、気絶してもまた無理矢理起こす。傷口を弄（いじ）ると、その痛みで嫌でも意識を取り戻しちまうんだ。そしてまた削り始めると、気絶する……それを、繰り返す。何度も、何度も」

「ば、馬鹿なっ」

「安心しな」

酷薄な目つきで魔戦騎士を見下ろすユーグング。

「根元まで削り切る前に……みぃんな、残らず隠しごとを吐いちまう。最後までやったらどうなるかと試しに削り切ったこともあったが……ひでぇもんだったぜ、ありゃあ。見てることもきつい」

気が進まないながらも、鑓を手にルインは腰を浮かせた。

「……始めよう」

「ま、待て――話すことなど何もない！　本当だ！」

「でもあんた、嘘をついてる」

「え？」

「僕の勘だが……あんたたち、魔戦騎士団じゃないだろ？」

「――――ッ！」

「その反応が答えになってる……その武具、おそらくは魔戦騎士団の装いを模したものだな？　違うか？」

時おり、なぜか恐るべき的中率を誇るルインの勘。

その勘には昔から全員が一目置いている。論理的な根拠は何一つ提示できない。

が、なぜかその勘によって行われる一切は必ず正しいのだ。

彼の勘は常に正しい〝答え〟を導き出す。ルイン・シールがどこまでも〝正しき者〟だからこそ授かった能力なのか。あるいは、かつての異界の勇者の血を継ぐ一族ゆえか。

いずれにせよこれまで、彼の勘は一度として違えることがなかった。

そう――一度として。

「だから〝何も話すことがない〟——そんなのは、ありえない」

ルインの胸奥にて正しき炎が燃え盛る。彼はストライフへの思いを込め、鑢を強く握り込んだ。荒いギザギザ面を、魔戦騎士の指先に添える。

「まずは、小指からいく」

魔戦騎士の顔から、盛大に血の気が引いていく。

「まままま待ってくれ！　お——お願い、ちょっと待って！」

ぎりっ、とルインは歯嚙みした。

「黙れ、外道……ッ！　もう遅い！　それにおまえは、ストライフの痛みくらいはその身で味わうべきだ！　あんなにもひどく斬られて……きっと、あいつは痛かった……ッ！」

顔をくしゃりと歪め、滂沱するルイン。

傍に立つミアナも涙を流し「ルイン……ええ、そうねルイン！」と、感極まっている。

「そして大事な仲間を失った僕たちの心も——それと同じくらい、痛かった！　痛、かったんだぁぁあああ——ッ！」

ザリリリッ！

鑢が二往復して。

爪の先を、削り取った。

いよいよ眼前に迫った過酷な現実に耐えきれなくなったか、

「は――」

驚く速度で、魔戦騎士の余裕が剝がれ落ちていく。

「話す話す話します！　わ、私の知ってることでしたら、なんだってお話しいたしますぅ！　だから――」

「ストライフの仇」

金棲魔群帯――その、西方の片隅にて。

断末魔の絶叫を思わせる獣じみた悲鳴が、響き渡った。

「う……ぅ……ぜん、ぶ……しゃべった、から……も……殺、して……」

視線で問うカロ。ルインは頷きを返す。カロが剣を握り直し、息も絶え絶えの魔戦騎士の頭部を刃で貫く。悲鳴ともつかぬ短い声がして、魔戦騎士はようやく死という名の安息を得た。魔戦騎士の無惨な手の状態を見下ろしながら、サツキが言った。

「こやつ、ミラの手の者とはな」

罪を魔戦騎士団になすりつけようとしたらしい。ふぅむ、とユーグングが眉根を寄せる。

「しっかし、今のミラ帝国はキナくせぇことになってんだなぁ。こいつは大将軍ルハイトの指示で動いてたみてぇだが、そのルハイトはどうも近々狂美帝に反旗を翻す腹づもりらしいときた」

「ルハイト・ミラは元々第一位皇位継承権を持つ皇子だ。一方、今の狂美帝の皇位継承権は第三位……つまり、現在は現宰相のカイゼ共々、本来は皇位継承権の第一位と第二位を持った兄たちが末弟に仕えるといういびつな形となっている。狂美帝に対して思うところがあっても、不思議じゃない」

「ミラの手の者といっても、狂美帝を敵視している側の者ということか」

「……でもよぉ、どうしてルハイトは神獣を欲しがってんだ？」

「予想はつく。だから——役目を終えたニャキは始末してしまおう。いいかな？」

一抹の迷いも見せず、全員がルインの提案に同意を示した。

それより、と視線を移すルイン。

皆、同じ気持ちだった。

皆、何よりそれを待っていたのだ。

「ストライフを、しっかり埋葬して……みんなで、お別れをしないとな」

残された仲間たちの誰もが、何をおいても最優先すべきと考えていたもの。

ストライフの弔い。

戦っている間も、戦いが終わってからも。

皆、ストライフの死体が気になっていた。

皆、彼が大好きだった。
だからこそ、ちゃんと別れを済ませたい。
納得のいくまで。
それからは皆――泣きに泣いた。
涙を堪えていた者も、ついにその防波堤を決壊させた。
ただしサツキだけは涙を見せていない。が、誰一人彼を責めない。
彼の表情から、その落胆ぶりは十二分に伝わってきたからだ。
皆、それほど気落ちしたサツキを見るのは初めてのことだった。
全員がストライフに惜しみない感謝と別れを告げてゆく。
何度も、何度も。
死体は運べない。保存もできない。
ゆえに――みんなで力を合わせ、泣きながら墓を作った。
土を盛ったストライフの墓に彼の短剣を突き立てる。
最後に、ルインが締めくくる。
「ここで死すれど……君の魂は僕たちとずっと共にある、ストライフ」
ルインの背後に立っていたアレーヌが、またワッと泣き出した。
同じく涙を溢れさせたミアナが寄り添い、彼女を慰める。

ルインは悲しみの共有に胸の痛みを慰撫(いぶ)されながら、振り向き――

「あれ？」

彼は、気づく。

気絶していたはずの、

「ニャキが、消えてる」

4. Bright

「トーカ殿」

俺とセラスの視線が同じ方向へ吸い込まれる。

はっきり聴こえる。何かが近づいてくる気配――音。

耳に、意識を集中させる。

「何かから、逃げてる」

この感じ。演技じゃなければ、相当必死に逃げてる。

いつでも戦闘へ移行できる準備はしつつ、俺たちはその場で構えた。やがて、
ガサッ！

葉が舞い散り、飛び出してきたのは――一人の少女。

少女が大きく口を開いた。それから一拍の間があって、

「――に、逃げてくださいニャ！」

猫耳？　亜人族か？

髪は薄い桃色。背丈はかなり低い方だ。

子ども、って感じだ。しかし、こんなところになぜ子どもが？

「追われてるのか？」

尋ねると、猫耳少女は背後を確認した。そして立ち止まり、

「お、恐ろしい魔物が出たんですニャ！　ニャキは、この辺りの珍しい薬草を採りに来てたんですニャ！　ですが、魔物に襲われて命からがらこうして逃げてきましたニャ！　だからお二人も、早くお逃げくださいニャ！」

ニャキ、というのは少女の名前だろうか。少女が南を指差す。

「知ってるかもしれニャいですが、あっちの方角へ行けばウルザ領に出ますニャ！　えぇっと――」

少女は次に、俺たちが来た方角――東を指差す。

「ニャキはあっちに逃げますニャ！」

「……一緒に逃げないのか？」

「ニャッ!?　そのぅ……信じてもらえるかわからニャいのですが、ニャキが魔物を引きつけますニャ！　その隙に、お二人は逃げてくださいですニャ！」

…………こいつ。

どんっ、と少女が得意げに胸を叩く。

「ニャぁに！　ニャキは足が速いんですニャ！　見ての通りちょっと魔物に攻撃されて傷は負いましたが、ニャキはこれでも頑丈なのですニャッ♪　だから心配ご無用ニャっ♪　ですから早く、あっちにお逃げくださいニャ！　それ、行くニャ！」

少女が、俺たちの横を走り過ぎようとしたところで――

「おい」

俺は、少女を呼び止めた。

「一つ聞きたいんだが」

「な、なんですかニャ？　早く、逃げニャいと……」

「おまえ……俺たちの前に姿を現した時、最初――」

俺には、わかった。


「〝助けて〟って、言おうとしたよな？」


ピタッ、と。驚いた様子で、ニャキが動きを止める。

「き、気のせいですニャ……♪」

「嘘、ですね？」

セラスの真偽判定。

「にゃ、ニャキは……ニャキは、その……、――――も、申し訳ないですニャ！」

勢いよくニャキが振り返り、突然その場で土下座をした。

「ニャキは今、本当は命を狙われて追われていますニャ！　追ってきている人間さんたちは、とってもとっても強いのですニャ！　もしかすると、そのっ……お二人も巻き込まれてしまうかもしれませんニャぁ！　だから、急いでここを離れてくださいニャ！」

……この、ニャキという子は。

自分の命が危機に晒されているこの状況で、逃がそうとしたのか——俺たちを。

片や自分は、魔群帯の深部へ向かう選択をして。

俺たちの方を、深部から離れゆく南のウルザへと、逃がそうとした。

しかもだ。

最初に言いかけた〝助けて〟を咄嗟に、呑み込んで。

魔物に追われているなどと、嘘をついた。

自分が助かるのなど二の次で、嘘をついたのだ。

嘘を。

なんのために？

俺たちを、巻き込まないために。

その時、

「————————」

露わになった少女の腕が、目に入った。震えかけた声で、尋ねる。

「名前は……ニャキで、いいのか？」

「へ？　あ、そうですがニャ……あの……逃げニャいと……」

「その、腕」

「ニャ？」

「おまえを追ってるヤツらに、やられたのか？」

「…………」

「嘘は意味がない。さっきわかっただろ？　判定できる手段をもってる」

暫し黙った後で、ニャキは観念し認めた。

「そう、ですニャ」

切迫した顔つきのセラスが、俺に頷いてみせる。

「わかった。答えるのは辛かったかもしれないが……答えてくれて、礼を言う」

俺は荷物から、蠅王のマスクを取り出した。

まだ気配は遠い。こっちから出向くくらいの余裕は、ある。

少女――ニャキが、呆然と俺を見る。

「あ、あの……あなた様は一体……何を、するつもりなのですニャ……？」

「おまえを追ってるヤツらを、叩き潰してくる」

「ニャッ!?」

心底びっくりした顔でニャキが跳ね上がる。

「そ、それはいけませんニャ！」

「何か問題が？　おまえの命を狙ってるんだろ？　そして……おまえだって、生きられるなら生きたい。なら、俺がそいつらを――」

「ニャキの命を狙ってるのは。あの〝勇の剣〟なのですニャ！」

「……へぇ」

ニャキが、忙しなく両手をバタバタつかせる。

伝わり切らない部分を、どうにかジェスチャーで付け足そうとでもするみたいに。

「彼らは恐ろしい実力者集団なのですニャ！　あのバクオス帝国の〝人類最強〟にも挑みたいとか、そんな話をするくらいの人たちなのですニャ！」

その〝人類最強〟は、もう死んでるんだがな。

……ん？

ってことはそいつら、まだシビトの死を知らねぇのか。

〝勇の剣〟

〝人類最強〟

俺がその両名にいまいちピンと来ていないのを見て取ってか、

「それから、ええっとそれと……ッ」

ニャキは、焦った様子でさらに付け足す。

「その、あのっ……勇の剣さんたちは、あの強者揃いで有名だった、す――」

目をきつくキュッと瞑ると、ニャキは、悲痛な顔でその名を口にした。

「スピード族を壊滅させているほどの、とっても強い人たちなのですニャッ！」

「……………………、――――――今なんて言った？」

何族、だって？

「そ、そうニャのです！　あのスピード族でも勝てなかったほどの人たちなのですニャ！　しかもその時、勇の剣さんたちはまだ子どもだったそうですニャぁ……ッ！」

多分、ニャキは。

スピード族の名を出したことで、ようやく勇の剣の強さが伝わったと思った。

が、違う。当然――違う。

スピード族の襲撃者たちについてエリカに尋ねられた時の、イヴの言葉。

『いや、名はわからぬのだ。年にそぐわぬほど異様に強かったのだけは、鮮明に覚えているが……』

「……そうか。ああ、そうかよ……そうか――そいつらか」

セラスはその名が出てからずっと俺の顔を見ている。セラスもすべて、理解したようだ。

「つまり、ニャキ殿を追っている者たちは……」

「ああ」

スピード族を――イヴの両親を、殺した連中。

でなくとも。どのみちニャキのことを考えれば、逃げ場など、与えるわけもなく。

勇の剣。

おまえらは、ここで終わりだ。

どう、足掻こうと。

迫る気配は遠くない。が、近くもない。

……ここへ来るまで、まだそれなりに時間はある。

「ニャキ」

「は……はいニャ」

ニャキの反応に怯えが含まれていた。俺の雰囲気がさっき豹変したせいかもしれない。

内心、舌打ちが出た。……ニャキをビビらせてどうする。

俺は怒りを抑え、声の調子を改める。

「ニャキに……その、いくつか質問したいことがある。ただ、やっぱり答えるのが辛い内容だったら、無理に答えなくていい」

正座するニャキ。

「だ、だいじょぶですニャ……ニャキは、大丈夫ですにゃッ！」

ニャキの瞳には覚悟が宿っていた。

この質問にはとても大事な何かがある――それを、感じ取ったのかもしれない。

俺は耳を澄まし、かすかな気配に意識を集中させる。それなりに時間があるとはいえ、たっぷりあるわけでもない。いくつかポイントを絞り、質問を投げていく。

まず知りたかったのは、勇の剣の人数。そして、その中における強さの序列。

が、何より知るべきだったのは――

「なるほど」

よく、わかった。

「全員がスピード族殺しに参加して……そして誰一人、微塵も悔いちゃいねぇか」

よくわからないが、連中にとってスピード族殺しは〝輝かしい記憶〟だとか。

勇の剣にとっての、いわゆるターニングポイントみたいな出来事だったらしい。

そいつらは思い出語りのタネとしてよくその戦いを引き合いに出したという。

ニャキは道中、その話を何度も聞かされていた。

それゆえ情報量も多く、印象に強く残っていたそうだ。

「昔を懐かしむお顔をして、その……ルインさんはよくこう言ってましたニャ」

『僕たちは、あそこから始まったんだ』

ルインとかいうヤツはそう口にした後、よく空を見上げていたそうだ。

すると他の連中もうっとりした様子で、同じく空を見つめていたとか。

……気持ち悪ぃ。

「で、ですが――やっぱり危ニャいと思いますニャ！　勇の剣さんたちは、アライオンの女神様肝いりの最強の隠密(おんみつ)部隊という話なのですニャ！」

「……ふーん」

なるほど、女神の息のかかった連中か。

極端に情報が少ないのは隠密性を重視した集団だったから、と。

「好都合だ」

「ふニャっ!?」

ニャキからすると、俺の反応は何もかも予想したものと真逆なのだろう。

「なら余計に今、ここで潰しておくべきだろ」

一度、得た情報を整理してみる。

勇の剣の人数。今は一人減って九人。うち二人が別格に強い。

一人は〝残刃(ざんじん)〟のサツキ。もう一人が〝勇の剣〟ルイン・シール。

ルインってヤツは、集団に冠した名と二つ名が同一みたいだ。紛らわしい。

ともあれ、途中で目にした魔物の死体……。

そしてあの人面種を殺したのも、そいつらで間違いあるまい。

「…………」

ここで、一つの疑念というか――興味が湧く。

勇の剣はあの人面種が逃亡を試みるほどの実力者。

が、そいつらは前回の対大魔帝軍戦に参加していないようだ。

シビトの死すら、まだ知らないくらいである。これは移動中、人里を避けていたためと思われる。隠密部隊という名の特性上……まあ、それはわかる。

つーか、先の大魔帝の侵攻すら知らない可能性もある。

――でだ。

クソ女神はそいつらに一体、何をさせている？

人面種を殺せるほどなら、まず最前線へ投入すべき戦力と言える。しかし、そいつらにはまったく別のことをさせている。あれほどの大侵攻があったにもかかわらず、だ。

大魔帝の侵攻を止めるよりも――あるいは、それと同じくらい大事なこと？

「この近くにあるのは、ウルザ、ミラ……」

それから、

「最果ての国」

禁字族の生き残りがいると言われる幻の国。禁呪発動の鍵を握る唯一の一族が、住むとされる場所。要するに、

「…………」

ご苦労、クソ女神。

ここにきて自ら、答え合わせをしてくれたわけだ。

強力な手駒である勇の剣をわざわざ使って、捜させていると、いうことはである。

これは、逆説的に証明してしまっている——信憑性を、高めてしまっている。

禁呪の存在は女神にとって、真に脅威だと。

本来なら対大魔帝に使うべき手駒を投じてでも、死滅させたいのだ。

禁字族を。禁呪を。

「て、ことは……ニャキ、おまえが神獣なのか？」

「そ、そう教えられましたニャ……神獣のニャキは、最果ての国に入る扉を開くために必要な存在ニャのだと」

ニャキが姿勢を正し、両手を膝に置いた。

そして涙の滲んだ目をキュッと強く閉じ、手に力を込め、膝を強く摑んだ。

「ニャキは……ニャキは、がんばるつもりでしたニャ！　ママさんやねぇニャにお世話になりっぱなしだったニャキにも、ついに、大事なお役目が来たと思って……ッ！　このお役目を果たすことで、大好きなねぇニャに……少しでも、恩返しができると思ったんですニャ！　でも、でもっ……」

一度、ニャキは言葉に詰まった。

「お役目が終わったらニャキは、勇の剣さんたちに殺されてしまうらしいのですニャ……ッ！　ニャキはいっぱい我慢しますニャ！　悲しい時があっても、先の楽しいことのために……一生懸命がんばりたいのですニャ！　でも、でもっ……死んでしまったら、もうねぇニャに会えニャい！　ですから、ニャキはっ——」

逃げた、という。

聞けばニャキは気絶していたそうだ。そうして目を覚ました時、ちょうど〝ニャキを殺す〟という言葉を聞いた。で、逃げる決意をした。

顔を上げたニャキの目からは、溢れた大粒の涙がポロポロと流れていた。

ただ——表情は、必死に笑顔を作っていた。

「わかってますのニャっ……ニャキは、人間さんではないですニャ。だから〝人さんモドキ〟が人間さんたちにとって邪魔な存在なのは、ちゃ〜んと知ってでますニャ！　でもニャキは……ねぇニャに、まいニャたちに、せめて……せめて、もう一度だけでもっ——ふ、ふニャァァァぁ〜……」

　ふニャ、ふニャ、ふニャ、と。

　断続的な詰まった声を上げ、ニャキは泣き始めた。

　セラスは傍に寄って膝をつき、小さなニャキの背に、そっと手を当てた。

「あなたが勇の剣たちに何を言われたのかはわかりません。ですが、あなたが邪魔な存在なんてことは絶対にありませんよ。あなたのような、純粋な者が……こんなっ——」

　セラスの声は、堪え切れぬ怒りを帯びていた。

　……それにしても、だ。

　追手がここまで距離を離されているのは、いささか妙に思える。

　見たところ大分ニャキは弱っている。ゆえに走る速度は確実に追手より劣るはず……。

　しかもこの色合いの毛は目立つ。つまり、見つけやすい。

　そのわりに、けっこうな距離を逃げてきている。

　神獣のニャキは、最果ての国に入国する重要な鍵だという。

　なのに勇の剣の連中は、それなりに長い時間そのニャキの逃亡に気づかなかった？

　どうにも妙だ。追手を放ってるわりに、逃亡に気づくのが遅すぎる気がする。

　ニャキが気絶から目覚めた時、辺りは一面血の海だったそうだが——

「……ま、どうでもいいさ」

どのみち、連中がニャキを捕まえることなく死ぬのに——変わりはない。

追手と思しき気配が、いよいよ近づいてきている。

セラスが、ニャキの頭を優しく胸元へ引き寄せた。

「私は勇の剣の者たちを、許せそうにありません」

その顔は、義憤に満ちている。

「私が——」

「いや、おまえはここでニャキを守ってくれ」

ふうぅぅぅ、と。俺は、長く、深く息を吐き出す。

「短い時間で話を聞き、かつ、冷静に情報をまとめる必要がある——だから、激情に流されるわけにはいかない。ただ……平静でいるのも、けっこうしんどくてな」

これはもう、スピード族の件にとどまらない。

チラと覗いたニャキの腕や脚にあった打撲痕。

明るく振る舞おうとしてるが、隠し切れていない顔の憔悴。

これは——誰だ？

あの頃が、脳裏をよぎる。

心身共に殺されかけていたあの頃。

しかも——ニャキはこれでもまだ、勇の剣の連中を恨んでいないらしい。

ただ、死にたくない。

生きて〝ねぇニャ〟と会いたい――せめて、もう一度だけでも。

〝もう一度だけでも〟？

もう一度会えれば、殺されてもいいのか？

人間じゃないから、邪魔な存在？

……ふざけろ。殺されるのも、邪魔なのも――勇の剣。

テメェらの、方だろうが。

俺は、セラスに言った。

「ニャキを頼む」

「はい」

セラスは、悟った顔をしていた。俺の怒りがわかるのだろう。

かつての俺をセラスは知っている。モンロイの時、リズのことで俺が完全にぶちギレたことも――こういうケースを、俺がスルーできないことも。

「いざとなったら、スレイに乗って二人でここから移動しろ。あとは、おまえの判断に任せる」

「――わかりました」

蝿王のマスクを被り、セラスたちを背に歩き出す。

ペキ、ペキ、と枝を踏みつけて歩く。

この音を聞いた追手が、俺をニャキだと思ってくれればいい。

もちろん――枝を踏みつける力の強さは、怒りのせいもある。

目を剝き、気配の近づく方向を睨みつける。ぎりっ、と歯嚙みする。

ニャキの前で変に感情を出すと怖がらせてしまうかもしれない。

そういう意味でもさっきは平静を装っていた。

しかし――もうここからは、関係ない。

「もうとっくに……ハラワタ煮えくり返ってんだよ、こっちは」

気配との距離が、詰まる。

――こいつら。

二人とも、そこそこできる。実力は単なる二強の取り巻きではない。

これが〝勇の剣〟や〝残刃〟ならピギ丸との合体技で先手を打ちたいところだが、現時点ではその二人かどうか、確認が取れない。

少なくとも勇の剣はあと七人いる。合体技は、別格の二人に使いたい。

目を凝らし、近づいてくる二人の男を遠目に観察する。

外見の特徴的情報はニャキから取得済みだ。

……違う。ルインでも、サツキでもない。

あれは……トアドとバードウィッチャーか？

「…………」

ピギ丸との合体は、まだ温存だな。

さっき被ったばかりの蝿王のマスクを脱ぎ捨て、俺の方から距離を詰めていく。

「そこにいるやつ！」

「出てくるっちゃ！」

俺は自ら姿を現し、胸を撫で下ろした。

「あぁ、見つかってよかったっ……わたくし、女神ヴィシスの使いとして参りました」

苦笑を足す。

「捜すのに大分、苦労しましたが」

「待て！　それ以上、近づくな！」

男の一人が制止した。

なるほど。俺の素性を確認できない以上、そうするのが妥当。

接近を拒むのは、正しい判断だ。

「……怪しいなてめぇ。本当に女神の使いか？」

「な、何をおっしゃいます！　あちらがバードウィッチャー様で、あなたがトアド様。お二人は私をご存じないかもしれませんが、お二人のことは過去に何度か目にしております。

その、実は勇の剣の方々はわたくしの憧れでして……だからこそ不肖の身ながら、こうしてヴィシス様の間者としてあなた方の真似事をしているほどです」

憧れてると言われて悪い気をするヤツは少ない。

二人が顔を見合わせる。少し、二人組の構えが緩んだ。

「ところで……てめぇ、神獣を見なかったか？」

「桃色の髪で、目立つっちゃ」

俺は目を丸くし、青ざめた。

「まさか、し、神獣に逃げられたのですかっ!?」

「……すぐ追いつくっちゃから気にすんな。ご丁寧に痕跡も残しまくってるから、逃げた方角も余裕でわかる。だから、おれっちたち二人ですぐに捕まえる」

その痕跡も、俺が途中でついでに潰してきたが。

もう一人が続く。

「あの人モドキはかなり弱らせてある。おっと、このことはいちいちヴィシス様に報告する必要はねぇからな？　安心しろ。任務は順調だ」

いよいよ気の抜けた顔になっていく二人組。

信頼し切った顔をして、こっちに歩み寄ってくる。

自分の方から来る、ってのがミソだ。俺は向こうを知ってる設定だが、向こうは俺を知らない。こっちからぐいぐい近づけば、それはそれで警戒心を生みかねない。

「……で、おれっちたちになんの用っちゃ？」

「大魔帝の侵攻が始まったことは、ご存じで？」

「来たのか、ついに」

「ですが、今回の言伝はそれについてではありません。現在の任務に関する、もっと重要なものでして……」

俺は腕を突き出し、指を三本立てた。

「三つ、とのことです」

「三つ？」

一人が首を傾げる。

両者。射程圏内。

「わかりづらい言い方すんな。そいつは一体、なんの数字っちゃ？」

「実は【パラライズ】でして」

――ビキッ、ピシッ――

「な――ぁ」

「？　動……け、な──、……？」

　立てていた指を三本から、五本にする。

「クソ女神からの伝言なんざ、なんもねぇよ。さて……」

　短剣を、腰の鞘から抜き放つ。

「いっ、たい……何、が──」

　二人に近づき、

「が……っ!?」

　順番に、蹴り倒す。

　二人はもちろん抵抗などできず、そのまま地面に転がった。

　それから俺は屈み、
　グサッ！

「ぐ、ぁ……ッ!?」

　トアドの右足のふくらはぎに、刃を深く突き刺した。

　グリッ！

「ぎ、ぃ……っ──ぎ、ゃっ！」

　突き刺したまま、刃を内部で動かす。もう片方の足も同じようにする。俺は手早くそれを実行した。そして一度刃を抜いて立ち上がり、次はバードウィッチャーの方へ行く。

「……ッ!? ぐ、ぎぎぃ!?」

動こうとするが、動けていない。

「無理して動こうとするのは、おすすめしねーぞ」

二人を殺すだけなら、このまま【バーサク（暴性付与）】を放てば終わる。

ただし、それは〝殺すだけなら〟の話。

「ぎぃ、ぇ」

バードウィッチャーの足もトアドと同じ風にしてやる。

これで二人はまともに歩けない。

さて、と。

トアドの頭部のみ【パラライズ】を解除。

「全部、話してもらおうか」

「てめっ――、……ッ!? しゃべ、れる……？」

「身体（からだ）の方は、動けねーけどな」

「て、てめぇ何もんだぁ!? ぐっ……こんなひでぇことしやがってぇ……ッ! ぜっ
てぇ許さねぇ!」

「〝こんなひでぇこと〟？」

俺は、冷め切った目でトアドを見下ろす。

「テメェらがスピード族やニャキにしてきたことに比べりゃあ、そんなにひでぇとも思わねぇがな」

「ん、だとぉぉ……？　何言ってるてめぇ……つーか、ニャキに会ったんだな？　ならさっさと渡しといた方が賢いぜ？　てめぇ、誰を敵に回そうとしてるかまったくわかってねぇ——これは、善意からの忠告だ！」

呆れの息を吐く。

「……一応聞いとく。スピード族の集落を襲ったのは、おまえらか？」

トアドの黒目が、小さくなっていく。

「まさかてめぇ、スピード族壊滅のことで……何か、怒ってんのか？」

「…………」

「待て。てめぇ……人間、だよな？」

「まあな」

トアドが鼻筋にきつく皺を寄せた。その視線が、あさっての方向を低く這う。

理解不能——人はそういう時、こういう顔をする。

ほどなくして、トアドの顔に理解が走った。

〝なんだそういうことか〟

そんな顔だった。

「そーゆーことかよ。なら、謝るさ。悪ぃ……とりあえず、謝らせてくれ」

「………………」

トアドが真剣な面持ちで、言った。

「スピード族は、てめぇが殺したかったんだよな？」

「んなわけ、ねぇだろ」

「え？　は？　じゃ、じゃあなんでだ？　なんで、こんなことすんだよぉぉおおお!?」

再び、理解不能の沼に沈むトアド。

「……本気で、わかってねぇのか」

「だから何がぁ!?」

「俺の仲間に、いるんだよ」

「誰が!?」

「スピード族の、生き残りが」

「──えっ!?」

トアドの表情が、固まった。

「てめぇ……人間、なのに？　人モドキが……なか、ま？　は？　なんで？」

俺の言っていることが本気で理解不能らしい。演技じゃない。

トアドの表情が、切実さを帯びたものへと変わっていく。

その表情に数割ほど含まれている感情は――恐怖。

死への恐怖ではない。それは、

「ひ、人モドキだぞ!? 仲間って……て、てめぇ大丈夫か!? 本気の正気か!? 姿形は似てるかもしんねぇが亜人族どもは人モドキだぞ!? 人モドキだ! それをっ……仲間、って……」

「何が、悪い？」

「わ、悪いに決まってんだろうが!? アホか!?」

駆け引きでも、なんでもない。こいつの言ってるのは――ただの、本心。

……あぁ、そうか。こいつら――そういう、連中か。だったら、当然か。あの善意の塊のようなニャキに――平気であんなことが、できるのも。

トアドは真摯に訴える。とても、真摯に。

「いずれ人モドキが俺たち人間の脅威になるのは明白だろ！ ゆっくりとでも……がんばって、滅ぼさねぇと！ 特に最果ての国なんて、ほっといたらやばいに決まってる！ あっ――」

勢いでつい口走っちまったらしい。最果ての国、と。

「テメェらの願いは――最果ての国に集った亜人種や魔物の、殲滅か」

「ぐっ……そ、そうだ！ だからてめぇも目を覚ませ！ 一緒に手を取り合って滅ぼすんだよ、あの人モドキと……金眼じゃねぇからって生き残れると勘違いしてる、邪悪の種どもを！」

熱弁するトアド。さらに、ヒートアップしていく。

「だから！　だからだからだからだからぁ！　救うんだっ……俺たちで、この世界を……ッ！」

「……だとよ、ピギ丸」

「ピ、ギ……ピギギギィ……ッ」

ピギ丸の鳴き声は珍しく、怒りに打ち震えていた。

「魔物の声だと!?　て、てめぇ……まさか、魔物を飼ってる異端者か!?　これで、辻褄が合ったぁ……ッ！」

「ああ、そうだな。俺は……」

こいつら基準で言えば、

「外れ者の、異端者だ」

「く、そっ……！　こいつ、もうイカれちまった後の野郎だったか……ッ」

「かもな」

こいつらは、正しい。

「テメェらには、テメェらの正しさがある。テメェらの基準で見りゃあ、俺は完全無欠に間違ってる。そして……」

さっき刺した足の傷口を、かかとで踏み抉る。

「ぐぎぁぁああっ!?」

「俺には、俺の正しさがある。そういう意味じゃ、どっちも間違っちゃいねぇのかもな……片方が片方を否定するだけ。つまるところ、最後はそれだけが残る」

改心など望むべくもない。ただひたすらに、叩き潰す。

蹂躙し、二度と立ち上がれぬほど——殲滅する。

たとえば、十河なら……十河綾香なら、こいつを説得するのかもしれない。

そんな考えは間違っていると。

長い時間をかけて。懇々と。

こいつらを無力化した上で、歩み寄るのかもしれない。

が、俺は——違う。

「……俺は、テメェらみたいのを見逃す気にはなれねぇ。ただでさえ、ニャキの件だけでもふざけたレベルで胸糞が悪ぃってのに……スピード族まで、殺しやがっただと？　しかもテメェら……そいつを、輝かしい過去みてぇに語ってるらしいな？」

「い、意味がわからねぇ！　それは〝みてぇ〟じゃねぇ！　俺たちの、確かな輝かしい過去さ！　てめぇはスピード族の正体を知らねぇ！　なんも知らねくせに……勝手なこと言うんじゃねぇよ！」

「……何を知れって？」

「あいつらはなぁ!?　他の亜人どもやら魔物が姿を隠す中、模索なんてしてやがったんだぞ!?　正気じゃねぇ！」

「模索？　何を？」

「〝時間をかけて話し合えば、きっとどんな種族とも仲良くなれる〟とか、とんでもねぇ邪悪な思考を持った部族だった！　イカれてる！」

「………………………」

「俺たちが――俺たちがあそこで潰してなけりゃ、一体どうなってたことか……考えただけで、今でもぞっとする……互いに、理解って……人間と人モドキが？　くそぉ！　思い出すだけでも、おぞましすぎる……ッ！」

トアドが、微笑（ほほえ）む。

「けどよ……俺たちにルインは言ったんだ。『憎しみだけじゃ、何も救われない』って。憎しみに支配されたままじゃ辛いだけだ、って。あの時、ルインはみんなに言ってくれた。スピード族を狩ってる時……『せっかくだから、今を楽しもう！』って！　それからは――楽しかった！　ただ殺すだけじゃなく、楽しめるやり方であいつらを殺した！　本来なら憎しみに囚われただけの壊滅戦だったのに……あの時は、ルインのおかげでみんな心から〝楽しい〟って思えた！　思えたんだ！」

同調するように、バードウィッチャーも涙していた。涙腺には麻痺も関係ねぇらしい。

「危なかった！　もう少しで、変な思想が世界中に広がっちまうところだった！　よくやったんだ、俺たち！　わかるだろ!?　だから、あそこからすべてが――俺たち〝勇の剣〟が、本当の意味で始まったんだ！」

目を輝かせていたトアドが、突然、落胆した様子に切り替わる。

「けど……愚かな連中はあいつらを見世物にしたり、奴隷として使ったりしてる……危険性を、まるでわかっちゃいない。そうっ……本当は、エルフ族だって――人の皮を被った見た目をした、あいつらだって……ヴィシス様が利用しようと目をかけてさえいなけりゃ……本来、真っ先に……真っ先に滅ぼすべき、悪性種ぞっ――」

グチャッ！

「ぎぇぇえええええっ!?」

気づくと。

俺は思いっきり、トアドの足の傷口を踏みつけていた。

「……もう黙れテメェは」

ガッ！

トアドの頭部を、蹴り上げる。

「ぐげっ!?」

「残りは、テメェの仲間に聞く」

だめだ。これ以上、会話を続ける気が失せた。もう――だめだ。

「…………」

こいつらが来た方角へ視線をやる。

これだけ声を出させても、他のヤツらが駆けつけてくる気配がない。

他の七人は、もっと遠い場所にいるのか？

身内に甘い連中なら、こいつらを餌にする手もあったんだが……まあいい。

この二人は、ここで終わらせる。

麻痺を解除していないもう一人の勇の剣――バードウィッチャー。

こいつもまだ泣いていた。ずっとこいつは、トアドの言葉に表情で同意を示していた。

この窮地にご高説を垂れるトアドの勇気に、感動でもしてんのか……？

ま……結局、同調してるのに変わりはない。

トアドがぶちまけた、今のクソッたれた考えに。

「くっ！　俺の声よ、大切な仲間たちに届――ごぶぇっ!?」

何か吠えかけたトアドの頬を思いっきり、蹴っ飛ばす。

「――黙ってろ、つっただろーが」

舌打ちし、トアドから一歩離れる。

「テメェらの考えなんざもうどうだっていい……正しかろうが間違ってようが、知ったこっちゃねぇ。ただ、確かなことが一つある」

憎悪を湛え、二人を見下す。

「セラスも、ピギ丸も、スレイも、イヴも、リズも、エリカも、ニャキも、スピード族も——」

どう考えても、

「嫌いになる方が、難しいだろ」

トアドとバードウィッチャーの表情に、衝撃が走った。

理解不能の人間に出会った——そんな反応。

が、正しいも間違ってるも知ったことじゃない。

俺は、俺だけの〝正しさ〟をぶつけるだけだ。説得なんざしない。

俺の思うまま、ねじ伏せるのみ。

「テメェらが、スピード族をおぞましいと言ったように……俺もテメェらがおぞましい。だから……」

こいつは、テメェがさっき口にしたのと同じ話。

「俺にとって〝勇の剣〟は、真っ先に滅ぼすべき連中……それで、文句ねぇよな？」

背後の木を、一瞥（いちべつ）。

「ピギ丸。俺が【バーサク（暴性付与）】を使ったら、急いであそこの木の上まで頼む」

「ピッ」

手を前へ突き出す。視線で捉えるのは――バードウィッチャー。

ターゲットは一人。

二人とも足は念入りに潰した。ろくに逃げられやしまい。

もしまともに動けるようなら、すぐに追って始末するまで。

まずは二人の【パライズ（麻痺性付与）】を解除。そして、

「【バーサク】」

放つとほぼ同時に、斜め後ろへ引っ張られる感覚――浮遊感。一方、

「――ぐがぁぁぁあああああああっ！」

奇声を上げ、バードウィッチャーがトアドに襲いかかる。

「お、おい！　何すんだバド!?　おい!?　俺だ！　トアドだ！」

「がぐぅ！　ぐぅ！　がぅぁあ！」

噛（か）みつこうとするバードウィッチャー。マウントに近い体勢になっている。

「落ち着け！　おい！」

必死に抵抗するトアド。そんな中、バードウィッチャーが傍らの剣に気づく。

バードウィッチャーは剣を手に取り、再びトアドに攻撃を開始した。

「急に、何がどうしたって――くそぉ！」

トアドも剣を取り、迫りくる刃を払う。だがバードウィッチャーのがむしゃらな攻勢はやまない。トアドは、木の枝の上で傍観する俺を睨みつけた。

「て、てめぇ！　バドに何しやがったぁっ!?」

「フン、大事なお仲間らしいが……どうする？　おとなしく殺されてやるのか？　それとも、生き残るためにその手で仲間を殺すか？　ほら、選べよ」

声を発した俺の方を、バードウィッチャーが一瞬だけ振り返った。白目を剝き、口もとからあごまでよだれが垂れている。が、すぐ意識はトアドの方へ戻ったようだ。

基本的に【バーサク】は距離が近い方へ意識が向かう。他にも、

〝視界に入っている〟

〝大きな音のする方へ注意が向かう〟

などの特徴があるようだ。

付与とほぼ同時に、俺はロープ状と化したピギ丸を使い後方の木に登った。

その間に発生した音のほとんどは、ピギ丸がクッション化して消してくれた。

激昂するトアド。

「ざっ、けんなぁ……ッ！　くそ！　やっぱりてめぇが何かしやがったんだな!?　ふざけやがって！　やめろぉ！　なんで……」

トアドの目に、ぶわっ、と涙が溢れる。

「なんでこんなひでぇことが、できんだよぉおお!?」

「……俺たちは、同じだろうが」

「あぁ!?　何が、同じだってんだよ!?」

太い木の枝に腰を下ろしたまま、言ってやる。

「同じ、クズ同士だろうが」

「俺がクズっ!?　い、イカれてんのかてめぇ!?」

「テメェらほどじゃねぇがな」

「くっ！　外道！　外道ぉ……外道外道外道ぉおお！」

「クク……テメェに言われても褒め言葉にしか聞こえねぇよ。それよりほら……もっとがんばらねぇと、大事なお仲間に殺されちまうぜ」

「ぐぅぅぅ……しょ、正気に戻れバドぉ！　まだてめぇの中にはてめぇ自身の意識が残ってるはず！　俺の声、届いてるだろ!?　なら、いい加減目を覚ませ！　負けんなっ……こんなやつの怪しい術に負けんじゃねぇよ！　てめぇは……勇の剣の一員だろ!?　強ぇ男だろ!?」

なんとなく、こんなシーンを少年漫画で見たことがある。

そう――まるで、洗脳された仲間に呼びかける善良な主人公。

そんな熱い台詞に聞こえなくもない。

が、届かない。

届くかよ。

ただまあ、

「起きるといいな。奇跡的にお仲間が正気に戻るなんて、熱い展開が」

高見の見物をしながらそう言ってやると、トアドは思いっきり睨みつけてきた。

邪悪を心から憎む〝善〟の目つき。真っ直ぐ過ぎて――気持ち悪ぃ。

「ま……そんな展開が起きたとしても、無意味だがな」

「ん、だとぉッ!?」

「どのみちテメェらは、ここで死ぬ」

木の上だがここは射程圏内。

妙な予兆があればいつでもスキルを放てる。保険はちゃんと、かけてある。

襲いくる刃を防ぎつつ、トアドは涙ながらに呼びかけを続ける。

「バド、思い出せ！　俺たちが過ごしてきた日々を！　早く正気に戻れ！　そして二人で
……二人で力を合わせて、あのクズ野郎を倒すぞ！」

「ぐぅがぁぁあああ！」

「バドぉ～！」

「がるぁ！　ぐがぁぁあああ！」

「ひでぇっ……こんなの、ひどすぎる！　どんな神経してたらこんなひでぇことできんだよ!?　邪悪の化身だ、てめぇは！」

「で？　俺に、必死に抗弁してほしいのか？」

「ちくしょぉぉおおお────ッ！」

トアドが天高く、慟哭(どうこく)する。そして、

「だめだ！　仲間は──仲間だけは、殺せねぇ！」

「そうだな……殺すのが嫌なら、他の仲間を呼んでみたらどうだ？」

「ルインたち、を……？」

「最高の罠(わな)が仕掛けてあるんでな。ちょうどいい。一網打尽にしてやるよ」

「！」

とは、言ったものの。

ピギ丸との合体技による超遠距離からの初見殺し的な奇襲。

今のところ、それ以上の攻め手は考えていない。なので、そんな大層な罠なんてない。

ただ、今はこいつらの精神を痛めつけられればいい。

「さ、呼べよ？　泣き喚いて、助けを呼べ」

「ぐっ……ぐぅぅぅうう……ッ！　お、俺のせいでルインたちが危険に晒されるのは……だめっ！　こいつは……この邪悪は、やばすぎる……ッ！　せめてあいつらに、何か警告だけでもっ……」

フン、と気分悪く鼻を鳴らす。

「泣かせる仲間愛だな」

が、その〝仲間〟の中にニャキは含まれてなかった。

旅の中、ほんの少しの仲間意識も——持てなかったのか。

持って、やれなかったのか。

人間じゃない、というだけの理由で。

「………」

森の先を見据える。

他の勇の剣が駆けつけてくる感じはやはりない。

少しばかり生物の気配はあるが、人のものではない。そいつらが近づいてくる感じはなさそうだ。多分、この辺の魔物は同類の虐殺現場を見て警戒しているのだろう。

つまりこう考えられる……ルインやらサツキは、思った以上に遠くにいる。

声が届く距離なら、トアドはもっと必死になって助けを呼んでいるはず。

助けを求めるのが非現実的な距離だからこそ、あれほど絶望が深いのだ。

「てことは、だ。ニャキは……あの疲弊した状態ながら、逃げる時間はかなりあった……」

ぎゃあぎゃあ喚いているトアドたちを、ジッと見下ろす。

「最果ての国へ入る鍵となる神獣を放ったまま、こいつらマジに何をしてた？」

……いや、それを考えてもやはり仕方ない気がする。

こいつらを理の物差しで測るのは、無意味に等しい行為——つまり、時間の無駄。

こいつらが俺を、理解できないように。

俺もこいつらを、きっと理解できない。

と、

「ひっ!?」

俺の方へ頻繁に気を逸らしていたせいか、トアドに隙が生まれた。次いで、

「がっ……っ!?」

バードウィッチャーの剣先が、トアドの肩を斬りつけた。

「ば、バド……ついに斬り——斬りぃやがったなぁ俺を！　ざ……ざけんなぁ！」

ヒュッ——スパッ！

トアドの薙ぎ払い。その刃は、バードウィッチャーの喉もとを横一文字に斬り裂いた。

「あ……」

「ぐ――ぉ？」

やれやれ。やっとか。

「う、うぁ――バド、バドぉぉおおお！　悪ぃ！　つい！」

ほどなく、バードウィッチャーが前のめりに倒れた。

倒れ込んできた死体を抱きとめるトアド。

「そん、な……そんなぁああ！　すまねぇ、すまねぇバドぉぉおおお――――――ッ！」

「そこそこ時間がかかったな」

言って、俺は木から飛び下りた。

「て――てめぇぇ……殺す！　ぶっ殺してやる！」

「その前に、少しは理解したか？」

「あぁ!?　何がだっ……ッ!?」

「〝楽しんで殺される側〟の気持ちを」

「……は？」

「テメェらがスピード族に対してやったのは、こういうことだ」

「しょ、正気か!?」

「…………」

「だか、らっ――」

上体を起こしバードウィッチャーを強く――強く抱きしめるトアド。

次いで、鬼気迫る涙声で吠えた。

「だからっ人モドキと人間を、一緒にしてんじゃねぇぇぇえええええええ！　目を、覚ませぇぇえええええ――――ッ！」

クククッ、と笑みが漏れる。

「感謝しねぇとな」

「あ？」

「最後まで、救えないクズでいてくれたことに」

俺は、バードウィッチャーの取り落とした剣を拾う。

気を吐いちゃいるがトアドはもう出血多量で弱っている……簡単に、殺れる。

「ここで心から改心されても……それはそれで、めんどくせぇ話でしかねぇからな……」

トアドが、察した顔をした。とどめの刻が来た、と。

「ぁ、やめっ――」

青ざめ、取り落とした剣を拾おうとするトアド。

が、俺はそれを許さず袈裟切りに斬りつける。

そうして――声にならぬ短い苦鳴の後、トアドは息絶えた。

ポタ、ポタ、ポタッ――

腕に飛んだトアドの血が、指を伝って地面に落ちていく。

「クズはこうやって、クズ同士潰し合ってりゃいいんだよ」

スピード族やニャキみたいな善良なヤツらが巻き込まれて割を食うなんて……そんなの、おかしいだろ。

こういう〝同族潰し〟は、やっぱり俺の方が合ってる。

「悪ぃな」

折り重なった二人の死体を見下ろす。

「テメェらみてぇなのが相手だと……十河(そごう)が選びそうな善良なやり方なんて、俺には一生取れそうにない」

一度、俺はセラスたちのもとへ戻った。

俺の姿を認めたセラスが、駆け寄ってくる。

「ご無事で――」

途中セラスは足を止め――それから、駆け寄る速度を上げた。

「お怪我(けが)をされたのですか!?」

スレイも駆け寄ってくる。ニャキを見ると、青ざめていた。

「安心しろ、俺の血じゃない」

足を止めて胸を撫で下ろすセラス。彼女は平静さを取り戻し、尋ねた。

「では、それは勇の剣の血ですか？」

「ああ」

「倒されたのですね？」

「ニャキを追ってきた二人だけな。他のヤツらは、追ってきてなかった」

視界の端でびっくりするニャキ。

「る、ルインさんとサツキさん以外の勇の剣さんたちも、全員お強いはずですニャ……あなたさまは一体、何者なのですニャ？」

「そういや、自己紹介がまだだったな」

さっきはトアドたちが近づいてきていてその時間がなかった。

ニャキと遭遇後、俺もセラスも互いの名は確か口にしてない。のだが、

「すみません。実は私の判断で、あなたを待つ間に私の素性を明かしてしまいました」

咎められるのを覚悟した調子で、セラスが言った。

「信用してもらうには、やはり最初から真実を話すべきではないかと思いまして……何より——」

ニャキをチラ見したのち、小さくなるセラス。

「ニャキ殿が純粋すぎて、偽りの情報を伝えるのがどうにも辛くなってしまい……申し訳ございません」

言いつつ、俺の素性の方に関しては情報をほぼ与えていない。

こういうところが、やはり有能な気はする。

「セラスはこの前の大魔帝軍との戦いで生存が発覚してるし、顔出しもしてるからな。ここでニャキ相手にバラしても、ま、そんなに問題ないだろ。それにまあ……」

俺もニャキを見る。

〝ニャキの純粋さを前にすると嘘をつくのが辛い〟

「俺も正直、その感覚はわからなくもない」

そんなわけで、俺は普通に偽名でない本当の名を明かした。

「トーカさん、とお呼びしていいのでしょうかニャ？」

「おまえの呼びやすい呼び方でいいさ。で、こいつが……」

襟元を少し開き、ローブの中を覗き込む。

「ニャキに自己紹介してくれ」

「プユーン」

ローブの中から地上に降り立ったのは、ピギ丸。ニャキが目を丸くする。

「スライムさんニャ」

「ピギ丸って言うんだ」

「ピッ？」

俺に確認を取るピギ丸。

〝この子は仲間でいいの？〟

そんな感じだ。頷きを返すと、ピギ丸はニャキへ向けて突起を伸ばした。

「プユ〜」

「握手のつもりなんだ。軽く握ってやってくれ」

ちょっと呆けた顔のまま、突起を控えめに握るニャキ。

「にゃ、ニャキですニャ……っ」

まだ強張ってはいるが、ニャキの緊張は少しだけ和らいできている。

「で、こっちがスレイ」

「パキュ〜」

「ふニャっ!?」

スレイが、ニャキに頬ずりした。

なんとなく——元気づけているような、そんな感じである。

「にゃ、ニャキと言いますニャっ」

「パキュ」

すると――ニャキがシュバッと動き、正座をした。そのまま小さくなり、頭を下げる。

「このたびは命を救っていただき、心から感謝していますニャ。トーカさん、セラスさん、ピギ丸さん、スレイさん、このご恩は決して忘れませんのニャ。そして、ニャキのせいで本当にご迷惑をおかけしましたニャ。大変、申し訳ないですニャ……ッ！」

ニャキが顔を上げる。

「皆さんは、どうか急いでここを離れてくださいニャ。ニャキはしばらくここで休んでから、予定通りあちらへ向かいますニャ」

魔群帯深部の方を指差すニャキ。

……そうか。

ニャキは――ここから俺たちに守ってもらおうなんざ、はなから思っちゃいない。

「ニャキ」

「は、はいニャっ」

「まだ、そんなこと言ってんのか」

「ふ、ニャ？」

「おまえが嫌じゃなければ、だが……」

俺は、手を差し出す。

「このまま、俺たちと一緒に来い」

「ふ、ふニャぁ……!?」

「もし嫌でも、せめて安全が確保できるまでは一緒にいろ。そのつもりだったから、俺はさっきみんなに自己紹介してもらったんだ」

ニャキはしばらくぽけーっとしていた。俺の言葉にまだ理解が追いついていない様子だったが、やがて、理解が追いついた反応を示した。

「――だ、だめですニャ！　ニャキが皆さんと一緒にいたら、きっともっとご迷惑になってしまいますニャ！　神獣のニャキは、勇の剣さんたちにとってまだしばらくは絶対必要な存在らしいのですニャ！　ですから、必ず追ってきますニャ！　それに……お仲間が殺されたのを知ったら、どんな目に遭わされるか……っ」

ニャキはポロポロと涙を流している。けれどやっぱり――笑顔だった。

「この短い時間でも、トーカさんたちは本当にいい人たちだとわかりますニャっ……だからこそ皆さんには、絶対ひどい目には遭ってほしくないのですニャぁ……ニャキは……もし、ねぇニャやまいニャたちにまた会えなくても……最後にこんニャ優しい人たちに出会えて……もう、大大、大満足なのですニャぁ……っ」

勇の剣に捕まってからの死か。

魔物に見つかってからの死か。

ニャキはもう、死を覚悟しているのだ。

「皆さん、ありがとうございましたニャ」

　笑い泣きのまま、ニャキは言った。

「短い間でも……ニャキは、久しぶりにとてもあったかい気持ちになれたのですニャ」

　俺は、ため息をついた。

「ニャキ……さっきからおまえは何か、勘違いしてるみたいだが」

「ふ、ニャ……？」

「おまえ、勇の剣の最強二人があの〝人類最強〟に挑みたいと話してた……とか、言ってたな？」

「……は、はいニャ」

「〝人類最強〟はもう死んでる——倒したのは、俺だ」

「ニャッ⁉」

「本当です、ニャキ殿」

　セラスが補足する。

「実は私が〝人類最強〟シビト・ガートランドに殺されそうになっていたところを……ここにいるトーカ殿に、救われたのです」

　ニャキが涙を浮かべたまま、驚き顔で俺を見上げる。

「と、トーカさんは……あの〝人類最強〟を、倒した方なのですかニャッ⁉」

「まあな」

正攻法ではなく騙し討ちだが。ま、形として〝倒した〟ことに違いはない。

「だから、逃げる必要なんざない」

ニャキが項垂(うなだ)れる。見た感じ、様々な感情が入り乱れているようだった。

想像はつく――この期に及んで、今度は勇の剣を哀れんでいるのだ。

俺の方が強いらしいとわかった途端、今度は、これからほぼ確実に殺されるであろう勇の剣側に同情心が生まれた。

ニャキの人生観においては――誰も死なずに済むなら、その方がいい。

どんな者であっても死人の数は少ない方がいい。

今、ニャキはきっとこう思っている。このまま逃げてしまいたい、と。

鍵となるニャキがいなければ最果ての国には入れない。

となれば、勇の剣がその国の住人たちを殺すことはできない。

ニャキは姿を消し、最果ての国の住人たちは救われる。

俺たちがこのままニャキと逃げれば――これ以上、誰も死なない。

おそらくは、そんな結末をニャキは望んでいる。

が、勇の剣はあのクソ女神肝いりの隠密(おんみつ)部隊。

今後、俺の前に立ち塞がらないわけがない。

必ずどこかで衝突する――なら、今潰す方がいい。

でなくとも。

スピード族やニャキにしたことを看過できるほど、俺は大人じゃない。

「悪いな、ニャキ」

勇の剣たちがいるであろう方角へ向き直り、俺は言う。

「勇の剣の連中を野放しにしておけるほど、俺は人間ができちゃいない……おまえほど、優しくはなれない」

ニャキが、面を上げた。

「トーカ、さん……」

力ない弱々しい声。事実、ニャキは弱っている。

ニャキから引き出した話を聞く限り、救えるヤツは一人もいない。

誰も、ニャキに優しくしてやれなかった。が、ニャキはその原因を作った連中にすら優しさを持つ。優しさに溢れたそんなニャキを――こんなにも、心なく傷つけて。

「ただ、おまえのその優しさはこれからも大事にしてほしい。その優しさで、きっと救える人がいるから」

指の動きでピギ丸を呼び、ローブの中に忍ばせる。今回は、スレイも連れていく。

「セラス、おまえには引き続きニャキを任せる。向こうはあと七人いる。バラけさせて広範囲に捜索を行わせるパターンも考えられる」

「取りこぼしが出るかもしれない、ですね？」

「ああ。その時ニャキを守れるのは、おまえの剣だ——あの最強の血闘士が桁違いの才があると評した、その剣だ」

「お任せを。あなたのために、この身すべての力を尽くします」

「頼む。……行くぞ、スレイ」

歩き出す俺に、スレイがついてくる。

空を見ると、いずれくる夕暮れの到来を告げていた。

闇は、こちらの時間。

勇の剣。

実際、真正面から正攻法でやり合えば向こうが上なのだろう。

シビトは、戦いたい相手の名の中に勇の剣を出してなかった。

が、情報自体さほど世に出回っていなかったと聞く。少なくとも、シビトのように一般層には知れ渡っていない。つまり、未知数の相手と言える。

ただし確実にわかっているのは、人面種に逃走を決意させる実力を持つ。

これは否定しようがない。

片や、俺は正攻法ではまともに人面種とはやり合えない。

だから、ナメてかかっていい相手ではない。

しかし――それでも。

ただ〝殺す〟だけで、満足できそうにはない。

「…………」

スピード族やイヴの両親。

イヴから、彼らと過ごした日々の思い出を聞いたことがある。

いい人たちだったんだ。本当に。特に、イヴの両親……。

聞けば聞くほど、どこか似ていて。

まるで俺の――叔父夫婦みたいで。

「……それを〝楽しんで殺した〟？」

歩みは止めず、蝿王（はえおう）のマスクを被（かぶ）る。

だったら、楽しんだ分――

「楽に、死ねると思うな」

残酷と言われようと――人でなしと、罵られようと。

もうこの先には、

――――慈悲は、ない。

5. すべてを戮する悪魔

ルインは、トアドたちが捜索に向かった方角を見やった。

「……遅いな」

「思ったより、遠くに逃げちまってるのかもなぁ」

斧(おの)についた血を拭きながらユーグングが言った。続き、ミアナが反省の弁を述べる。

「こんなことなら、もっと痛めつけておくべきだったわね……」

「然(しか)り」

サツキが同意する。

「おれは己(おのれ)に忠告したはずだ。刃で目を潰しておくべきではないか、と」

咎(とが)めの響きがルインに浴びせかけられる。ルインは悄然(しょうぜん)としていた。

「結局、サツキが正しかったんだな……あれだけ親切にしてやってたのに、まさか逃げ出すなんて……ここで、裏切るなんて。ひどすぎる」

悔しげに、キッ、と柳眉を逆立てるミアナ。

「ほんっとあいつ、信じらんない！　ルインがせっかく親切心で荷物持ちの仕事を与えてあげてたのに！　一体なんの不満があったわけ!?　恩を仇(あだ)で返すとかっ……最っ低のクズよ、あいつ！」

「ま、まあまあミアナ」

アレーヌがなだめる。

「あれはほら、人じゃないんだから……あんなの、覚えの悪い獣に芸を仕込むようなものでしょ？　期待する方が、その……間違ってるんじゃない？」

腰に手をやり、唇を尖らせるミアナ。

「そりゃ、そうだけどさ……」

カロが、ミアナの背を軽快に叩いた。

「ダイジョーブさミアナっ。ちょっと時間はかかるかもだけど、トアドとバドが必ずあの人モドキを捕獲してくる。戻ってきたら、今度こそしっかり目を潰そう。荷物なら、オイラが持つし」

くすっ、とアレーヌが微笑む。

「カロが持ってくれるなら、わたしの調理器具もきっと安心ね」

「オイラは軟弱な人モドキみてーに、へばったりしねーからな」

「その、ね……正直言っちゃうとね？　ニャキにわたしの調理器具を運ばせるの、本当は嫌だったの。できれば、触れてすらほしくなかったっていうか……」

「ま、当然の感覚じゃな」

うむうむ、とナンナトットが首を縦に振る。

互いを理解し合うやり取りで、場の空気は和やかになりかけていた。

が、その空気をサツキが引き戻す。

「皆、気を遣ってうやむやにしてくれてるが……これは己の甘さが招いた事態だぞ、ルイン」

ルインは、素直に認める。

「……わかってる。ニャキは人モドキだが、ヴィシス様からの預かり物でもある。だから必死に歯を食いしばり、懸命に殺意を胸にしまい込んだ。そして……人モドキなりに人間の役に立つ道具に育ててやろうと、僕なりに熱意を持って教育に取り組んだ。けど……結果はこれだ。ニャキは、僕を裏切った。結局、あの頭のおかしいスピード族と同じ人モドキだったわけさ……ちくしょう――ちく、しょう……っ！　ちくしょう、ちくしょう！」

握りこぶしで木を叩きつけるルイン。太い幹が揺れ、葉が舞った。

ルインの視界は、悔し涙で滲(にじ)んでいる。

「自分を責めるのはもうやめて、ルイン！」

ミアナが駆け寄り、ルインの腕を取る。

「ミアナ……僕は……僕、は……ッ」

「大丈夫だから」

そっとミアナが、ルインを抱き締めた。

「みんな、あんたが大好きよ……サツキだって、あんたを心配してああ言ってるの。知ってるでしょ？　本音じゃ、サツキもあんたが大好き……多分、あたしたち以上に」

ふん、とサツキが鼻を鳴らした。

「けど僕は、僕はっ――」

「まずは、最果ての国の存在をこの目で確かめましょ？　で、合流するアライオンの精鋭たちと力を合わせて――人モドキを、あたしたちで一掃する……」

ミアナが抱擁を解く。そしてルインの両肩に手を置き、正面同士で向き合った。

満面の笑顔で、ミアナは言った。

「しっかりしなさい。あんたは、あたしたち勇の剣の象徴でしょ？」

「ミア、ナ……」

「将来的に人間を害する危険な種たちから世界を救う。でしょ？」

力強い笑みを浮かべ、ミアナが続ける。

「あんたならやれる――このあたしが、保証する」

ルインは袖で涙を拭った。泣き腫らした目に再び、強い輝きが戻る。

「悪いミアナ。ちょっと、弱気になってた」

見守っていたアレーヌが、自嘲気味に微笑む。そして、小さく呟いた。

「……敵わないなぁ、ほんと」

ポンッ、とユーグングがアレーヌの肩に手を置く。

「諦めんのか？」

「……ううん。まだもう少し、がんばってみる」

「そうか……応援してるぜ」

「……ありがと、ユーグング」

「がははは、なんせこのことでバドと賭けてるんでなぁ！　おめーさんが負けちまったら、このユーグング様が損しちまうのさ！」

「も――もぅ！　ユーグングったらぁっ！」

そんなやり取りをする二人を見て――皆、笑う。

「……どうしたの、ルイン？」

「いや、その……異物のいない僕たちの空間ってこんなに楽しかったんだって、ようやく思い出せた気がして……嬉しい、っていうか」

「このまま、ニャキが戻って来ない方がいい？」

「悔しいけど、最果ての国に続く扉を開けるまでそれは無理だ。神獣はもう一匹いるけど、ヴィシス様はそっちを温存したいみたいだから……ニャキで我慢するしかない」

「あんたって我慢強いっていうか……ほんと、立派。人間、できてるっていうか」

ルインは面を伏せ、落胆を顔に出した。

「結局ニャキも、スピード族と同じだった」

「……ええ、そうね」

「あれらは教育でどうにかできる相手じゃない……いつ話が通じなくなるか、ずっと怖かった――やっぱり、滅ぼさないと」

ミアナが、ツンッ、とルインの額を指先で突いた。戸惑うルイン。

「？」

「また眉間に、皺寄ってる」

「あ……」

「スピード族を始末した時……あんた、なんて言ったか覚えてる？」

微笑みかけるミアナ。ルインは、理解した。そうだ――そうだった。

「……憎しみだけでニャキを殺しちゃ、だめだよな」

「そーゆーこと。最果ての国のやつらも、ね？」

「ありがとう。君の言う通りだ」

皆、二人の会話を聞いていた。ルインはみんなを見渡す。

ニヤッと笑い、頷くユーグング。

同じく微笑み、こくりと首を縦にふるアレーヌ。

鼻を鳴らし、小さく首肯するサツキ。

笑って片目を瞑り、立てた親指を突き出してくるカロ。

あごを撫でながら、うむ、と理解を示すナンナトット。

ルインの目は、完全にかつての輝きを取り戻した。

「ああ、そうだな……うん……ニャキを殺すのも最果ての国のやつらを殺すのも……憎しみを抱いてやるだけじゃ、やっぱり悲しすぎる……だから……」

〝勇の剣〟ルイン・シールは改めてその使命感を胸に、晴れやかな笑みを浮かべた。

「みんなで楽しめるやり方を考えよう！　死んだストライフのためにも！」


しかし、である。ニャキを殺すのも、最果ての国の場所を皆で確認するのも、すべてはニャキを連れ戻してからの話。

ルインたちは待った。

けれど、一向にトアドもバードウィッチャーも戻ってくる様子がない。

仲間内でも特に追跡能力に優れた二人がニャキを追えないはずはない。

夕闇が迫ってきている。ナンナトットが、唸った。

「あのモドキは空腹で大した力は出んはずじゃ。いざという時を思って、日頃から眠りが浅くなるようワシが深夜にわざとあのモドキを起こしたりもしてたんじゃが……」

「オイラたちがストライフとのお別れをしてる間、おそらくニャキはずっと移動してた……でも、今のあいつの状態じゃとっくにトアドたちに捕まっててていいはずだぜ」

分析の得意なカロがそう言っている。なのに、まだ戻ってこない。これはおかしい。

ナンナトットが後悔を滲ませ、膝を打った。

「やはり、目を潰しておくべきじゃった。そうしておけば、遠くへは逃げれんかった」

「耳もだよ、トット。聴力も奪っておくべきだったんだ。オイラたちが……甘すぎた」

「だとしても、まだ二人が戻ってこないのはやっぱり変だわ」

アレーヌが言った。黙りこくって口もとに手をやっていたルインが、続く。

「まさか……人面種(じんめんしゅ)に遭遇した、とか？」

「──ありうるな」

サツキが意見を同じくする。うぅむ、と唇を曲げるユーグング。

「おれらが通過してきた一帯はあんだけ魔物をぶっ殺したし、もう安全だと思ってたんだがなぁ」

チャキッ

サツキがカタナの刃を少しだけ鞘(さや)から覗(のぞ)かせ、妖しく煌(きら)めかせた。

「おれが行こう」

ナンナトットも腰を上げる。

「ワシも行く」

「オイラも」

続いたのは、カロ。

ナンナトットとカロの二人は、思った以上に腹に据えかねているらしい。

もちろん、ニャキのことでだ。

カロがルインに確認を取る。

「捕まえたら、あいつの鼓膜は潰しちゃっていいよな？」

「わかった。こうなったら、仕方ない」

「おれはこのカタナであやつの耳を削ぎ落す。鼓膜を潰すだけでは、どうにも腹の虫が収まらん……止めてくれるなよ、ルイン」

いや、サツキもだ。みんなの気持ちは一つ。本当はすぐにでも殺したいほど、全員が逃げ出したニャキに腹を立てている。それも、致し方のない話である。

なんとなく、ルインはわかっていた。誰も口には出さないが、みんなこう思っている。

〝ストライフの死も、元を辿ればすべてニャキのせいなのではないか？〟

「……気持ちはわかるよ、サツキ。けど、勢い余って殺すなよ？」

「安心しろ。一線は越えん。それは己が、よく知っているはずだが？」

準備を終えたナンナトットが、臀部の土を払いながらルインに了承を求めた。

「見つけた時点で両の目ん玉も潰すぞ？　よいな？」

「……泣き喚くだろうが、ぐっと堪えてくれ」

「ふふ、おぬしはやはり優しすぎるな。安心せい、それくらいでカッとなって殺しはせんさ」

「我慢を強いてばかりですまない、トット」

「おぬしはちと、我慢しすぎじゃがな」

ふぉっふぉと笑うナンナトット。カロが、質問をつけ足す。

「どうする？　足は折っとくかい？」

「いや、それだと誰かが背負う必要が出てくる。けど、進んでニャキに触りたがるやつはいない。だろ？」

皆に視線で問うルイン。皆、即座に肯定した。

確認する必要はなかったな、とルインは自嘲の笑みを浮かべる。

「ニャキは縄で縛り上げて引きずるなりして、自分で歩いてもらおう。もし、もたつくなら引き続き教育をせざるをえないが……最果ての国の扉の位置はわかった。あと、もう少しだ。みんな――あとひと踏ん張り、頼む」

応っ、と。新たに捜索に出る三人が、力強く応えた。

サツキたちが林の中へと消えた後、残されたルインたちは彼らを待った。

「サツキたちは、無事合流できただろうか」

「大丈夫よルイン。サツキがいるんだから」

「がははっ！　昔っからほんっと心配性だよなぁ、ルインは」

今いるのは林の中ではなく、それなりに開けた場所だった。

周囲には石造りの建物がぽつぽつ建っている。が、目につくのはほぼ建築物の体をなしていない建物ばかりだ。廃墟群と言っていい。石垣などもあるが、大半が削れたりしていて背が低い。ゆえに、遮蔽物は少ない。

そもそも、ここにいる者が遮蔽物で身を隠す必要などない。

人面種が襲ってこようが、ルインがいる。問題あるまい。

耳に聴こえてくるのは、少しばかりやかましい虫の鳴き声。

まれに鳥類や、あるいは魔物らしき声も遠くから聴こえてくる……。

サツキたちはまだ、戻って来ない。

「……もう、日が落ちるわね」

アレーヌがふと見上げた空は、濃い紫に染まっていた。

〝逢魔が刻〟

不意に、ルインの頭にそんな言葉が浮かぶ。

遥か昔、異界の勇者がもたらした言葉と聞いた。

妖魔が姿を現す時間帯であり――そして、人々に災禍がもたらされる刻でもあるとか。

空を見ていたアレーヌが、ぽつりとこぼす。

「なんだか、不吉な空」


――ドク、ンッ。


ルインの心臓が、激しく、跳ねた。

（これ、は――）

直感が――勘が、告げている。

何かが、迫っている。危機が。脅威が。

「なんか変だぜ、ルイン」

ユーグングが言った。

「虫が一斉に、鳴き止んだ」


――　ドクンッ　――

「……何か、まずい」

「ルイン、一体どうし――」

「全員、戦闘態勢に入れぇぇえええ――――ッ！」

ルインは、叫んだ。

他の三人は一瞬で何かが起きていると悟る。全員、すぐさま意識を切り替えた。

ルインの勘が何かを告げたのだ。

長いつき合いである。こういう時は十中八九、本物の危機が迫っている。

ルインのこの直感に何度助けられたか。

互いに背を庇い合うように、円陣を作る。肩越しにユーグングが尋ねた。

「やべぇんだなっ⁉」

「何かわからないが――とてつもなく、何かがまずい……ッ！」

具体性は欠けに欠けているが、疑う余地はない。

「〝白壁雑音〟を要塞型で張ってくれ、ミアナ！」

「えっ⁉ よ、要塞型が必要なの⁉」

「頼む、早く！」

「わ、わかった！」

ミアナが右手に手甲を嵌(は)めた。

肘までは届かぬ手甲で、基調の色は濃い紫。

角めいた突起が特徴的な詠唱専用の魔導具。

詠唱系魔導具は選ばれし者しか使えない。

そして、ミアナは選ばれし者だった。

彼女が魔素を練ると、魔導具に刻まれた結晶部位が青白い光を放つ。次いで、彼女の周囲に光文字が現れた。光文字は、指輪めいた形でミアナの周囲に浮かんでいる。

浮かんでいる文字は詠唱文である。しかし、彼女はもうそれを読まずとも詠唱をそらで言える。ミアナが、詠唱を始めた。

「――あらゆるものを視(み)ず、聴かず……劇的に運命を弄びし、無形にて遊戯なる罪人……六(むっ)の名を持ちし壊神の刃により断頭さる、銀乙女に焦がれし、雑音なる魔術の覇者――〝白壁雑音(ホワイトノイズ)〟！」

詠唱後、光の詠唱文が手甲に吸い込まれて消える。そして――

中空に出現したのは、ほぼ正方形の薄板。

板は縦横2ラータル（2メートル）ほどの正方形である。

砂嵐のような模様――否、その〝砂嵐〟は動いていた。

半透明の板に、どこかの砂嵐が投影されてでもいるかのようでもある。

ゆえにこの板は、視界を遮ってしまう。

が、ルインの狙いはまさに〝そこ〟にあった。

ミアナが何枚もの板を生み出す。

魔素の量を調節しながら、次々とその板を宙に固定していく。

さすがはミアナである。あっという間に、半球に近い形で配置を終えた。

要塞型。

板は、防御壁としての機能も果たす。かつては分の悪い防戦の際によく使用していた。

しかしある時期を過ぎると、出番はなくなっていった。

「いつ以来だろうな、要塞型なんてよっ」

隙間から外を警戒しながら、ユーグングが言った。不格好な半球に包まれた状態だが、密閉はされていない。身体（からだ）を横にすれば通り抜けられるくらいの出入り口もある。

ただし――外部から〝全身〟を確認することはできない。

全身を視界に収めるなら、出入り口の距離まで近づいてから内部を覗き込む必要がある。

「………………」

なぜだろう、とルインは不思議に思った。

〝全身が視界に入るのはまずい〟

理由などない。直感で、そう思った。

けれど——何がまずい？　全身でなく、半身なら見えても問題ないのか？

なぜ〝全身だとまずい〟と自分が感じたのか、わからない。

しかも辺りは今、闇に包まれつつある。

夜の帳が降り切れば視界は自然と狭くなる。奥行きも失う。

（全身が相手の視界に入るのがまずいのなら、このまま闇に閉ざされてしまうのを待てばよかったのでは……？）

いや、と思い直す。

直感が、告げている。

〝完全なる闇の時間は、さらに不利になる〟。

（相手は夜目がきくのか？　となると……やはり、魔物のたぐいか？）

考えれば考えるほど、不気味さが激しく渦巻いていく。

（……どう仕掛けてくる？　視界が成否に関係するとなると、遠距離攻撃か？）

近接戦ならば負けはない。正面からぶつかるなら、誰にも負ける気などしない。

あの〝人類最強〟にすら、だ。

この任務を受ける少し前、ルインは女神からこう言われた。

『あなたとサツキさんは私の大事な切り札なんですねー。〝人類最強〟や異界の勇者に頼りきりでは何かと危険ですからね。道理のわかる味方が必要なのです。ええ、そうです。

もし〝人類最強〟や異界の勇者が錯乱して私に反旗を翻しでもした時、私を守ってくれる善良な方々が必要なのです。ただ、ええ……現時点で彼らに対抗できる味方がいると知られてしまうのは避けたいわけでして。ですので、できるだけ世間にはその真の実力を隠しておいてほしいのです。今はまだ、その時ではありません』

（あの時……）

女神の部屋を去る前、こう声をかけられた。

『〝人類最強〟シビト・ガートランドが、人という意味で最強なら……〝勇の剣〟ルイン・シールは、私の知る限り〝勇血最強〟です。そして——今後の伸び代で言えば、あなたはあの〝人類最強〟を遥かに凌駕する。私が、保証します』

女神のお墨付きまでもらっている。

最強。

昔、ひと目だけシビト・ガートランドを見たことがあった。

一瞬で、理解した。

絶対的な強者のみが放つ圧。

（けど、この近くにいる〝何か〟は……あれとは違う）

何かが、ちぐはぐで。

強者、ではない。

純粋に――不吉。

「……ふぅ」

（ごちゃごちゃ考えても仕方ない。ともかく……）

ルインは呼吸を整え、一度思考を戻した。

（ここは僕の勘を、信じるしかない）

自分の予言的直感に従う。これこそが正しい判断のはず。

今までもそうだった。

ルインの勘はある意味で占いに似ているかもしれない。相関関係こそ説明できないが、助言に従っていると幸運が舞い込んだり、不幸を回避できたりする。

気を取り直し、ルインは息を吸い込んだ。

「何者だ!?　姿を見せろ！　僕たちは女神ヴィシスより命を賜りし〝勇の剣〟！　僕らと敵対しても、得はないと思うが!?　あるいは、何か誤解があるのかもしれない！　どうだ!?　まずは、話し合わないか!?」

一度、呼びかけてみた。が、反応はない。闇はひたすらに、深く沈黙している。

張りつめた顔のアレーヌが、隙間越しに外の様子を窺（うかが）った。

「ねぇ、ルイン。サツキたち……大丈夫、よね？」

「……サツキたちはむしろ、この異変には行き遭っていないかもしれない。ここに残った僕らだけが〝何か〟に行き遭ったのかもしれない」

大斧を手にして外を見やったまま、ユーグングが尋ねた。

「どう思う？　人面種だと思うか？」

「いや、ここは深部じゃない。むしろ外縁部に近いんだ……この前倒した人面種より脅威を覚えるやつがこの辺りにいるとは、思えない」

青ざめたミアナが、唾を飲む。

「じゃあ、一体……」

「こういう考え方もできる。最果ての国が近い、ということだ」

「！　向こうが勘付いて、先に仕掛けてきたってことか!?」

「ありうる」

「くそがぁっ！　人モドキどもは、引き籠ってばっかじゃねぇってことかよ！」

「それにしても……」

最果ての国の住人たち。こんなにも——恐ろしい相手なのか？

いや、何かが違う気がする。

この気配は、ぬるま湯に浸かっていた者たちにはどうにもそぐわない。

戦いを拒み、逃げ続け。果てに、いっときの楽園へ逃げ込んだ臆病者たち。

（これがその臆病者たちの正体？　だったら……）

「ヴィシス様の、言った通りなんだろうな」

「ルイン？」

「やっぱり滅ぼすべき相手だよ、最果ての国のやつらは」

この禍々しさ。不吉さ。

正体が大魔帝だと言われても、驚きはしない。

（まあ、仮に大魔帝なら邪王素の影響があるはず……となると本当に、この圧の持ち主の正体は一体——）

「！」

ルイン以外も、気づいた。

「誰か、来る」

かすかだが、足音がする。耳を澄ます。

風が出てきていた。木が揺れ、耳が取り込む音を阻害する。

だからもっと、耳に意識を集中させた。

「——ぁ——ぅが——、……ッ！」

声。

背を壁に貼り付け、

「魔物の、咆哮……？」

声の正体を見定めんと、目を細める。

――ベキバキッ、ガサササッ――

枝の折れる音。それから、葉擦れの音。

サツキたちではない気がした。彼らならこんな荒々しい移動はしない。が、

「サツキ！」

姿を覗(のぞ)かせたのは、サツキだった。

そして真っ先にその異変に気づいたのは、ルイン。

「……サツ、キ？」

「ぐるぁぁあああ！　がぁぁあああああああ――――ッ！」

「サツキっ!?」

闇からまろび出てきたのは、紛れもなくサツキだった。

しかし明らかに様子がおかしい。白目を剝(む)き、唾を飛ばしている。

走り方も不格好だ。普段のサツキからは考えられない。

手にしているのは、カタナ。

「！」

刃に血がついている。何か斬ったのだ。それより、

「サツキ、何があった!?」

呼びかけるも、サツキは止まらない。怯えてるのとは違う。

正気を失っている――そう見える。

「ねぇルイン、サツキの様子がおかしいわ！」

「あ、ああ……」

といっても、どうする？　どうすればいい？

魔物が襲ってきたなら排除すればいい。が、駆け寄ってくるのは〝仲間〟である。

普段と様子こそ違えど――大切な、仲間なのだ。

「ぐがぁぁあああああっ！」

ビタンッ！

サツキが雑音壁に衝突した。ユーグングが「おわっ!?」と反射的に身を引く。

一度跳ね返される形で転がったのち、サツキは、すぐに起き上がった。

「ぐぎぃぃ――うがぁぁあああああ！」

カタナを、隙間から突き刺してくる。

「きゃあ！」

「ちょっ……よしやがれサツキ！　おれたちがわかんねぇのか!?」

唇を噛み締め、ルインが剣の腹でサツキの突きを受け流す。

そして皆、サツキのいる面から離れる。と、今度は刃の届く位置まで回り込んできた。

再びルインは、洗練さに欠けた突きを受けて流す。

「サツキ、何をされた!? 捜索中に何があった!?」

「がぁぁあああ！ がっ！ がっ！ がぁっ！」

攻撃が収まる気配は一切ない。言葉が理解できている感じすら、ない。

雑音壁の隙間は身体を横にすれば入れる。

見れば誰でもわかる。なのに、サツキは入れないと認識しているらしい。

ルインの呼吸が、乱れていく。

「というか……なんなんだ、この殺意は？ なんでサツキが、僕たちに……」

「い、いやぁぁあああ！ こんなの嫌ぁああ！ 嫌、嫌、嫌ぁあ！」

頭を抱えて絶叫し、その場にへたり込むアレーヌ。

血の気の失せたミアナが、助けを求めてルインを見る。

「ど、どうすんのよルイン!? 何か方法はないの!? ねぇ！」

「カロと、ナンナトット……」

「え?」

「カロとナンナトットは、どうなった」

ガチガチ、と。震えるミアナの歯の根が、合わなくなっていく。

「ねぇルイン、まさか……あの、カタナについてる血って……」

ルインは唇を噛み、悲痛な顔で言った。

「まだそうと、決まったわけじゃない……ッ！」

四人の顔に絶望が滲み、広がっていく。

あのサツキがこんな状態に陥っている。

ならば、実力でサツキに劣る他の二人が無事である可能性は――

「一体、何が……最果ての国を目前にして、何が起こってるってんだよ!?　くそっ……くそぉおおっ！」

と、ルインは気づく。

何か、そう――サツキの身体から、泡のようなものが……。

「？」

錯覚……ではない。

ポコポコ、と。確かに何か、小さな気泡のようなものが浮き出ている。

泡はサツキの肌から宙へ浮かび上がると、そのまま弾けて消えた。

（なんだ、あの泡は……）

「ぐぎ、ぐぎぎぎぎぎぎぃぃぃぃ……ッ」

突然、サツキが首を掻きむしり始めた。両手の爪が、肌の表面を削り裂いていく。

「ちょっと、な、何してるのよサツキ!?」

それはまるで、どうしようもない苦しみから逃れようとするかのようで。

(苦しんでいる？　だがこれで、動きが止まってくれれば……ッ！)

けれどルインの望みは叶わず、

「がぁぁあああっ！」

サツキは苦しみを帯びたまま、攻撃を再開した。

ルインは口を半開きにしつつ、その異変を見極めようとする。

——弱って、きている。

サツキは、少しずつ弱ってきている。

(あの泡のせい、なのか……？)

何がなんだかわからない。何が起きているのかすら、わからない。

だが、状況は——進んでいく。

「きゃぁああ!?　る、ルイン！　サツキが入ってくるぅ！」

サツキが、身体を隙間に捻じ込み始めた。

「ねぇちょっとどうするのよ!?　なんとかして、ルイン！」

ユーグングが斧を水平に持ち、隙間に押し当てて通せんぼを試みる。

「くそったれがぁ！　サツキてめぇ！　まさか、おれたちの顔を忘れちまったのかよぉ!?」

「がぁっ！」

スパッ！

「ぐぉ!?」

サツキの放った突きが、ユーグングの片耳を斬り裂いた。

斬られた耳は、上下に裂け分かれた状態になった。

「痛ぇ!?　いってぇえ！」

弾かれたように、ルインは責め立てる調子で言った。

「仲間を斬ったのか、サツキ!?」

「がぁっ！　がぁあっ！」

「くっ……頼む！　後生だ！　正気に戻ってくれ！　サツキぃいい！　僕らの決着が、こんな形でついていいはずない！　僕は、こんなの嫌だ！」

涙ながらに訴えるも、

「ぐがぁ！」

突きがルインの真横を、通り抜ける。ルインは項垂れ、剣を握る手に力を込めた。

もはや、打つ手なし。

「サツ、キ」

「ぐがぁぁあぁっ！」

「…………、────許せ」

次の瞬間――下から、上へ。

ズバンッ！

強烈な斬撃が、凄（すさ）まじい精度にて放たれた。

的確に〝死〟をなぞった一撃。それは、完璧すぎるほどの太刀（たち）筋だった。

「が、ぁっ……!? ぁ、が――」

サツキがのけ反り、カタナを取り落とす。

その直後である。サツキの瞳に、よく知る光が戻った。

「ルイ、ン」

「え？」

サツキの目が〝なぜ？〟と、語っている。彼がおそらく最期の一瞬に認識したのは、〝わけもわからずルインに斬られた。そして、自分は死ぬ〟

ただ、それだけだったと思われる

隙間の途中で力尽きたサツキの死体。しばらくは皆、呆然（ぼうぜん）とそれを眺めていた。

沈黙を破ったのは、斬られた耳に布を押し当てているユーグング。

「サツキのやつ……最後、正気に戻ってなかったか？ まさか……もうちょっと待ってりゃあ、元に戻ってたんじゃあ……」

「ちょっと、やめてよユーグング！」

ユーグングを睨んだまま、放心中のルインを抱きしめるミアナ。

「何よそれ!?　まるで、ルインが選択を間違ったみたいな――」

「ちっ！　なんでもルインが正しいと思ってんだよな、おまえさんはいっつも」

「はぁ、何!?　文句あるわけ!?」

「るっせーなぁぁっ……こちとら、怪我してんだよ！」

「何……何よ、その言い方っ――」

「やめろ、二人とも！」

ルインは大喝し、諫める。

「混乱してるのはわかる……けど、落ち着くんだ。まだ、危機が去ったわけじゃない」

「ああ、そうだぜ……それに、元を辿れば悪ぃのはニャキだ。すまねぇミアナ……そもそもの原因は、あのクソ人モドキなのに」

「あ、あたしこそごめんっ……そうよね。この怒りは全部――ニャキにぶつける」

「……やってやろうぜ、ミアナ」

「うん、ユーグング」

二人は目に光をみなぎらせ、こぶしを合わせた。

「絶対にニャキを捕まえて――」

「――必ず、みんなの仇を取る」

先ほどまで険悪だった二人の雰囲気は、元に戻った。ルインはホッとする。

次いで耳を両手で塞いで縮こまっているアレーヌを一瞥したのち、

「〝光玉〟をこの周辺に撒いてくれ、ミアナ」

ルインはそう指示を出した。が、

「わたしがやる」

アレーヌが、名乗り出た。

「光玉ね？　全部、使うの？」

「あ、ああ……」

「わかった」

アレーヌが荷物に駆け寄って中身を漁り始める。

ちょっとだけルインは嬉しくなって、口端を緩めた。

（悪かった、アレーヌ。君は僕が思うより、ずっと強い子なんだよな……）

光玉を漁りながら、アレーヌが汗をかきつつ言う。

「絶対、ニャキにはわからせるから」

「…………」

「わたしたちをこんな風にしたニャキには……絶対、責任取らせるから……っ！」

ルインは感極まりそうになったが、どうにか抑えた。そしてひと言だけ、言った。

「当然だ」

外の闇の方へ、ルインは向き直る。

「僕たちは、この世界の〝光〟そのものなんだ」

深き闇に視線を注ぎ、目を逸らさず、真正面から睨み据える。

「邪悪な闇なんかに、僕らは絶対に負けない」

そう、必ず勝って――

「――ッ？」

「どうした、ルイン？」

「……いや」

気のせいだろうか。それは――とても遠く、小さなものだったが。

ふと、聴こえた気がした。奇妙にひずんだ声で、

〝楽しんでるか？〟

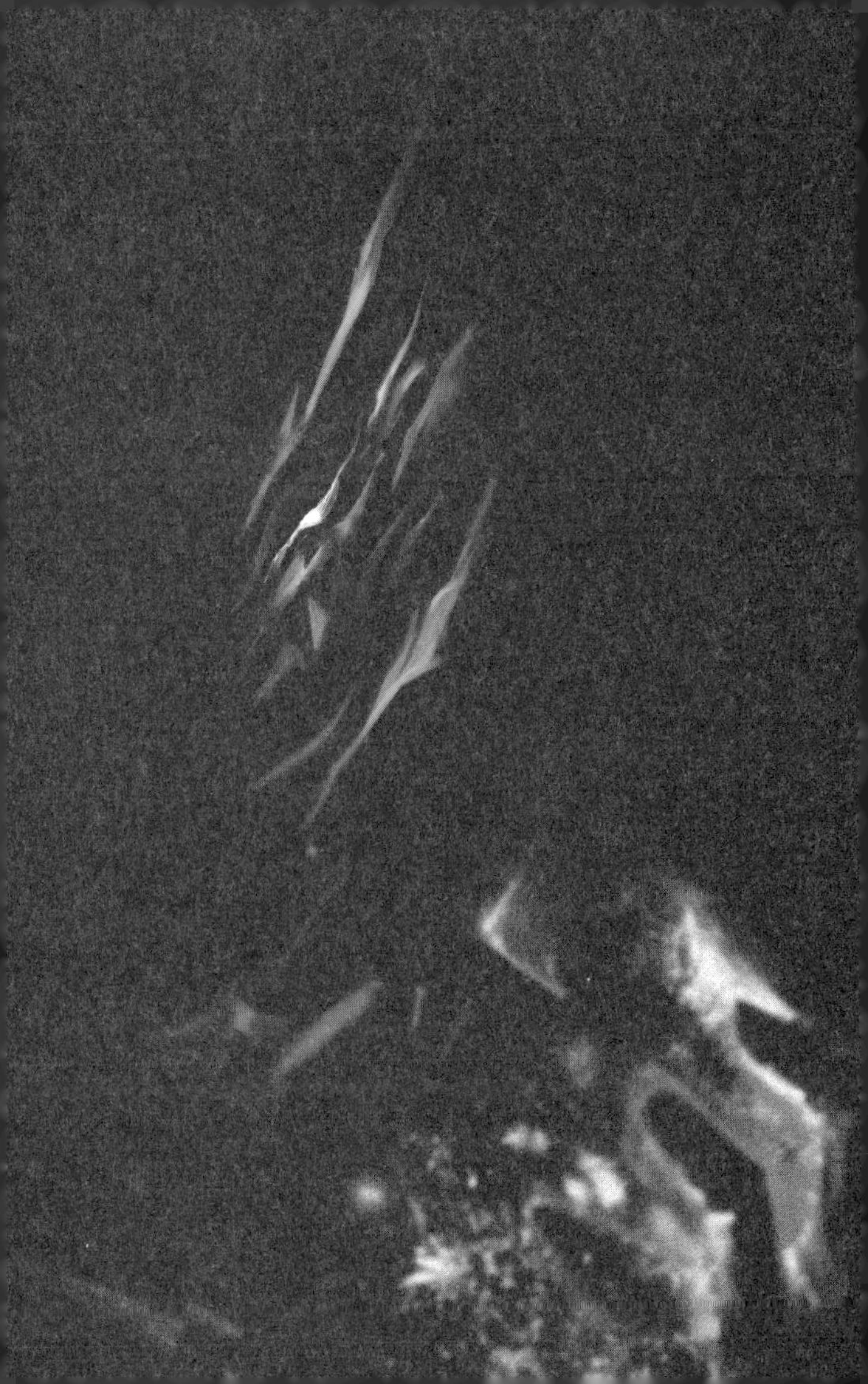

と。

〝光玉〟は、魔素を込めるとその名の通り光を発する魔導具である。

ブンッ！

雑音壁の隙間から、握り込める小石ほどの光玉を放り投げる。

投擲の方角は四人とも別々。投げる距離も近距離〜遠距離まで分ける。

光玉の落ちた辺りが明るさを増した。近辺の魔物が光に寄ってきても問題はない。

ルイン・シールに勝てる者などいない。

それよりも正体不明の〝何か〟の動きを察知すること。これが、最優先。

もうルインは誓っていた。敵対者への甘さは完全に捨てる。

全員、緊張感に包まれている。

〝楽しもう〟

そう言いたかった。が、そんな状況じゃない。勇の剣が始まって以来の危機的状況。

ルインは隙間に挟まったままのサツキの死体を見た。

見るに耐えず、すぐに視線を戻す。

この短時間ですでに二人失った。

ストライフ、サツキ。
生死不明者も含めば計六名に及ぶ。
トアド、バードウィッチャー、カロ、ナンナトット。
気づけば生存確実と言えるのは、ここにいる四名のみ。もう、半分以下だ。
「こっちから打って出るのはやっぱ危ねぇか、ルイン？」
壁に張り付き様子を窺う姿勢のまま、ユーグングが聞いた。
「僕の勘が告げてる。敵に〝全身〟を捉えさせるのは、確実にまずい」
実際、敵は攻めあぐねているように思える。
理由は想像もつかないが、攻勢へ出るためにおそらく必要なのだ。
自分たちの〝全身〟を、視界で捉えることが。
(伝承に登場する魔眼の使い手？)
まさか。
似た実話があったとしても、それはもう遥か昔の話。
魔眼など聞いたことはない。所詮は伝承にすぎない。
皆、息苦しさを覚え始めていた。緩む間もなく、神経は張りつめている。
「攻め手を欠いてるのはこっちも同じ、か」
中から外へ放てる遠距離武器が必要だ。

幸い、弓矢がある。今、ユーグングとアレーヌは武器を弓矢に持ち替えていた。

他に使えるのは攻撃魔術用の魔導具。杖状のそれを手にしているのは、ミアナ。

ルインはというと、サツキのカタナを手にしていた。投擲武器として、使用するために。

カタナの柄を、ギュッ、と握り込む。

（使わせてもらうぞ、サツキ……そして、必ずこのカタナでニャキの耳を削いでやる。約束する）

見ると、光玉の周囲に虫が群がっていた。

「敵は、僕らの全身を捉えられない限り攻勢に出られないみたいだ」

「サツキをあんな風にして攻撃させたのも、自分で戦える力がないから……ってこと？」

「だと、思う……、――ッ！」

突如ルインは吐き気を催し。胃の辺りを押さえた。

「ちょっ!?　大丈夫、ルイン？」

「……気持ちが、悪い」

「ど、どうしたの？」

「変なんだ――気配が」

途中からずっと、感じていたこと。こめかみがキュッと縮む感覚。

まるで、脳をぐるぐるとかき回されているような――

「ちぐはぐ、なんだ」

「ちぐ、はぐ……？」

おそらく、直感が働いている。

「強くは、ない……そう、決して強くはないんだ。勝てるはずなんだよ……僕がこの〝何か〟とやり合えば、絶対に勝てる——なのに僕は〝ひどく恐ろしい〟と、そう感じている……ッ！」

あまりに、ちぐはぐ。解けない難題を突きつけられたかのようだ。けれど、

「このちぐはぐさの正体……これが、鍵な気がするんだ。その正体の謎を解くこと……この敵の性質を知ることこそが、勝機に繋がる気がしてならない……ッ！」

ユーグングが、自らを奮い立たせながら言った。

「つまり、告げてるんだな!?　おれたちをいつも救ってきた、おまえさんの勘がッ!?」

「ああ、間違いない……この感覚の正体を解き明かすことこそ、僕らが勝利するための〝解法〟……ッ！　ああ、確実に告げてる——僕の直感が！」

呼吸が荒くなり、速さを増す。

「僕に生きろと、そう告げている！」

〝敵の正体を知る〟

（これが生存のための、第一歩……）

人間？　亜人族？　最果ての刺客？　人面種？
はたまた、ミラが送り込んだ第二陣……？
どうにも、ピンとこない。
木製細工の凹凸がピタッとハマるようなあの感覚が、ない。
はぁっ——はぁっ……はぁっ——、……
汗ばむ身体。気温はさほど高くない。けれど皆、汗をかいていた。
「……足音？」
その時、ふと聴こえてきたのは足音。耳を澄ます。聴こえてくるのは、
「馬……？　馬の足音じゃないか、これ……？」
大抵の馬は、魔群帯を恐れる。踏み入っても精神的に耐えられないからだ。
なのに、魔軍帯に馬がいる。
（しかも、二頭……）
二頭の馬が、連なって走っている。
ぐるりと、ルインたちの周囲を遠巻きに駆け廻っている……。
「敵は最低でも、二人いる」
人数を把握。足音に、さらに聴力を集中させる。
意識は多少足音の感知に取られるが、周囲への警戒も怠らない。

「うっ」

再び、苦しくなってきた胸を掴むルイン。

「ルイン!?」

「……違う」

「違う？」

「この馬のところじゃない」

ちぐはぐさの持ち主。そいつは、

「別にいる」

しかし、馬の方も普通ではなく思える。速度も。地を踏みしめる力強さも。強靱さが尋常ではない。ただの馬ではなく、魔物の可能性は高い。

〝楽しんでるか？〟

（あの声は、もう聴こえない……幻聴、だったのか？　しかし……）

「――――ッ！」

その時、急速に圧が強くなった。

それは突然に、前触れなく出現した。ルインはすぐ動いた。手を差し出す。

「！　アレーヌ、光玉を！」

「え、ええ！」

ルインは奪い取るようにして光玉を手にし、

「正体を——答えを、確かめてやる！」

下手投げで思いっきり〝圧〟の方へと、光玉を放り投げる。

そして、鬱蒼と林立する木々の向こうに——


巨大な〝それ〟が、いた。


目を瞠るルイン。

「スラ、イム？」

巨大な魔物——スライム。

光が照らし出したのは、巨大スライムだった。

目視できたのは一瞬。スライムの姿は、すぐ見えなくなった。

なんと、いうか。あっという間に縮んだように見えた。

が、確かにこの目で見た。まるで、スライムの王がごとき威容。

あんな大きさのスライムは、生まれてから一度も見たことはない。

ルインの口から、自然と笑みがこぼれる。

「……ふ、ふふ、——そうかっ……そういう、ことか！」

目を輝かせ、同じく巨大スライムを目にしたユーグングが振り返る。

「ルイン！　あれが……あれがおまえの言う〝ちぐはぐさ〟の正体か!?」

「ああ、そうらしい！」

スライムは貧弱な魔物として認知されている。

通常、人間にとっては潰して遊んだりする程度の魔物。

面白半分に散々潰し殺されたせいか、最近はあまり見かけなくなったが……。

「弱いスライム族なのに、あれだけの圧を持っている……だから〝ちぐはぐ〟だったんだ。本来なら弱い魔物のはずなのに、突然変異か何かであなった……敵の正体は、人をおかしくさせたりする異質な力を持った突然変異のスライムだったのさ！　アレーヌ、もっと光玉を頼む！」

光玉であの辺りを一斉に照らし出す。

ルインは、スライムのいた一帯へ意識を集中させた。

かすかだが——気配が感知できる。的は、驚くほど小さい。遮蔽物も多い。

（が——）

「逃がすかよ……ッ」

自分なら、やれる。

仕留める——この一撃で。確実に。

（力を貸してくれ、サツキ……ッ）

膂力を総動員してサツキのカタナの柄を握り、振りかぶる。

全、神経を。

全、感覚を。

スライムの気配へ集め、照準を定める。

射線、確保。

――ミシッ――

腕がしなり、筋肉が、唸りを上げる。

と、

「ピッ、ギィィイイイィィィィイイイイイイイイイイイイイイイイイイイイイ――――ッ！」

異様に大きな鳴き声が、辺りに響き渡った。

「なんだ!?　うるっせぇええ!?」「なんなのよもう!?」「きゃっ!?」

耳を塞ぎ騒ぎ立てる三人の仲間の声すら、かき消されそうな音量。

まるで、鳴き声自体を何かで増幅させているかのように大きい。

「威嚇のつもりか……それとも、怯えているのか。いずれにせよ――」

投擲準備、完了。

「もう、遅い。おまえが僕たちにしたことを考えれば、もう、今さら後悔しても遅――」

――ゾクッ――

そこでルインは、気づく。

気配はそう――ほんの一瞬。けれどそれは、とても奇妙な感覚で。

感覚の急加速、とでも言おうか。

上手い表現が、思いつかない。何より、

「おま、え――」

投擲姿勢のままルインは、肩越しに背後を見た。

いつから？

まるで、気がつかなかった。

雑音壁の背後の隙間から、中を覗き込んでいる。

いつの間にか――伝承の〝それ〟が、そこに。

かの蠅王の——その、赤と黒の貌が——

（一体、いつから——）

「おまえ一体いつから、そこにいたぁぁああああああああああああああ————ッ!?」

覗きこむ赤と黒の者は、ルインの方を指差している。

そうだ。振り返る時——何か、聴いた気がする。

確か、そう——

〝【パラライズ】〟

とか。

————ピシッ、ビキッ————

身体が。

身体が、動かない。

◇【三森灯河】◇

まだ日が落ち切っていなかった頃。

残る勇の剣を探しに行く途中、二人の男を見つけた。

外見の特徴から一人はナンナトットと判断できる。

そしてもう一人は――二強の一人、サツキとわかった。

当然、真正面からやり合う気などなく。

不意打ちと搦め手を用い、俺は二人を絡め取った。

結果から言えば【バーサク】状態となったナンナトットをサツキが切り捨てる形となった。俺は次に【ポイズン】状態になっていたサツキに【バーサク】を追加。

視界から攻撃対象を失った【バーサク】状態の者は、音のする方へ向かう。

優先度としては、大きな音のする方が優先される。

ピギ丸の消音能力を用いつつ、投石などによって立てる音の位置を調整し、誘導を行った。

どこへ？

他の仲間たちのところへ。

最強の一角とされたサツキは、二つ名〝残刃〟の意味を知る機会すらなく俺の術中に落ちた。ただ、前評判通り桁外れに強いのはすぐにわかった。

正面からまともに戦えば、俺ではまず敵うまい。

シビトの取り巻きだった五竜士などより遥かに格上。

けれどそれは〝まともに戦えば〟の話。張った蜘蛛の巣に引っかかれば、それまで。

糸で絡め取ってさえしまえば、あとはもう毒を注入してやるだけ。

どれだけ強かろうと、関係ない。

サツキたちは、近くに潜んでいた俺の圧を甘く見た。

一緒にいたピギ丸の気配も感じ取ってか、余計に取るに足らぬ相手と見たのだろう。

誰も彼も、警戒するのはいつも格上の相手だけ。

自身に実力が迫る格下ならまだしも、歴然たる差のある格下を警戒する強者などいないに等しい。相手の力量を推し量る能力が高ければ高いほど――それが、仇となる。

指示通り後方からスレイがついてきているのを確認しつつ、俺はサツキを誘導していった。そして、他の勇の剣たちがいると思しき場所に辿り着いた。

プランとしてはこのままサツキを突撃させ、注意を逸らすつもりだった。

仲間が【バーサク】状態で襲ってくればまず動揺する――隙ができる。

闇に紛れつつ、豹変したサツキに戸惑う残りの連中を一気に片づける。

ピギ丸との合体技を用いた遠距離からの奇襲攻撃。

その手で決めるつもりだった。

だが当初のその目論見は一転し、水泡に帰すこととなる。

そこにいたヤツらは、防壁を建てていた。

ただ、その壁には何か不自然さがあった。木や石とは何か違う。

なんというか——まるで白い砂嵐の映像が、極薄のディスプレイに投影されているかのような。

おそらくは、魔導具の力によるものだろう。

ここにきて算段が狂った。

ピギ丸との合体技を用いた状態異常スキル。その発動条件の中には〝対象の視認〟が含まれている。含まれていないのは【スロウ】のみである。

視認は、対象のほぼ全身を視界で捉える必要がある。

防壁には隙間があり、中に人がいるのがわかった。

しかし、機会を見計らってみても〝全身〟を捉えることができない。

そこで湧いた疑問。

あいつらは、俺の状態異常スキルの発動条件を知っているのか？

いや——違う。

俺の存在やスキル特性を事前に知っていたなら、辻褄が合わない。

たとえばトアドは自分が何をされたかすぐにピンときたはず。

が、身体(からだ)が動かない理由に辿り着く様子はなかった。

ナンナトットやサツキにしても、事前に知っていればもっと警戒していたはずである。

つまり連中は、状態異常スキルの存在までは知らない。

となると――単に矢などの奇襲攻撃に備えて、防壁として使っているだけ。

そう考えてよさそうか。

であれば、まだこちら側に有利だ。手品の種までは、知られていない。

ここからクリアすべき課題を、俺は再設定した。

頭の中で再設定を行う間、サツキが防壁内の仲間の存在に気づいた。

サツキはすぐに防壁の方へ駆け出した。この距離だと、下手に動いたら防壁内の連中に俺の位置を知らせることになる。なのでもう、サツキのコントロールはできない。

だから、放っておいた。

やがて、防壁の方からぎゃあぎゃあ声が聞こえてきた。

この間に俺は、クリアすべき課題の整理に取り掛かる。

まず、ゴールはあの隙間のところまで接近すること。

この状況だといつもの〝射程圏内に収める〟が通用しない。

今回は射程距離でなく、視界の問題だ。

接近した上で隙間から中を覗き込めば、おそらく全員の〝全身〟を視界に収められる。
問題は――どうやってあそこまで近づくか。
喚き声の中に〝ルイン〟という単語がまじっていた。
つまりあの中には、もう一人の最強であるルイン・シールがいる。
サツキがあの状態で現れた以上、警戒は強めるだろう。
それでも、どうにか近づくための空隙を作り出さなくてはならない。
「…………」
俺は一度、後方へ下がった。そして、待機させておいたスレイに指示を出す。
「八本脚を使って、足音で馬が二頭いるように錯覚させてくれ」
セラスたちと別れた直後、すでにスレイは第三形態にしてあった。
スレイの首の後ろにある媒介水晶に魔素を注ぎ込むと、光を発する。
その光から位置を知られかねない。なので、あらかじめ変身させておいたのだ。
第三形態はサイズも大きくなる。
そういう事情もあって、スレイには距離を取ってついてこさせていた。
スレイは戦略の幅を広げてくれる。
ピギ丸とスレイ。
敵に空隙を生み出すという意味でも――こいつらの存在は、本当に大きい。

「敵からの距離は十分に保ってくれ。矢や術式による遠距離攻撃には、特に警戒しろ」

「ブルルッ」

「で、ピギ丸だが……」

「プニュ」

「スレイに乗せてもらってあっちの方まで行ったら、目いっぱい巨大化してくれ。一度巨大化したらすぐ元の大きさに戻っていい。目的は、おまえの存在感を相手に知らしめることだ」

背後を軽く一度振り返ってから、続ける。

「おまえたちが動き出して少し経ったら、俺が一度、あいつらに適当な言葉を選んで呼びかける。それで一瞬だけ、ヤツらの注意をこっちにひきつけられるはずだ」

移動するピギ丸とスレイから、連中の意識を一度こちらへ向けさせる。

注意を分散させるに越したことはない。人間の注意力は、有限なのだから。

注意力の分散――手品の手法と同じだ。

俺は、蝿王のマスクに装着されている拡声石を外した。

「で、巨大化で存在感を示した後は……」

ピギ丸に、拡声石を渡す。器用に突起を使い、ピギ丸がそれを抱え込む。

「思いっきり、鳴き声を発してくれ」

「ピユッ」

スレイの立てる足音。

突如として出現する巨大スライム。

そして響き渡る、耳をつんざく大音量の鳴き声。

この三つで連中の注意を逸らす。

その間に――俺があの防壁のところまで、一気に接近する。

「今回の作戦はおまえたちにも命を落とすリスクがある。怖いなら今からセラスたちのところへ戻ってもかまわない。安心しろ。責めはしねぇよ」

ピギ丸もスレイも、微動だにしない。

〝何を今さら〟

そんな風に言っているようにも、見える。

ありがたくて――思わず、フッと笑みがこぼれた。

「これが終わって……魔法の皮袋からよさそうなもんが出たら、俺の分もおまえらにやるよ」

「プユ♪」

「パキュ♪」

俺は拡声石をローブで覆い、魔素を込めた。

ローブで覆ったのは少しでも光量を抑えるための措置だ。この距離なら大丈夫だとは思うが、辺りは闇に等しい。位置を知らしめる光量は、小さいに越したことはない。

こういう時も、ローブは役立つ。

今、声を発すると下手に増幅されかねない。

俺は無言で一つ、頷いた。各々の仕草でピギ丸とスレイが応える。

俺は立ち上がり、蠅王のマスクを被った。

それが——作戦開始の合図となった。


「ピッ、ギィィイイイィィィィイイイイイイイイイイイイイイイイイイ——————ッ！」


作戦は、すべて予定通り進んでいた。

あとは——

「——【スロウ】」

駆け出しざま、スキル名を口にする。声は、ピギ丸の鳴き声がかき消してくれる。

この【スロウ】は、範囲内に入った俺以外の対象に〝遅性〟を付与する。

範囲内にいる相手からは、俺が超高速で動いているように見えるだろう。

が、実際は相手側のすべてが遅くなっているだけ。
遅性の世界ではすべてが遅く――鈍くなる。そう、反射神経すらも。
これは、基礎能力で劣る俺がルイン・シールへ〝近づく〟ための【スロウ】。
今こそ――この局面こそが、使いどころ。
急げ。
スレイもピギ丸も気配を隠さず音を発している以上、敵のターゲットとなる。
遠距離攻撃の手段があれば、敵はすぐに攻撃へ移るだろう。
だから急げ――しかし、慎重に。
ギリギリまで消せ。俺の気配を。
素早く土を踏みしめ、闇を駆ける。
作戦の途中で防壁内からそこいらに放り投げられた光を放つ玉。
あれも、おそらくは魔導具。
飛び出した俺の姿もその光に照らされて今は露わになっている。
が、連中の注意は今のところ完全にピギ丸の方に集中している。
――防壁が、迫る。
遅性の世界の、

射程、圏内。

大胆にかつ、慎重に。呼吸を止め、忍び寄る。

「――――――――」

目標距離、到達。

他の状態異常スキルを使うため、そこで、すぐさま【スロウ】を解除。

全身が視（み）える――四人、全員。

腕はすでに、前へと突き出されている。

その時、気づいた。

一人。

肩越しに振り向きたそいつの目が、俺を捉えた。

「――【麻痺性付与（パラライズ）】――」

が、

「おま、え――――」

もう、遅い。

「おまえ一体いつから、そこにいたぁぁああああああああああああああ――――ッ!?」

ここがおまえらの、終着点だ。

「てわけで……始めると、しようか」

ごぶぅ、と。ルイン・シールが、口から血を吐いた。

すでに麻痺状態にあるのに、あんな大声を出すから。

つーか……麻痺状態で、あんなに声が出せんのか。

確かに――こいつは、別格かもしれない。

しかし、感情に任せて叫んだのは悪手の極みと言える。

今ので、おそらくはこいつの身体の内部はかなりのダメージを負った。

「ずいぶん感情的だな、ルイン・シール」

黒髪の剣士。ニャキから聞いた特徴と、一致している。

俺は隙間に身体を捻じ込み、内部へ足を踏み入れた。

「へぇ、けっこう中は広いじゃねぇか」

「………ッ！」

麻痺状態の四人が、俺を見ている。

「とはいえここだと……狭いっちゃ、狭いか」

俺はルインの衣服をひっ摑み、外へ連れ出した。

続けて残りも連れ出す。当然、誰も抵抗などできない。

光る球体のおかげで、この辺りはどこか人工的な明るさに満ちている。

転がっている四人が見える位置で座り、あぐらをかく。

ルインを見ながら、俺は言った。

「おまえ、ほんとに強ぇんだな」

本物だ。サツキどころの騒ぎじゃない。

二強といっても、実際は両者に埋めがたい差があったのではないか？

そのくらい、ルイン・シールは強い。

注意を逸らされたあの大音量の鳴き声の中、真っ先に俺の接近を察知したのもこいつだった。人格はともかく、クソ女神の隠し玉と言われても頷ける。

「…………」

ここで潰せるならば、重畳。……しかし、人間でも経験値が入るなら相当な餌になっただろうに。そこは残念だ。

「テメェら〝勇の剣〟のことは知ってる。ヴィシス直属の隠密部隊らしいな？　全部、ニャキから聞いた」

「！」

ニャキの名が出て、四人の顔色が変わった。怒り——否、激しい憎悪が放出されている。

「ああ、それから」

俺は軽く流し、隙間から足だけ覗いているサツキの死体を眺めた。

「テメェらの仲間だがな……まず、トアドとバードウィッチャーは最初に殺した」

「――――ッ！」

いい反応だ。

「いや……正確には違う。バードウィッチャーはトアドに殺された。二人ともピーピー泣いてやがったよ。ルイン、だったか？　おまえのことも、涙ながらに語ってたぜ？」

「ぎ、ざ……まぁ！　許さ――ご、ぶっ!?」

ルインが双眸を憤激に染め、声を発した。しかしまたも内臓系がダメージを負ったらしく、吐血する。ルインは立ち上がりかけるが――膝が折れ、再び動きを止めた。

こいつは特に煽っておいて、こうやってダメージを与えておくのも悪くないかもしれない。

ちなみに、俺が手足なんかを動かしても意味がない。

麻痺状態の者が自発的に動いてくれないと、ダメージは入らない。

「それと、ナンナトットとかいうヤツはサツキが殺した」

「っ!?」

「おまえらに襲いかかるサツキを見ただろ？　ナンナトットも、あの状態にしてやった。

結局どうにもならないと判断したサツキは、ナンナトットを殺す選択をした。で、今度はサツキをあの状態にして……おまえらのところへ、送り込んだってわけさ」

「！！！」

声にならない怒りと呻き（うめ）が、聞こえてくるようだ。

「ただし、生き残ったヤツもいる」

言って俺は、

「【ポイズン（毒性付与）】」

四人に毒を付与した。設定を【非致死】にする。

まあ、ルインに自発的に動いてもらわずとも、弱らせるならこいつがある。

苦しみ始める四人。俺はしばらく、苦しむ四人を眺めていた。それから、言った。

「なあ、取り引きしねぇか？」

四人の注意が同時に俺へ向く。

「さっき、生き残ったヤツがいたって言っただろ？　カロとかいうヤツだ。そいつだけは、見逃してやった」

四人が問う視線を投げてくる。俺は、答えてやる。

「カロは、仲間を売った」

「！　う、嘘（うそ）だ——がふっ!?」

たまらず反論しかけたルインが、さらにダメージを負う。

「信じるかどうかはおまえら次第さ。さて……」

麻痺状態で魔素が練り込めるかは不明だが、詠唱呪文でも撃たれると厄介だ。

なので俺は、立ち上がって四人の装備を検めた。身体検査みたいなものだ。

詠唱呪文でも術式でも使用時は魔導具を通す。例外は異界の勇者の固有スキルのみ。

魔導具らしきものはすべて外し、その辺に放り捨てる。

そして俺は四人とも、頭部のみ麻痺を解除した。

「く、くそがぁぁああ……、――ッ!?　しゃ、喋れる!?」

定例と化した反応を示すユーグング。

他の三人も続く。皆、身体を動かそうとする。が、そっちは許可できない。

地面にへばりつくユーグングが、上目遣いに俺を睨めつけた。

「てめぇ……何モンだ？　蠅王の被り物なんざ、しやがって……」

シビトの死すら知らないくらいだ。やはり、蠅王ノ戦団の存在も知らないらしい。

どうでもいいが。

「さて」

四人を見下ろし、俺は言う。

「これからいくつか質問をする。そして、最も有益な回答を多く出したヤツを一人だけ助けてやる」

　四人に戦慄が走ったのがわかった。続き、四人は互いに視線を交わし合った。

「さぁて、カロの他に生き残る勇の剣は誰だろうな？」

「……なぜ、だ」

　ルインが怒りに震え、問う。

「なぜ、こんなことをする!?　ニャキか!?　ニャキが、何か吹き込んだのか!?」

「……さあな。それより質問だ。まず、一つ目の質問――」

　俺は、一つずつ質問を並べていった。

　しかし、最初は誰も答えなかった。ひたすら、俺に対する呪詛の言葉を撒き散らしていた。まあ、俺へ向けて吐かれる罵倒はどうでもいい。

　俺は罵倒されるに値する行為をしている。事実だ。俺の心は、動かない。が、

「ニャキめニャキめニャキめ！　ふざけやがって！　ただじゃ殺してやらねぇぞあのガキぃ！」

「当然よ！　ただじゃおかないわ、あの汚れた獣！」

「わたしたちに、あんなに世話になっておきながら……こんなの、ひどすぎる！」

　ニャキへの罵声だけは、どうにも気分が悪い。

　他の三人に対し、必死に呼びかけるルイン。

「みんな、必ずこの窮地を乗り越えるぞ！　今こそ、ニャキへのみんなの思いを固く一つにする時だ！」

ルインの虚しい訴えは、続く。

「僕らは誰一人、仲間を裏切らない！　僕らの結束を甘く見すぎだな、蠅の男！　ゆえに、おまえの目論見は最初から破綻し――ぐふっ!?」

ごちゃごちゃ喚くルインの横面に、蹴りを入れる。

「勝手に思いを一つにしてろ。それよりおまえ、まるで質問に答えてねぇぞ」

「……愚かな。おまえは僕らの絆の強さを知らない。誰も、答えるわけがない！」

「そうか。ただ、どうかな……時間が経てば経つほど苦しくなる。そこからが、本番かもな」

今、こいつらは【ポイズン】状態にある。時間が経過すればするほど、苦しみは増す。

俺はただ、待つだけでいい。

暇潰しに勇の剣の外した装備や荷物を漁っていると、

「ぐ、ぅ……お、い……おい！」

ユーグングが、罵倒とは違うニュアンスで話しかけてきた。

「何か？」

毒の効果が積み重なっていき、明らかに四人は弱り始めていた。

設定は〝非致死〟――つまり、死ぬこともできない。

死ねるとしたら魔群帯の魔物に食われるとか――誰かに、とどめをさしてもらうか。

弱ってくれれば力むのも困難になる。なので、無理に動いて入る【麻痺性付与（パラライズ）】の致死ダメージで自死を選ぶことすらできなくなる。まさに、生き地獄。

この点については、前もって四人に説明しておいた。

「さっきの話は、ほ、本当なのか？」

「質問に答えたら、一人だけ助けてやるって話のことか？」

「あ、ああ」

ユーグングの声には、ちょっと前まではなかった恐怖がまじっていた。

理解し出したのだろう。俺はこのまま、無慈悲に続けると。

「ちょ、ちょっとユーグング!?　まさか、あんた……こいつの言いなりになるつもりじゃないでしょうね!?」

「う――」

「う？」

「うるっせぇぇえええ！」

ユーグングが、激昂（げきこう）した。

「こ、このままじゃ死んじまうだろうが！　おれぁ、まだ死にたくねぇ！」

俺は荷物漁りをやめ、四人のところへ戻った。

「さっき言ったと思うが、同じ情報を持ってる場合は早い者勝ちだぞ」

ルインが歯嚙みし、射殺さんばかりに俺を睨む。

「誰が、その手に乗――」

「ヴィシスの目的は、最果ての国の亜人族や魔物を滅ぼすことよ！」

場が、凍りついた。

最初に情報を吐いたのは――アレーヌだった。

信じられないものを見る目で、ルインがアレーヌの方を向く。

「アレー、ヌ……？」

「し、知らない！　そんな目で見られてもわたし知らない！　だ、だって……死にたくないから！　やだ！　死ぬのはいや……絶対、いやなの！」

ユーグングが激怒した。

「ふざけっんなアレーヌ！　てめぇ、抜け駆けしやがったな!?」

「はぁっ!?　どの口で言ってるわけユーグング!?　最初に抜け駆けしようとしたのはあなたでしょ!?　あ、あなたのせい……わたしの気が変わったのは、あなたのせいだもん！」

「あぁ!?　なんでおれのせ――」

「あなたのせいぃいい！　知らない知らない！　聞こえない！　わたし、知らない！」

「も、もう一匹の神獣の居所だけど女神――女神よ！　女神が、所有してるから！」

　ユーグングとアレーヌが喚き合ってるところへ割り込んだのは、ミアナ。

「にゃ、ニャキは最悪死んでもいい枠で……そっちのもう一匹の方が、大事にされてる方みたい！」

「み、ミアナぁああ！　てめぇもあっさり裏切ってんじゃゃねぇかこの尻軽がぁあ！」

「うっさいわボケぇ！　そ、そもそも襲撃受けてる時からあんた何かと突っかかってきてうざかったのよ！　ていうか、昔っからブ男のくせに調子乗っちゃってて、内心ほんっとうざかったんだから！　はっ！　死ぬならあんたが真っ先に死ねばよかったのにね!?　ていうか、今からでも遅くないから死ね！　あー溜めこんでたのぶちまけられて……清々したっ！」

「ぐっ……てめぇこそ死ねや売女ぁあ！　お、おい蠅面のダンナ！　こいつらアホ女どもの知らねぇ、もっと耳寄りな情報が――」

「んなもんあるわけないでしょぉおお!?　何!?　生き残りたいからって必死!?　超絶かっこ悪！」

「第六騎兵隊だ！」

場が、静まり返った。

「僕たち勇の剣が最果ての国を見つけた場合、次に送り込まれるのはアライオン十三騎兵隊において絶対的な強さを誇る第六騎兵隊となっている！　確かな情報だ！　この情報は、僕しか知らない！」

ユーグング、アレーヌ、ミアナ——全員が言葉を失い、一人の男に視線を留める。

「ルイ、ン……？」

「みんな、ここは合理的に考えよう」

「は？」

「今後を考えれば……生き残るべきは、最も戦力として優秀な僕しかいない。残念だが、選択肢はこれしかないだろう」

「は——はぁぁあああっ!?」

ミアナが青筋を立てて、がなり立てる。

「あ、あんたルインいきなり何わけわかんないこと言ってるわけぇ!?　何、勝手に決めてんの!?　はぁ!?　何それ!?　絆はどうしたのよ!?　ねぇ!?　ねぇ!?」

ルインは、ぐっ、と悔しげに唇を噛んだ。

「不本意ではあるが……この中で生き残るなら、僕をおいて他にない。それに、この男の知りたい情報を最も持っているのはヴィシス様の指示を直接受けた僕だ。当然さっきのみたいに、君たちの知らない情報も持っている……遺憾だが、こうなったら素直に受け入れてほしい。これが、僕たちの絆だ」

「なぁ——なぁによそれぇええ!?　この期に及んで絆ぁ!?　け、結局自分が助かりたいだけじゃない！　最っ低ぇ！　あんたも死ね、ルイン！」

半狂乱でアレーヌが喚く。

「あぁぁあああ嘘です！　はいぜんぶ嘘！　ぜんぶ、嘘ですので！　ルインの言ってることは、ぜぇんぶ作り話！　わたしの言ってることだけが、本当！　他の人の話はぜぇんぶ、助かりたくてでっち上げた作りばなっ——」

「今回の任務では、最果ての国に住む禁字族を特に念入りに殺せと命じられている！　ヴィシス様にとって禁字族はどうやら、とても不都合な存在らしい！」

「ルインうるさぁぁい！　話してるの今わたし！　わたしなのぉぉおおお！」

喚き散らすアレーヌを完全にスルーし、ルインは続ける。

「ヴィシス様には、すでに最果ての国へ入るための扉の位置を軍魔鳩で伝えた！　半日ほど前の話だ！」

アレーヌの言葉をそれ以上の声量で上書きし、ルインが情報を明かした。

「…………」

内心、俺は舌打ちした。

こいつらはすでに最果ての国の位置を摑(つか)んでいた……しかも、クソ女神に報告済みか。

発見前に潰しておければ最高だったんだが。

そこから、四人は競い合うように持っている情報を吐露していった。

時に罵り合い、時に横合いから口を挟んで妨害を試みる。

見ていてそんなに楽しいものでもないが、おかげで聞きたかった情報は粗方得られた。

クソ女神への忠誠心が厚い風にも見えたが、気のせいだったらしい。

「よっぽど助かりたいみたいだな、おまえら」

四人とも、少し息が上がっている。

「ただ、おかげで得たい情報は得られた。だから【ポイズン(毒性付与)】は、解除してやる」

俺は四人の【ポイズン】を解除した。四人から、苦しげな感じが消える。

「さて、誰が生き残るかだが――なぜ選ばれなかった三人は死ぬのに、俺は、わざわざおまえらを苦しめてた【ポイズン】を全員分解除したかわかるか？」

四人はまだ、言葉の意図を汲(く)めていない顔をしている。

「チャンスをやる。これから俺が聞く内容に対して、可能な限り知る情報を出せ。その情報の内容次第で――四人全員、生かしてやる」

「！」

全員が顔色を変えた。四人は俺が何を聞こうとしているのか、黙って待った。

「スピード族の話だ」

一瞬、四人は不可解を表情に出した。

今までの質問と比べると、出てきた内容が異質に思えたのだろう。が、

「俺はあまり気の長い方じゃない。気が変わらないうちに、さっさと話した方がいいぞ」

そこからは、早かった。

四人は、スピード族を壊滅させた時の思い出を口々に語った。

さっきとは違い、絶妙に連係が取れている。

誰かの言葉を上書きするみたいにして、自分の言葉を重ねない。

むしろ、一人一人が語る機会を自然と設けている。

どころか――仲直りまで、し始める始末。

「さ、さっきは悪かったわ。あたしも、混乱しちゃってて」

「お、おれも言い過ぎたぜ。反省してる。本心じゃねぇんだ、全部……いきなりここで死ぬなんて考えたら、動転しちまって」

「わたしも……ごめんなさい。反省してます」

「――いや、謝るのは僕だ。ルイン・シールとして、あるまじき愚行だった。まずは僕に

謝らせてくれ……本当に、すまなかった。ただ、ヴィシス様から与えられた任務をどんな手を使ってでも遂行しなければと……それだけが意識を、占拠していて」

「ふふ、わかってる……ルイン。みんな、わかってるんだから」

「ミアナ……ありがとう」

「わたしたち……やり直せる、わよね？」

「当然だぜ！　こうなっちまったのも、元を辿ればニャキが原因なんだ。おれたちには、何も非はねぇ！」

「そう、よね。うん、そうだった……あたし、そんな大事なことを忘れてたのね」

「わたしたち、これでまた元通りね？」

「ああ——僕らでやり直そう、ここから。死んだ、みんなの分まで」

「………………」

薄っぺらだ、こいつら。

物事が上手く進んでる時は、気分よく自分たちに酔い続けている。が、追いつめられると途端に本性を現す。驚くのは、その切り替えの早さである。

そんなあっさり流せるもんなのか——さっきの、あの罵り合いを。

薄っぺらだ、こいつらは。

「さあ、みんな！　こうなったら、とことんあの蝿面の男に聞かせてやろうじゃないか！

僕たちの、輝かしい昔話を！」

四人は、語った。

語られた中身はいちいち思い返したくもない。

反吐が出る。反吐しか、出ない。

が、聞くべきだと思った。

スピード族たちが――イヴの両親たちが、どんな目に遭ったのかを。

そうして、

「もう、いい」

これ以上は、もういい。……口を閉じさせるために、今すぐ殺しちまいそうだ。

が、目を輝かせた四人は語りをやめない。完全に陶酔した様子で、語り続ける。

「さっきも言ったが、憎しみだけじゃ何も生まれない！　虚しいだけだ！　だから、どうやれば楽しんで殺せるかが当時の僕らには課題だった！　そう、あれから僕らは見事、殺しすら楽しめるようになって――」

「五月蠅ぇ」

「…………」

「そろそろ、黙れ」

俺の声の調子が明らかに豹変したのがわかってか、四人は口をつぐんだ。

俺は、マスクを取った。

「やはり中身は、同類——人間だったか」

一抹の不安が払しょくされたみたいに、ルインが目に光を灯した。

「あの〝始まりの日〟のことなら、もっと語れるが……もういいのか？」

「ああ。十分だ」

「そうか……わかってもらえたみたいで嬉しいよ。君は、僕らを試したんだよな？」

「…………」

「根絶やしにすべき亜人族に対して、どこまで冷徹になれる者なのかを」

「…………」

「安心してくれ。僕らの憎悪は——本物だ。けれど、膨れ上がった憎悪に飲み込まれたりはしない。ちゃんと、楽しむ心も獲得している」

「よくわかった。おまえらはもう、用済みだ」

「それじゃあ、この奇怪な束縛の術式を解いてくれ」

「なぜ？」

「え？」

「解く必要があるのか？　全員ここで——俺に、殺されるのに」

「は？　はぁぁあああ——————ッ!?」

生還を確信していた四人の表情が、驚愕に染まる。

「俺がマスクを外して素顔を晒した時点で、気づかなかったか？」

マスクは本来、素顔を隠すためのもの。それを、外したということは――

「これから死にゆく連中に顔を知られたところで、問題はねぇからな」

「ば、馬鹿な!?　約束したはずだ！　スピード族について話したら全員助けると！　お、おまえっ……嘘をついたのか！」

「俺は〝内容次第〟で生かしてやる、と言っただけだが？」

「なっ……」

今の内容を聞いて、見逃せるわけがない。スピード族の件について聞いたのは、どの程度のクズどもなのか、改めて判断する意図もあった。

「う――裏切り者！　人の心はないのか、この外道！」

さっきまで散々仲間を裏切ろうとしてたヤツが、よく言う。

「これは、気に入らないヤツらを根絶やしにするってだけの話だ。おまえらだって、根絶やしにするんだろ？」

これから向かう最果ての国で。

亜人族だから、魔物だから……それだけの理由で、なんの慈悲もなく殺すんだろ？

「どれだけ従順でも、おまえたちはニャキを救わなかった。人間じゃないという理由だけで。ニャキの誠実さに、応えなかった。だから俺も——おまえたちを、救わない」

「ふざっけるな！　この人でなし！　死ね！　約束は守れ！」

「やっぱりこいつニャキに洗脳されてやがったかぁ！　ちくしょうがぁ！」

「嘘つき嘘つき嘘つき嘘つき嘘つき嘘つき嘘つき嘘つき嘘つき嘘つき嘘つき嘘つき！」

「【暴性付与（バーサク）】」

ブシュウ！

最初に餌食になったのはミアナ。

ユーグングとアレーヌが、言葉を失った。

血鮮花（けっせんか）と化したミアナが、息絶える。

「ちょっ、待っ……ひっ——ぐぁあ!?」

続けて、ユーグング。

「そうだ！　ねぇ、わたしを好きにしていいから——ぐげぇっ!?」

アレーヌ。

爆（は）ぜた血を頬に浴びながら、血の気の失（う）せたルインの前に立つ。

「みん、な……みんなぁぁあああ——ッ！」

がくっ、とルインが項垂（うなだ）れた。

「つまり……僕、ということか……」

「？」

「生き残る権利を与えられたのは……そうか、僕か」

こいつ。これには俺もさすがに、少し意表を突かれた。

こいつ――まだ自分が、助かると思ってやがる。

「……聞かせろ、蠅面の男」

「何をだ」

「君は……何者だ？　何が目的で、こんなことをする？」

「理由の一つを端的に言えば――スピード族の生き残りが、俺の仲間にいる」

「！」

「俺の大事な仲間の両親や同胞を好き勝手殺しておいて……どうして助かると思った？

あんな嬉々として、その時のことを語って……まさか助かるつもりか？　それと――」

俺は、

「俺は復讐者だ」

「復讐者？」

「クソ女神……アライオンの女神に復讐するために、旅をしてる」

「なっ!?　ヴィシス様に、ふ、復讐だと!?　あの方はずっとこの世界を根源なる邪悪から
お守りしているんだぞ!?」

「知るか」

そのための犠牲になった側には——どんな大義名分も、響かない。

「テメェらがクソ女神お抱えの隠密部隊と知れた時点で、どのみち無事に済む道はほぼ閉ざされてたんだよ」

実際、毒状態にありながらあれだけぎゃあぎゃあ喚ける連中だ。

今後、あれこれ敵側で動き回られるとどこで障害となるかわからない。

「何よりここで見逃せば、おまえらもきっと復讐者になる……復讐者の執念ってのは、本当に恐ろしいもんだからな」

この身をもって、思い知っているから。だからここで、終わらせる。

放置で魔物任せにはせず、ここで直接俺が手を下す。確実に、死を見届けるために。

「復讐……復讐は、何も生まない！　考え直せ！」

ルインはどうやら、説得の方向に切り替えたらしい。

おそらく本気で説得が通じると思っている——同じ、人間相手だから。

「復讐など、虚しいだけだ！　復讐からは、何も生まれない！」

「フン、何言ってやがる」

「？」

「俺が生まれたのは、ただろうが」

「な、に……？」

「それとな。おまえの今の台詞、復讐を果たしたヤツが言わねぇと説得力ないぞ」

「ぐ、ぅうう……っ！　どうあっても僕を助けないつもりか、おまえぇぇ……ッ」

「助ける価値が、どこにある？」

俺は、こと切れている三人の死体を肩越しに見やった。

「一人しか助からないと知った時、おまえらは我先にと自分だけ助かろうとしたよな」

けど、ニャキは──

「ニャキは、自分が死ぬとわかってる状況で……俺たちを助けるために、自分を犠牲にしようとした」

「…………ッ！」

「どちらに肩入れするかは、火を見るより明らかだろ」

「た──助けろ！　僕はまだ死にたくない！　何をすればいい!?」

「何をすればいいも何も、スピード族を殺した時点でおまえらは詰んでんだよ」

「お、おまえのスピード族の仲間は卑怯だ！」

「ん？」

「復讐がしたいなら、自らすればいいだろう！　なのにおまえの手を汚させている！　自分でやらず仲間にさせている！　卑怯だと思わないか!?　自らは、手を汚さずに──」

「違ぇよ」

「何がだ!?」

「あいつは……」

イヴは――

「両親や仲間たちのことを、自分の中で消化してる。要するに……立派なんだ、あいつは」

あいつはスピード族の件について、自分なりに決着をつけているみたいに見える。

いつまでも復讐心に囚われ続けてちゃいけない。

あいつは、前を向こうとしているのだ。

俺とは違う。イヴは、大人だ。

「けど俺は、ガキだから……おまえらみたいなのを、放っておけない」

のうのうと生きているのだと思うと――どうにも、納得がいかない。

「それに、イヴをこの件に巻き込むつもりはない」

今のあいつにとって大事なのは、幸せになること。

今さらこんなヤツらと関わってもいいことなんて何もない。

リズと平和に暮らす。イヴは、それでいいんだ。

だから――結果として手を汚すのは、俺でいい。

見ると、ルインは頭をフル回転させているようだった。

いかにしてここを切り抜けるか。それを、必死に編み出そうとしている。

「つ……罪は償える！　僕も、おまえも！　人間、皆すべてだ！　望むなら、僕は今までの生き方を悔い改める！　誰もが、その機会を与えられて然（しか）るべきだ！」

「だが――俺はその機会を、与えない」

「なんで!?」

「おまえの言う、外道だからだ」

腕を、ルインへ向ける。

「【バーサク】（じゃあな）」

俺はしばらく四つの死体を眺めた後、背を向けた。

ピィ、と指笛を鳴らす。これは、エリカの家にいた頃にイヴに教えてもらった。

指笛が鳴るとピギ丸とスレイが姿を現し、こっちへ近づいてくる。

俺は、連中の装備や荷物の一部を放り込んだ麻袋を担いで歩き出す。

死体は【フリーズ】（凍結性付与）で処理しなくても――放っておいていいか。

ここは魔群帯だ。自然と、魔物やら獣が食い荒らすだろう。

ひとまず今は、セラスたちのもとへ戻るのを優先する。

「…………」

一度足を止め、振り返る。

「おまえらは……何度も、俺の正気を疑うようなことを言ってたな」

再び前を向き、歩き出す。

やれやれ。

復讐に走るようなヤツが、

「正気なわけ、ねぇだろうが」

◇【セラス・アシュレイン】◇

その男は、一人だった。

手に曲刀を持っている。

気配が近づきつつあるのは、感じていた。

ニャキはすでに、後方の茂みに隠れさせてある。

蠅の騎士装にて、セラス・アシュレインはその男と対峙していた。

辺りは闇に覆われている。

が、闇に慣れた目と淡い月明かりが、最低限の視界を確保してくれている。

そして——ニャキから聞いていた特徴で察しはついた。

おそらく、カロという男。

「女かい」

「あらかじめ断っておきます。ニャキ殿を渡すつもりは、ありません」

「綺麗な声だなぁ。こんなにも耳に馴染む美声なんて、オイラ生まれて初めてだ——で、ニャキを渡すつもりはないわけかい？」

「——あなたの声からは、ニャキ殿への思いやりがまるで感じられません」

「わかってるのかい？　人モドキだぜ、あいつ」

「私には――あなたたちの方が、人とは思えません」

「言うねぇ。けどあんたも人間だろ？　しかも――かなりの手練れだ」

「力量を測る実力はあるようですね。ええ、私にもわかります。あなたも、相当な実力を持った方だと」

剣を手にしたまま、カロは肩を竦めた。

「人間同士で戦うなんて馬鹿らしいや。どうだい？　オイラの予想だと……あんた、相当な美人だ。その声も、楽器みてーだし……ぞくぞくする」

「何が」

「ん？」

「人と、それ以外の種族を……一体、何がそんなにも隔てるのですか？」

「おまえ……まさか、人間じゃねーのか？」

軽薄な笑みが影を潜め、カロが構えを鋭くする。

「だったら、どうだと？」

カロの目から、完全に人間味が消え失せる。

「そこそこ見映えがよければ、お情けでオイラが使ってやるよ」

「……………………」

すぅ、と。

セラスは呼吸を、整えた。

剣を、構える。

精式霊装(せいしきれいそう)――展開。

装具が現れ、刃に氷の脈が這(は)う。

カロの目が据わった。片手を口にやり、何か思考している。

ハッ、とカロが何かに思い至った。

「――エルフか？」

正体を看破したと同時、カロが動いた。そして剣を闇に躍らせ、言った。

「よかったよ。エルフなら、心置きなくなんでもできる！」

セラスも、動いた。

互いの刃が硬音を響かせ合う。相手の刃をそのまま受け流そうとするセラス。

片やカロは予備動作を最小限に抑え、二撃目を放った。

「しっかしさぁ、長生きだけが自慢のエルフ風情が、さっきはよくもいっぱしの口を――、

――ちょっ、速――」

スパッ！

互いの放った二撃目が、完全に明暗を分けた。

セラスの一撃目はあえて速度を抑えての斬撃。

が、二撃目は全力を乗せた速度で放った。

カロは、一撃目がセラスの実力と思ったのだろう。しかし、

「遅い」

斬り裂かれた喉を両手で押さえるカロが、けつまずく。

カロは膝を突き、ヒューヒューと声にならぬ呼吸をしている。

「斬撃のキレも——イヴ・スピードには、遠く及びません」

「！」

「……心当たりのある名ですか」

血走らせた目を見開き、セラスの方を振り返るカロ。

「ニャキ殿にあなたたちがしたこと、スピード族にあなたたちがしたこと……到底、許せる行為ではありません」

カロが取り落とした剣を探す。が、再び剣を握ることは叶わず——

ドサッ
カロは、息絶えた。

精式霊装——解除。

蝿騎士のマスクを、脱ぐ。

「私が相手で、幸運だったかもしれませんね」

夜空に浮かぶ冴え冴えとした冷たい月のような顔で、セラスはカロを見下ろした。

「あの方が相手だったら——おそらく、こんなものでは済みませんよ」

◇【三森灯河】◇

セラスたちを待機させていた場所へ戻ってみると——血のにおいがした。

「トーカ殿」

俺の姿を認めたセラスが、胸を撫(な)で下ろす。

「ピギ丸殿も、スレイ殿もご無事で」

地面の雑草に付着した血を確認し、尋ねる。

「誰か来たのか？」

「はい。勇(ゆう)の剣(けん)の者が、一人」

「その様子だと、倒したか。怪我(けが)は？」

「大丈夫です。かすり傷一つ、負っていません」

「サツキとルイン以外のヤツは、どんぐりの背比べな感じだったからな。……強いには強いが、俺が確実に相手をすべきはサツキとルインの二人に絞ろうと考えてた」

一人足りないのは、ルインたちに【パライズ(麻痺性付与)】をかけた時に把握していた。

サツキとナンナトットの二人から分かれて誰か別行動をしている、と。

「カロだな？」

「はい。ですが、斬り捨てました。ニャキ殿の目にずっと入っているのもよろしくないので、死体はあちらに」

ややや鋭さを帯びた声。カロはセラスを怒らせたのだろう。大方、ニャキのことで。

「わかった。なんつーか……悪かったな、任せちまって」

「いいえ。信頼していただけて、私は嬉しいくらいですよ？」

「サツキとルイン以外のヤツなら、セラスは勝てると踏んだんだ。だから、任せた」

ややや茶目っ気まじりに、小さくガッツポーズするセラス。

「これでも、蝿王ノ戦団の副長ですから」

「ああ、今後も頼りにさせてもらう」

「はい、頼りにされたく思います」

花のように微笑んでから、セラスはシリアスな表情を取り戻す。

「そちらの首尾は、いかがでしたか？」

「全員、潰してきた」

ピンッ、とニャキが耳を立てた。

「ゆ、勇の剣さんたちを……トーカさんは、倒してしまったのですかニャ!?」

「ああ」

「ふニャぁあ……」

ニャキは、腰を抜かしそうになっていた。

「粗方、必要な情報も得てきた。こいつは戦利品だ」

魔導具っぽいのやら、不足がちな旅の道具やら。

「大荷物にならない程度に持ってきた」

「勇の剣を排除できたということは、しばらくは安心して休めるでしょうか？」

「いや……最果ての国へは、早めに向かった方がいいかもしれない。せめて、もう少し近づいておきたい」

クソ女神が、動くかもしれない。

「ニャキは……動けるか？」

今のニャキはいくつかの部位に包帯を巻いていた。セラスが処置を施したのだろう。

「打撲痕に効く塗り薬なども使いましたが、その……それ以上に、ニャキ殿には少し休息が必要かもしれません」

そうか。ニャキは、睡眠も不足してる。

「だ、だいじょぶですニャっ！　ニャキは、まだまだがんばれるのですニャ！」

「スレイ、頼めるか」

「ブルルルッ♪」

「はニャ〜……」

ニャキには、スレイに乗ってもらった。

「そのまま寝てもいいぞ。スレイなら、転がり落ちないように上手(うま)く支えてくれる」

「そ、そんニャ！　皆さんが起きて歩いているのに、ニャキだけ寝るなんてとんでもございませんニャ！」

「わかった」

俺は、腕を上げた。

「【スリープ(眠性付与)】」

「ふニャぁ？」

ニャキのまぶたが閉じていき、次いで身体(からだ)が脱力した。

「ふ、ニャぁぁあ〜……」

前のめりに倒れるニャキ。スレイが巧みに衝撃を吸収し、背で受け止める。

ニャキは、そのままスレイの上で眠りについた。

「ピギ丸、おまえもニャキが落ちないように一応手伝ってやってくれるか？」

「ポヨーン！」

ローブから飛び出し、ピギ丸もスレイの上に飛び乗った。

……なるほど。クッションというか、枕みたいな感じにもなれるわけだ。

「ふふ。相変わらずお器用ですね、ピギ丸殿は」

「ピユ♪」

「ところで、おまえたちはどうだ？　少し休むか？」

「最果ての国の位置を考えると、近づけば近づくほど魔群帯の深部から遠ざかります。休むのなら、進めるところまで進む方がよいかと」

「ピッ」

「ブルルッ」

ピギ丸とスレイも、同意を示した。

「わかった。ならしばらく、このまま進もう」

「トーカ殿は、大丈夫なのですか？」

「問題ない。あの廃棄遺跡に比べれば、ここは天国みたいなもんだからな」

ルインたちの死体がある場所の近くまで来たので、そこを避けて先へ進む。

光玉のせいか。あるいは、死体の血のにおいのせいか。

魔物の気配は、勇の剣の死体がある場所に集まっている。

今のうちに通り抜けてしまおう。

そうして歩き続け——空が微(かす)かに白んできたところで、ようやく休憩となった。

「……ふニャ?……、——はニャぁ!?　る、ルインさん、勇の剣の皆さん、申し訳ないですニャ！　にゃ、ニャキはつい、ウトウトとしてしまって…………ふニャ？」

掛け布を跳ね除けて飛び起きたニャキが、固まった。

その視線の先には、座っている俺とセラス。

「飯だぞ、ニャキ」

「ふニャぁ……」

水と干し肉、そして栄養補助食品を渡す。例の皮袋はエリカの家で何度か使って、長期保存のききそうなものだけ持ってきてある。栄養補助食品、ニャキがびっくりするかもしれないのであらかじめ包装を解いて中身だけ出してある。

「あの、これはまさか……ニャキ一人の分、なのですかニャ？」

「ん？　そうだが？」

「こ、こんなにいいのですかニャ!?」

「……ああ、全部おまえのだ」

ニャキが口に干し肉を運びかけて、俺の顔を一度窺った。

「いいから、食えよ」

ニャキが、干し肉にかぶりつく。目を輝かせていた。

……内心、舌打ちする。

勇の剣のヤツら、どんだけ少ない量の飯を与えてやがったんだ。その上いやがらせとしか思えない睡眠妨害をして荷物持ちまでさせてたとか、本気でイカれてやがる。

「ふぐニャ!?」

急いで食べていたせいか、ニャキが喉に肉を詰まらせたようだ。

俺は腰を上げかけるが——俺より近くにいたセラスが、先に駆け寄った。

水を与えて背をさすってやった後、セラスは苦笑した。

「慌てて食べなくても、お肉は逃げませんよ?」

「も、申し訳っ……ないの、ですニャっ……ニャはは……」

「……急いで食べる必要もないぞ」

そうか。

急いで食べてたのは——時間をかけて食べることを、許されていなかったから。

俺は、干し肉を噛み千切る。そして、口内で咀嚼しながら思う。

本当にあのタイミングで、ニャキと出会えてよかった。

出会っていなければ、こうしてまともな寝食すら得られぬまま死んでいたかもしれない。

と、その時——

「ふ、ぐ……ふニャぁぁ〜……」

「ど、どうしたのですかニャキ殿……っ!?」

セラスがおろおろし始める。ニャキは食べかけの干し肉を片手に——泣いていた。

「す、すみませんニャぁ……ニャキは久しぶりに、気持ちがぽかぽかとしたのですニャ……こんな風に胸いっぱいの嬉しさが溢れて、あったかい気持ちにニャれたのは……ねぇニャや、まいニャたちと一緒に暮らしていた頃以来なのですニャぁ……ふニャぁ～……」

泣きながら、ニャキは笑顔を浮かべていた。口の端に肉のカスをつけながら。

それからニャキは、何度も何度も礼を口にした。が、

「礼はいいから食え。ただ、今度は詰まらすなよ？」

冗談っぽく言ってやるとニャキは、

「は、はいですニャっ」

まだ涙を滲ませたまま、可愛らしく笑った。

干し肉を食べ終えたニャキは、次に、栄養補助食品に手をつけた。

「にゃ、ニャんですかこれは？　こんニャほっぺさんが喜ぶもの、ニャキは生まれて初めて食べましたニャっ」

喜んでくれてるみたいで、よかった。

それから俺は、バー状のそれをポリポリ齧っているニャキに切り出す。

「実は、俺たちの目的地も最果ての国なんだ。ちょっとした縁で入国に必要な〝鍵〟を譲り受けたから、入国にニャキが必要ってわけじゃない。ただ、俺はニャキを連れて行きたいと思ってる。ニャキは、とりあえず俺たちと最果ての国に行くって感じでいいか？」

「は、はいですニャ。ご迷惑でなければ、ニャキはどこまでもお供いたしますニャ」

「わかった。何かあったら全力で守ってやるから、そこはひとまず安心していい」

三分の一ほどに減った栄養補助食品を手に、またニャキは姿勢を低くして頭を下げた。

「トーカさん――ありがとうございますニャっ！　このご恩は、いつか必ずお返しいたしますニャ！」

俺は苦笑する。

「おおげさだな、ニャキは」

こういうとこは、直していった方がよさそうだな。……そういえば、

「ところで、ニャキ」

「ふニャ？」

「その〝ママさん〟と〝ねぇニャ〟と〝まいニャ〟について、少し教えてくれないか？」

女神の隠密部隊である勇の剣。神獣のニャキはそこに随伴していた。

となると、ニャキの身内――〝ママさん〟と〝ねぇニャ〟と〝まいニャ〟（おそらく母、姉、妹だろう）とやらは、アライオンの住人である可能性が高い。

何かの間違いで戦場なんかで遭遇して殺してしまうのは、避けたい。

確率はゼロではないからだ。なので、特徴や名前を把握しておこうと思った。

「ママさんは……一人ぼっちだったニャキを拾って育ててくれた人なのですニャ。でも、

ママさんは寿命で死んでしまったのですニャ……」

悲しげな顔をするニャキに、慰めるように微笑みかけるセラス。

「ママさんは、とてもお優しい方だったのですね」

「はいニャ……ママさんが、ニャキは大好きでしたニャ」

そのママさんとずっと一緒に暮らしていられれば、よかったんだがな。

「ねぇニャとまいニャは、生きてるんだよな？」

「はいですニャ！」

パッと表情を輝かせるニャキ。

「ねぇニャやまいニャたちと、ニャキは血の繋がりはありませんニャ」

てことは、神獣はニャキだけなのか。

「でもでも、ねぇニャもまいニャも、ニャキを本当の家族のように扱ってくれるのですニャ♪　みんな、とっても優しい人たちなのですニャ♪　ニャキはそんな家族が、大好きなのですニャ♪」

本当に、嬉しそうに話す。

「そうか……いい人たちが家族で、よかったな」

「はいニャっ！」

「名前は、なんて言うんだ？」

「はいですニャ。ねぇニャの、お名前は——」

憧れすら灯した顔で、ニャキは言った。

「ニャンタン・キキーパットと、言いますニャっ」

エピローグ

「──待ちかねましたよ、勇の剣」

アライオンの女神のもとへ、軍魔鳩により待望の報せがもたらされた。

ヴィシスは、目をつけた地域を長らく勇の剣に捜索させていた。

ハズレが続いたが、ようやく当たりを引き当てたらしい。

「最果ての国……ふふ、これで最後の禁字族もおしまいですね。今日は、よき日です」

ヴィシスは、配下に指示を出して人を呼ばせた。

ほどなくして、その人物はヴィシスの部屋を訪れた。

「この僕に、西へ赴けだと？」

トモヒロ・ヤス。

先の戦いで切断された指は【女神の息吹】で治してある。

眠りにつかなかったのは幸運と言えよう。

「はい、実はとても大事な任務がございまして」

「大事な任務だと？　大魔帝の軍勢はまだ滅していないであろう。僕は大魔帝に復讐を果たさねばならん……ッ！　なのに、西へ行けだと!?　そんな任務は、綾香やその取り巻きにでも任せておけばいい！　この僕には不釣り合いな任務だ！」

「んー、そうでしょうか？」

ヤスのこめかみが、ピクッと反応した。その顔は怒りに満ちている。

「なんだと？」

「実を言いますと……あの、ここだけのお話ですよ？」

「む？」

ヴィシスが神妙な顔で前屈みになると、ヤスは興味を持ったようだった。

「この任務は、実は大魔帝の討伐より重要なものなのです」

「……なんだと？」

小声になって、ヤスが表情を変えた。

「他の勇者さんたちに頼むのも考えたのですが……いかんせん、どこまで信用してよいのかわからなくて……」

ため息をついてから、ヴィシスは、ヤスの手の上に自分の手を添えた。

「ですがヤスさんでしたら、信用できると思うのです」

「……そういう、ことか」

ヤスは真剣みのある表情を作っているが、頬の緩みを完全に隠せていない。

「よかろう。桐原や聖では、無理な任務なのだな？」

「ヤスさんもご存じの通り、S級はその……頭で戦えない方ばかりでしょう？」

「確かに」

「その点、ヤスさんは一つ下のA級ですが頭の切れる方です。そういう方でなければ、この任務は決して務まりません。あなたしか――いないのです」

「――――」

ヤスが、感銘を受けているのがわかった。

しかし、ヴィシスはそれに気づいていることをおくびにも出さず言う。

「このたびの極秘任務は、この国……いえ、ひいてはこの世界すべての今後を左右するとても大事なものです。お願い、できますか？」

ふん、と鼻を鳴らすヤス。

「そういう話であれば、仕方あるまい。我にしかできぬのであれば、我がやるしかあるまいな」

にこっ、とヴィシスは微笑む。

「私の見込んだ通りですね。ヤスさん、さすがです」

ヤスが去った後、ヴィシスは第六騎兵隊の隊長を呼ぶよう配下に伝えた。

「単細胞とは――時に哀れですが、まあとても扱いやすいこと」

ヴィシスは書類の束に視線を這わせた。

処理すべきことは山積みである。

大魔帝降臨以降、女神のやるべき雑務は格段に増えた。

究極、ヴィシスは他者を信用しない。

短命の人間など、特に信用を置くべき生物ではない。

短命とは、愚かしさの証明である。

深い知見や悟りを得る前に、頭の中が弱って死ぬ。

賢くなるには――あまりに、短すぎる生涯。

「愚かな人間ども」

あらいけない、とヴィシスは口に手をやる。

そしてにこにこ笑い、再びペンを手に取った。


数日前、トモヒロ・ヤスと第六騎兵隊がアライオンを発った。

その日、ヴィシスはいつも通り自室で執務をこなしていた。すると、

「ヴィシス様、失礼いたします！」

男が血相を変え、部屋に転がり込んできた。

書類に落としていた視線を上げる。配下の一人であった。

「あらあら、おうかがいも立てず入室とは一体何事でしょう？　ええっと、おそらく大魔

帝軍に動きが出たのですね？　ふむ、もう立て直しましたか。んー困りましたねぇ……本当に、今回の根源なる邪悪は手を煩わせてくれ――」

「ち、違うのです！」

「？　大魔帝軍関連の報ではないのですか？　では、なんでしょう？」

「きょ、狂美帝（きょうびてい）が――」

一旦息を整え、配下は、今も驚きを隠せぬ様子で続けた。

「ミラ帝国が、我がアライオンに宣戦布告しました！　現在、ミラの軍勢がウルザ方面へ移動しているとのことです！」

「…………………………は？」

あとがき

息抜きで好きな漫画を読み返し始めると完結巻まで止まらなくなります。篠崎芳です。


六巻はトーカにとって〝再認識〟の巻と言えるかもしれません。

このところのトーカはけっこう善人感のあるムーブ（セラスのために魔防の白城まで駆けつけたりとか）が多かったのもあって、この六巻では勇の剣と絡むことで〝そういえば、トーカって元々はこういうえげつないところも持ってるヤツだったよね〟みたいな感じが戻ってきているんじゃないかなぁ、と思います。正義の味方ではなく、復讐者ですしね。

そして、六巻でもう一つのトピックと言えばやはりトーカとセラスの関係の進展でしょうか。Ｗｅｂ版では今巻における二人の関係の進展は曖昧に――というか、飛ばされて描かれていました。が、書籍版ではしっかり描かれている形となります（『昨日の夜、セラスと何かあった？』という発言を見るに、エリカは気づいていたのかもしれません）。

ただ、もしかすると〝そのわりにはその後の二人を見てても関係が一気に進展した風（ラブラブ）にはあんまり見えないんですけど？〟と感じられる方も、いらっしゃるかもしれません。おそらくその感覚は正しいです。ですが……これはまあ、この二人の関係として見ると自然なんだと思います。あくまでトーカはヴィシスへの復讐こそが最優先事項であって、セラスとの関係を深めるのはそれより優先順位が低い……で、セラスの方もそれをわかっているので、やはり自らそこまでラブラブ感を求めるつもりがないのではないでしょうか（欲望に従うなら、求めていそうですが）。とはいえ、関係が次の段階へ進んでいるのは事実なわけで、そういうところも〝セラス本〟の一環として書籍版を中心に書いていけたらと考えております。そういう意味では、Ｗｅｂ版はより復讐劇優先のような配分になっていくのかな、と思います（どうなるかはまだ未知数ですが）。

ここからは謝辞を。担当のＯ様、いつも支えていただきありがとうございます。生産力……上げていきたいところでございますね。ＫＷＫＭ様、表紙がすべてセラス指定の中で毎巻違った魅力を持ったセラスのイラストを、ありがとうございます。いただくデザインはどれも素晴らしいものばかりなのですが、特にトーカの蠅王装が本当に個人的に大好きでして。何度見ても、惚れ惚れいたします。コミカライズの構成を担当してくださっている内々けやき様、いつもネームをいただくたび改めて〝漫画の面白さ〟を発見させていただいている心持ちでございます。そして、そのネームをもう本当に凄まじい緻密さ＆迫力で描いてくださっている鵜吉しょう様にも、心よりの感謝を。コミック版では、セラスも話数を重ねるたび魅力を増していっている感じがして……話数が増えるたびに、楽しみも増えるコミカライズでございますね。コミカライズ担当のＭ様も、いつもありがとうございます。今巻を出版するにあたってお力添えくださった皆さまに、感謝申し上げます。

そしてＷｅｂ版読者の皆さま、変わらずのご声援ありがとうございます。『ハズレ枠』も皆さまに支えられここまで来ることができました。今後ともどうぞよろしくお願いいたします。

最後に、引き続き六巻を手に取ってくださったあなたに深い感謝を。こうして刊行が続いているのも、こうしてご購入くださったあなたのおかげでございます。いつかくる〝終幕〟まで、共に走り抜けていただけましたら大変嬉しく存じます。

それでは、いよいよ様々な人物や勢力がそれぞれ動き出していく感が出てくる（？）次巻でお会いできることを祈りつつ、今回はこのあたりで失礼いたします。

篠崎芳

作品のご感想、
ファンレターをお待ちしています

あて先

〒141-0031
東京都品川区西五反田 8-1-5 五反田光和ビル4階
ライトノベル編集部
「篠崎 芳」先生係／「KWKM」先生係

ハズレ枠の【状態異常スキル】で最強になった俺がすべてを蹂躙するまで 6

発　行　2020年11月25日　初版第一刷発行
2024年12月16日　第四刷発行

著　者　篠崎 芳

発行者　永田勝治

発行所　株式会社オーバーラップ
〒141-0031　東京都品川区西五反田 8-1-5

校正・DTP　株式会社鷗来堂

印刷・製本　大日本印刷株式会社

Printed in Japan　ISBN 978-4-86554-782-5 C0193

オーバーラップ　カスタマーサポート
電話：03-6219-0850／受付時間 10:00～18:00（土日祝日をのぞく）